사르비아 총서 · 649

첫사랑 · 짝사랑

투르게네프 지음 | 이 철 옮김

범우사

차 례

이 책을 읽는 분에게

이반 세르게비치 투르게네프는 1818년 11월 9일, 러시아 오룔 스파츠스코예 루토비노보의 부유한 귀족 가문에서 3형제 중 차남으로 태어났다. 물질적으로 풍족하여 어릴 때부터 외국인 교사들에게서 영어, 프랑스 어, 독일어, 라틴 어를 배웠다.

1827년 모스크바의 베이덴간멜 기숙학교에 입학하여 33년 모스크바 대학 문학부에 진학, 다음해에 페테르부르크 대학 철학부 언어학과에 편입하여 그 학교를 졸업했다. 그 후 38년 모친의 명령으로 베를린 대학에 유학하고 41년에 귀국했다. 42년에는 대학 교수가 될 생각으로 박사 학위를 땄다. 그러나 그의 전공인 철학 강좌를 당국에서 위험 사상의 온상이라 하여 폐지했으므로, 투르게네프는 전부터 좋아했던 문학의 길을 걷게 되었다.

이반 투르게네프의 문명文名이 높아진 것은 〈사냥꾼의 수기〉를 부분적으로 발표해 가던 1847년(29세) 이후다. 그는 그

후로도 작품 활동을 계속하면서 조국과 프랑스에서 번갈아 생활하는 한편, 본격적 창작 의욕을 불태우면서 〈사냥꾼의 수기〉, 〈루딘〉 등 주요 작품들을 발표했다. 여기 수록된 두 편은 그 후의 작품으로, 〈짝사랑〉(1858), 〈첫사랑〉(1860)이다.

〈짝사랑〉은 투르게네프가 장년기에 들어선 1858년 《현대인》에 발표된 작품으로, 그 예술적 완숙과 미적 감각, 우수한 자연 묘사 등으로 〈첫사랑〉과 함께 쌍벽을 이루는 러브 로맨스의 대표적 단편이다.

여성 묘사의 달인達人 투르게네프가 묘사하는 여성은 대개가 독특한 용모와 매력을 지니고 있지만 그 중에서도 〈짝사랑〉의 여주인공 아아샤만큼 이채롭고 독특한 빛을 발하는 여성은 없다. 그녀는 순진하고 명랑하면서도 야성적인 정열에 불타는 형으로 이상적인 남자를 만나 열애에 빠지고 만다. 그러나 그것은 조금도 야비하거나 부자연스러운 데가 없는 헌신적이고 고상한 사랑이다. 그녀는 일생 동안 오직 한 번, 그것도 순간적인 사랑을 했을 뿐이다. 그녀에게 사랑과 죽음은 불가분의 것이다. 그러나 아아샤의 상대역은 야성적인 정열에 불타는 아아샤에 비해서 단순하고 소심하며 형식적인 일에만 집착하는 이지적인 인간이다. 그는 아아샤를 사랑하면서도 고백하지 못한다. 여성의 사랑을 솔직하게 받아들이지 못하는 것이다. 그래서 아아샤가 영원히 자기로부터 떠났을 때에야 비로소 몸부림치며 그녀를 찾아 나서는 것이다. 이것은 러시아의 인텔리겐치아(지식인)들이 지니고 있는 보편적인 폐단이라 할 수 있겠지만, 한편 사랑에 실패하고 일생 동안 고독하게 지낸 투르게네프 자신의 이지理智와 우수憂愁를 말해 주는 것이기도 하다.

〈첫사랑〉은 러브 로맨스의 대표작으로 작가의 양친을 모델로 해 자전적인 색채가 농후하다. 그의 부친은 미남으로 무기력한 기병 장교였으며, 모친은 여섯 살이나 연상인 정력적이고 교만한 여지주였다. 부친이 연상인 여자와 결혼한 동기는 그 재산을 탐낸 데 있었다고 한다. 그러므로 그들 부부 사이는 결코 원만치 못해 갈등이 자주 일어났는데, 그것이 남달리 감수성이 예민한 투르게네프에게 적잖은 영향을 주어 〈첫사랑〉에 상당히 반영되었던 것이다. 투르게네프 자신은 이 작품에 대해서 다음과 같이 말하고 있다.

"이 작품은 지금까지 내가 만족스럽게 생각하는 유일한 소설이다. 왜냐하면 이 소설은 내 생활 자체이지, 지어낸 이야기가 아니기 때문이다."

〈첫사랑〉은 1860년의 작품으로 작가의 경쾌한 필치에 시정詩情이 넘치고 있으며, 여주인공 지나이다는 투르게네프가 묘사한 가장 완벽한 여인상으로, 남자 주인공과는 대조적으로 생기가 있다. 그녀는 야심만만한 여러 숭배자들 사이에서 끝까지 여왕과 같은 자세를 지켜 나가지만, 일단 소년의 부친 앞에서는 한낱 여성으로 전락한다. 여심의 가려운 부분을 깊이 파헤친 쾌작快作이라 하겠다. 이 소설의 마지막 대목 "나는 지나이다를 위해서나 아버지를 위해서, 그리고 나 자

신을 위해서 기도를 올리고 싶은 생각을 금할 수가 없었던
것이다"라는 대목은 숙연한 여운을 남긴다.

옮 긴 이

첫 사 랑

—— P. V. 안넨코프에게 바친다 ——

손님들은 벌써 다 흩어졌다. 시계가 0시 반을 쳤다. 방 안에 남은 사람은 주인과 세르게이 니콜라에비치와 블라지미르 페트로비치뿐이었다.

주인은 벨을 눌러 야식 뒷자리를 정리하도록 일렀다.

"자 그러기로 정했지요."

하고 주인은 한층 깊숙이 안락 의자에 몸을 파묻고 담배에 불을 붙이며 말했다.

"각자 자기의 첫사랑 이야기를 하는 겁니다. 그럼 먼저 당신부터, 세르게이 니콜라에비치."

세르게이 니콜라에비치라는 사람은 뒤룩뒤룩 살찐 사나이로 금발에 희부연 얼굴이었는데 먼저 주인의 얼굴을 흘끗 바라보더니 눈을 들어 천장을 멀거니 쳐다보았다.

"내겐 첫사랑이라는 게 없습니다."

하고 그는 한참 만에야 입을 열었다.

"갑자기 두번째 사랑부터 시작했어요."

"그건 또 왜요?"

"극히 간단합니다. 나는 열여덟 살 때 처음으로 아주 귀여운 어느 처녀의 꽁무니를 쫓아 다녔지요. 그러나 그 쫓아 다니는 방법이라는 게, 이런 건 내게 전혀 새롭지도 신기하지도 못하다는 그런 식이었습니다. 그건 온갖 여자를 설득시켰을 때와 똑같은 것이었습니다. 실토하자면 내가 처음이자 마지막 사랑을 한 것은 여섯 살 때로 상대는 유모였는데 —— 어쨌든 이건 아주 옛날 일입니다. 두 사람 사이에 있었던 자세한 일은 내 기억에서 사라져 버렸고, 다행히 기억하고 있다고 한들 그런 걸 누가 재미있다고 하겠습니까!"

"그럼 어떻게 하면 좋을까요?"

하고 주인이 말을 꺼냈다.

"내 첫사랑 역시 그렇게 재미있는 게 못되니 말예요. 나는 현재의 처 안나 이바노브나와 서로 알게 됐을 때까지 누구 한 사람 사랑한 기억이 없는데다 —— 더구나 우리들 일은 모두 슬슬 잘 풀려 나갔던 겁니다. 양가 부친들이 혼담을 꺼내자 우리들은 금세 서로 좋아져서 급속도로 결혼해 버렸습니다. 내 이야기는 단 두어 마디면 끝나버립니다. 아니 여러분, 실토합니다만 내가 첫사랑 문제를 꺼낸 건 —— 오히려 당신들께 기대했던 겁니다. 두 분이 다 노인이라고는 할 수 없지만, 그렇다고 젊다고도 할 수 없는 독신자니까요. 어때요? 당신은 뭔가 재미있는 이야기를 해 주시겠죠, 블라지미르 페트로비치?"

"내 첫사랑은 세상에 그렇게 흔해 빠진 부류엔 들어가지 않는데요."

하고 약간 더듬거리며 블라지미르 페트로비치가 대답했다. 그는 검은 머리에 흰 머리카락이 듬성듬성한 40대 사나이였다.

"야아!"

하고 주인과 세르게이 니콜라에비치가 탄성을 지르며 말했다.

"더욱 좋습니다……이야기해 주십시오."

"쉬운 주문입니다……하지만 곤란한데요. 이야기하는 건 그만둡시다. 나는 이야기가 서툴기 때문에 무미건조하고 맥빠진 이야기가 되거나, 그렇잖으면 흐리멍덩하고 엉뚱한 이야기가 되어버립니다. 만약 좋으시다면 떠오르는 생각을 죄다 수첩에 적어서 읽어 드릴까요?"

친구들은 처음엔 막무가내였으나 결국 블라지미르 페트로비치는 자기 주장을 관철시켰다. 2주일 후 그들이 다시 모였을 때, 블라지미르 페트로비치는 그 약속을 이행했다.

그의 수첩엔 다음과 같은 것이 적혀 있었다.

1

그 무렵 나는 열여섯 살이었다. 1833년 여름이었다.

나는 모스크바의 양친 슬하에서 살고 있었다. 그들이 빌린 별장이 카르가 관문 근처 네스크치느이 공원 앞에 있었던 것이다 —— 나는 대학 입학 준비를 하고 있었는데, 공부라 해도 그다지 힘들여 하지 않고 늑장을 부리고 있었다.

누구 한 사람 내 자유를 속박하는 사람은 없었다. 나는 마음내키는 대로 행동하고 있었는데, 마지막 가정교사와 헤어지고 나서부터는 더욱 그러했다. 그 교사는 프랑스 인으로 자기가 마치 '폭탄' 처럼 러시아에 낙하되었다는 생각에 안절부절 못 하고, 몇 날 며칠을 줄곧 침대에서 뒹굴었던 것이다. 아버지가 나를 대하는 태도는 냉담한 친절에 불과했으며, 어머니는 어머니대로 나밖에 자식이 없었음에도 불구하고 거의 나를 염려해 주지 않았다. 어머니는 다른 걱정거리로 벅찼던 것이다. 아버지는 젊고 꽤 미남자였는데 재산 때문에 어머니와 결혼했다. 어머니 쪽이 10년이나 연상이었다. 어머니는 가련한 생활을 하고 있었다. 늘 흥분하거나 질투를 하기도 하고 투덜거리기도 했으나 —— 다만 아버지 앞에서 그런 모습을 보이지는 않았다. 어머니는 아버지를 무척 무서워했으며, 아버지는 아버지대로 차갑고 쌀쌀한 태도를 누그러뜨리지 않았다. …… 나는 일찍이 그만큼 새침하고 자존심 강한 독선적인 남자는 보지 못했다.

그 별장에서 보낸 최초의 2,3주일 동안은 결코 잊지 못할 것이다. 쾌청한 날씨가 계속되었다. 우리가 시내에서 옮겨간 것은 5월 9일로, 마침 성聖 니콜라이 축일이었다. 나의 산책은 —— 때때로 별장 뜰, 때로는 네스크치느이 공원, 때로는 관문 밖까지 발을 옮기기도 했으며, 언제든지 무슨 책이든 한 권── 이를테면 카이다노프의 《만국사통萬國史通》 등──을 가지고 나갔지만 들쳐 보는 일은 여간해선 없었으며, 꽤 많이 암송하고 있던 시를 큰소리로 낭독하는 편이 많았다. 피는 몸 안에서 들끓었고, 가슴은 벅찼으며── 생각만 해도 근질근질할 만큼 달콤하고 우스꽝스러울 정도였다. 나는 끊임없이 뭔가에 깜짝깜짝 놀랐고 보는 것, 듣는 것에 온몸이 떨며 그야말로 대기 태세에 있었다. 공상이 생생하게 눈뜨고, 늘 같은 환상의 둘레를 재빨리 뛰노는 모양은 아침놀에 하늘의 제비 떼가 종루를 빙빙 날아도는 모습과 흡사했다. 나는 무슨 생각에 잠기기도 했고, 울적하기도 했으며, 때로는 눈물마저 흘렸다. 그러나 이러한 크게 울리는 시구詩句와 저녁녘의 아름다운 경치로 인하여 눈물을, 애수를 자아내긴 했지만 그 눈물과 애수의 틈바구니로부터 마치 봄풀처럼 새파랗게 솟아나는 생의 기쁜 감정이 배어 나오는 것이었다.

내게는 한 마리의 말이 있었다. 나는 그 말에 손수 안장을 얹고, 나 혼자서 어디든지 멀리 타고 나갔던 것이다. 말을 갤럽(말이 한 발짝마다 네 발을 모두 땅에서 떼고 뛰는 일)으로 몰며, 마치 자신이 토너먼트에 나간 중세의 기사나 되는 듯이 상상하거나 ── 오오, 내 귀에 스치던 바람은 얼마나 화창했던가! ── 얼굴을 하늘로 들어 그 눈부신 태양빛과 짙푸른 빛을 활짝 열어뜨린 가슴 속 깊이 들이마시기도 했다.

지금 돌이켜 생각해 보면, 여자의 모습이라든지 사랑의 그림자라든지 하는 것은 거의 한 번도 확실한 형태로서 마음에 떠오른 적이 없었다. 그러나 내가 생각하는 모든 것, 내가 느끼는 모든 것에는 뭔지 모르게 새로운 것, 말할 수 없이 달콤한 것, 말하자면 여성적인 것…… 에 대한 반은 무의식적인, 수줍어하기 쉬운 예감이 잠재해 있었던 것이다.

이 예감, 이 기대는 나의 골수까지 스며들어서 나는 그걸 호흡했고, 그것은 한 방울 한 방울의 피마다 깃들어서 내 혈관 속을 달렸는데…… 사실은 얼마 안 가서 실현될 운명에 놓여 있었던 것이다.

우리의 별장은 둥근 기둥이 늘어선 목조 저택과 두 채의 납작한 별당으로 되어있었다. 왼쪽 별당은 값싼 벽지를 만드는 보잘것없는 공장이었다. 나는 언젠가 두어 번 그곳을 들여다보러 간 적이 있었다. 기름때 묻은 윗옷을 입고 야윈 볼에 고수머리의 야윈 사내녀석들 열 명쯤이 네모난 인쇄대목 印刷臺木을 졸라매는 나무 지렛대에 달라 붙어서 자기들의 허약한 체중으로써 늘 벽지의 얼룩무늬를 찍어내고 있었다. 오른쪽 별당은 비어 있었는데 세를 놓고 있었다. 어느 날—— 5월 9일에서 3주일 쯤 경과한 날 —— 이 별당 창문에 내려 있던 덧문이 열리고 여자 얼굴이 어른거리는 것으로 보아 어느 가족이 이사를 온 것 같았다. 잊혀지지도 않는다. 그날 저녁 식사 때 어머니는 하인에게 이웃으로 이사 온 사람이 누구냐고 물었는데, 공작부인 자세킨이라는 성을 듣고는 전혀 경의가 없는 것도 아닌 말투로 먼저,

"그래! 공작부인……."

하고 말한 뒤 이렇게 덧붙였다.

"틀림없이 어느 가난뱅이 귀족일 거야."

"세 대의 삯마차로 옮겨 오셨습니다."

하고 공손히 접시를 내밀면서 하인이 대답했다.

"자가용 마차도 가지지 못했으며, 가구도 극히 허술했습니다."

"그래."

하고 어머니가 대답했다.

"하지만 없는 것보다야 낫지."

아버지가 어머니에게 싸늘한 시선을 던졌으므로 어머니는 입을 다물고 말았다.

정말 자세킨 공작부인은 유복한 부인일 리가 없었다. 그녀가 빌린 별장은 아주 낡고 비좁았으며, 게다가 천장이 낮은 집이었으므로 다소 돈푼이나 있는 치라면 여간해선 사고 싶지 않을 것이었기 때문이다── 그렇지만 나는 그런 것은 유의하지 않고 흘려 들었다.

공작이라는 둥하는 신분이 내게는 거의 아무런 작용도 미치지 못했다. 나는 실러의 《군도》를 읽고 있었다.

2

나는 매일 저녁때면, 총을 들고 우리 집 뜰을 서성거리며 까마귀를 지키는 게 습관이었다 ── 이 방심함이라곤 없는 탐욕스럽고 약삭빠른 새에 대해서 나는 오래 전부터 증오를 품고 있었다. 그날도 나는 뜰로 나가서 —— 가로수 길이란 가로수 길을 다 허탕치며 돌아다닌 끝에(까마귀들은 나를 빤히 알고 있어 그저 멀리서 간간이 울 뿐이었다) 나지막한 담장 쪽으로 다가갔다.

그 길은 오른편 별당 쪽으로 뻗어서 그 집에 속해 있는 가는 띠 같은 뜰과 우리 집 터와의 경계를 이루었다. 나는 머리를 숙여 걷고 있었다. 그런데 별안간 떠들썩한 사람들 소리가 났다. 나는 언뜻 담장 너머를 바라보고는 —— 화석처럼 굳어 버렸다…… 기묘한 광경이 눈에 들어왔던 것이다.

나에게서 대여섯 발자국 떨어진 곳 —— 파릇파릇한 딸기나무로 둘러싸인 빈터에 늘씬하게 키 큰 소녀가 줄무늬 진 장밋빛 옷을 입고 흰 모자를 쓰고 서 있었다. 그 둘레에는 네 사람의 청년이 모여들었고, 소녀는 청년들의 손등을 조그마한 재색 꽃다발로 차례차례 때리고 있었다. 그 꽃 이름은 알 수 없었지만 매우 낯익은 꽃이었다. 작은 자루와 같은 생김새의 꽃으로, 그것으로 뭔가 단단한 걸 때리면 펑펑 자꾸 터지는 것이었다. 청년들은 무척이나 기쁜 듯이 쓱쓱 손등을 내밀었다. 한편 소녀의 몸짓은(나는 옆에서 보고 있었지만) 뭐라고 말할 수 없이 매혹적이고 고자세인, 애무하는 것 같고 조소하는 것 같은 귀여운 모습이었다. 때문에 나는 놀라고 기쁜 나머지 하마터면 소리를 지를 뻔해서, 나도 저 선녀의 손에 손등을 얻어맞기만 한다면 그 자리에서 세상 모든 것을 내던져도 괜찮겠다는 기분이었다. 총은 풀섶 위로 미끄러져 내리고 나는 모든 걸 잊어버리고 그 늘씬한 몸매, 가느다란 목, 깨끗한 두 손이라든지 흰 모자 밑으로 엿보이는 약간 헝클어진 노란 머리, 반은 졸린 듯한 영리해 보이는 눈매와 눈썹, 그 밑에 윤기 흐르는 볼 등을 탐스런 듯이 바라보고 있었다.

"이봐요."

갑자기 내 옆에서 누군가의 목소리가 들렸다.

"남의 집 아가씨를 그런 식으로 훔쳐봐도 되는 건가요?"

나는 깜짝 놀라 부들부들 떨며 멍해졌다…… 바로 옆 담장 너머에서 검은 머리를 짧게 깎은 한 낯선 남자가 비웃는 눈초리로 나를 아래위로 훑어보고 있었다. 마침 그때 소녀도 나를 돌아보았다…… 내가 빙글빙글 잘도 움직이는 활기 띤 그 얼굴의 커다란 잿빛 눈을 본 것은 순간적이었다. —— 그 얼굴 전체가 부들부들 떨리더니 웃음을 터뜨리고 흰 이가 번쩍이며 눈썹이 자못 재미있게 치켜올려졌다…… 나는 얼굴을 확 붉히며 땅바닥의 총을 움켜쥐고는 철저한, 그러나 심술궂지 않은 웃음소리에 쫓기면서 내 방으로 도망쳐 들어가 침대에 나동그라지자 두 손으로 얼굴을 감쌌다. 심장은 금세라도 터질 듯이 뛰고 있었다. 나는 무척 부끄러웠다. 그러나 무척 유쾌했다. 내 육체는 일찍이 몰랐던 흥분으로 떨렸다.

한숨 돌리자 나는 머리를 빗질하여 매만지고 옷을 털었다. 그리고 차를 마시러 내려갔다. 아직도 싱싱한 처녀의 모습이 눈앞에 어른거렸고 가슴의 두근거림은 가라앉았지만 뭔가 기분 좋게 죄어드는 느낌이었다.

"어떻게 된 거냐?"

하고 갑자기 아버지께서 물으셨다.

"까마귀 숨통을 눌렀느냐?"

나는 모든 걸 아버지께 이야기해 버릴까도 생각했지만, 지그시 참고 빙그레 혼자서 웃었을 뿐이었다. 잠자리에서 나는 어쩔 줄 모르며 세 번쯤 한쪽 발로 빙빙 돌아, 머리에 포마드를 바르고는 눕자마자 마치 죽은 사람처럼 아침까지 푹 잤다. 새벽녘에 잠깐 눈을 뜨고 머리를 들어 감격에 넘쳐 사방을 두리번거렸으나 —— 그대로 다시 잠들어버렸다.

3

'어떻게 해서든지 그분들과 사귀고 싶은데?' 하는 것이 이튿날 아침 내가 눈을 뜨자마자 먼저 떠오른 생각이었다. 나는 차를 마시기 전 뜰에 나가 보았으나 그 담장께에는 그다지 다가가지 않았으며 누구의 모습도 눈에 띄지 않았다. 차를 마신 다음 나는 두어 번 별장 앞 길을 왔다갔다하며 —— 멀리서 창문을 들여다보았다…… 커튼 뒤에서 그 사람의 얼굴이 보인 듯했으므로 나는 당황하여 얼른 그 앞을 지나쳐버렸다. 그러나 나는 '무슨 일이 있더라도 그분들과 사귀어야지' 하고 네스크치느이 공원 앞에 펼쳐져있는 모래밭을 무턱대고 걸어다니면서 생각했다. '어떻게 하면 좋을까? 그게 문제야.' 나는 어제 잠깐 만났을 때를 아주 세밀한 점까지 일일이 생각해 냈다. 어찌된 영문인지 그 중에서도 특히 떠오르는 것은 그녀가 내게 퍼부은 웃음소리였다······ 그런데 내가 애를 태우며 계획을 세우는 동안 운명이 미리 나의 염원을 실현시킬 수 있는 기회를 마련해 주었던 것이다.

내가 없는 동안 어머니는 새로 이사 온 이웃집 사람에게서 재색 종이에 쓴 편지를 받았다. 그런데 그 겉을 봉한 봉랍은 그야말로 우편국의 통고장이나 값싼 포도주 병마개로밖에는 쓰지 못할 물건이었다. 꽤나 무식한 문장이 지저분한 필적으로 씌어 있었는데, 공작부인이 어머니더러 잘 봐달라는 뜻을 적어 보낸 것이었다. 공작부인의 말에 의하면, 어머니는 두어 사람의 중요한 인물들과 잘 아는 사이인데, 지금 부인은 매우 중대한 소송중으로 그녀 자신이나 자녀의 운명이 그들의 손에 달려 있다는 것이었다. '갑작스러운 일이오나 저로서는' 하고 씌어있었다. '숙녀로서 숙녀인 당신께 편지 드립니다. 이런 기회를 얻게 된 것은 정말 기쁘기 한이 없으며' 하는 식이었다. 끝으로 그녀는 어머니를 방문할 것을 제의하고 있었다. 아버지가 계시지 않았으므로 상의하려 해도 상대가 없었던 것이다. 적어도 '숙녀'였으며 게다가 공작부인이나 되는 분에게 답장을 내지 않을 도리는 없고, 그렇다면 어떻게 해야 할지 ── 어머니는 난처하지 않을 수 없었다. 답장을 프랑스 어로 쓰는 건 건방진 듯했고, 그렇다고 러시아 어로 쓰는 건 어머니로서는 서툴렀으며 ── 자신이 그걸 잘 알고 있었으므로 괜한 일로 수치를 당하고 싶지 않았던 것이다.

어머니는 내가 돌아오는 것을 반가워하시며 얼굴을 보자마자 이제부터 부인에게 가서 구두로써 우리 어머니는 힘 닿는 데까지 언제든지 부인의 도움이 되어 드릴 것이며 12시가 지나서 방문하시면 영광으로 여기실 것이라 전하라고 분부하셨다. 나는 은근한 염원이 뜻밖에도 조속히 이루어지게 되었으므로, 기쁘면서도 공연히 두렵기도 했다. 그렇지만 나는 자신을 사로잡고 있는 당황한 빛을 나타내지 않고 —— 먼저 내 방으로 가서 새 넥타이와 조그마한 프록 코트를 입기로 했다. 집에 있을 때 나는 짧은 저고리를 입고 접어 젖힌 칼라를 달고 있었는데, 그것이 싫어서 죽을 지경이었던 것이다.

4

내가 별당의 좁다랗고 좀 더러운 대기실로 억제할 수 없는 용맹심에 몸을 떨면서 들어갔더니, 나를 맞이한 것은 백발의 늙은 하인이었다. 구릿빛으로 그을은 얼굴에 돼지같이 볼품없는 작은 눈을 하고 게다가 이마에서 관자놀이에 걸친 주름의 깊이는 내가 난생 처음 보았을 정도였다. 그는 먹다 남은 청어 등뼈를 담은 접시를 들고 있었는데, 안방으로 통하는 문을 발뒤꿈치로 닫으면서 괴상한 목소리로 느닷없이,

"무슨 일로?"

하고 말했다.

"자세킨 공작부인은 계십니까?"

하고 내가 물었다.

"보니파치!"

하고 문 저쪽에서 여인의 괄괄한 목소리가 불렀다.

늙은 종이 말없이 내게서 등을 돌렸을 찰나에 매우 낡아빠진 제복의 등짝이 온통 드러났으며, 거기에 벌겋게 녹슨 가문 표지가 새겨진 단추가 딱 하나 남아 있는 게 눈에 띄었는데, 그는 그대로 접시를 마룻바닥에 놓더니 안으로 들어가 버렸다.

"경찰에 갔다 온 거야?"

하고 같은 여인의 목소리가 다시 들렸다. 늙은 종이 뭐라고 소곤소곤하니,

"뭐?……누가 왔다구?"

하고 되묻고는,

"옆집 도련님이라구? 그럼 들여보내요."

했다.

"어서 응접실로 들어가십시오."

하고 늙은 종은 다시 내 앞에 나타나 마룻바닥의 접시를 집어들면서 말했다. 나는 옷차림을 매만지고 '응접실'이라는 곳으로 들어갔다.

막상 들어가 보니, 그곳은 그다지 아담하다고도 할 수 없는 좁다란 단칸방으로 가난 티가 나는 가구의 진열 방법도 마치 급한 걸 겨우 면하기 위해 해놓았다는 모습이었다. 창

가의 한쪽 팔걸이가 부러진 안락 의자에 앉아 있는 분은 나이가 오십쯤 돼 보이고, 머리카락을 드러낸, 용모가 좋지 못한 부인으로 낡은 녹색 옷을 입고 얼룩빛 털목도리를 두르고 있었다. 그녀의 작고 검은 눈은 갑자기 달라붙듯이 내 얼굴을 주시했다.

나는 옆으로 다가가서 꾸벅 인사했다.

"실례입니다만 자세킨 공작부인 되십니까?"

"네, 내가 자세킨 공작부인이에요. 당신은 V씨 댁 자제신가요?"

"그렇습니다. 저는 어머니의 심부름으로 왔습니다."

"자, 앉으세요. 보니파치! 내 열쇠는 어디 있지? 자네 보지 못했나?"

나는 자세킨 부인에게 그 편지에 대한 어머니의 회답을 전했다. 그녀는 굵고 붉은 손가락으로 창틀을 가볍게 두드리고 있었는데, 내 말이 끝나자 한 번 더 나를 가만히 쏘아보았다.

"정말 고맙습니다. 꼭 찾아뵙도록 하겠습니다."

하고 그녀는 말했다.

"헌데 당신은 아직 젊군요! 실례입니다만 몇 살이세요?"

"열 여섯살입니다."

하고 나는 나도 모르게 더듬으며 대답했다.

공작부인은 호주머니를 더듬어 뭔가 잔뜩 써 넣은 기름때 묻은 서장을 꺼내더니 코끝까지 바싹 대고 들여다보기 시작했다.

"좋은 때군요."

하고 그녀는 의자 위에서 몸을 틀거나 흔들기도 하면서 갑자기 말을 꺼냈다.

"제발 편히 좀 앉으세요. 집에선 모두 격식 없이 지내니까."

'지나치게 격식이 없군' 하고 나는 나도 모르게 혐오하는 마음으로 그녀의 버릇없는 모습을 아래위로 훑어 보면서 생각했다.

그런데 그 순간, 응접실의 또 다른 문이 느닷없이 활짝 열리며 모습을 나타낸 것은 어제 뜰에서 보았던 그 처녀였다. 그녀는 한 손을 올렸는데 그 얼굴에는 살짝 엷은 웃음을 띠었다.

"내 딸이에요."

하고 공작부인은 딸을 가리키면서 말했다.

"지노치카, 이웃집 V씨의 아드님이시다. 실례지만 이름은 어떻게 되지요?"

"블라지미르입니다."

하고 나는 일어나서 흥분한 나머지 말끝을 더듬으면서 대답했다.

"부칭父稱은?"

"페트로비치입니다."

"그래요! 내가 잘 아는 사람 중 경찰서장인 분이 있었는데, 그분도 역시 블라지미르 페트로비치였어요. 보니파치! 열쇠는 찾지 않아도 돼요. 내 주머니 속에 있으니까."

소녀는 실눈을 제법 크게 뜨고 고개를 약간 기웃한 채로 여전히 생글생글거리며 나를 바라보고 있었다.

"저는 벌써 뭇슈 볼데마르를 뵈었어요."

하고 그녀는 입을 열었다(그 은방울을 굴리는 듯한 목청은 왠지 달콤하고 차가운 느낌이 들어 내 등골을 스쳤다).

"그렇게 불러도 되지요?"

"그야 물론."

하고 나는 더욱더 말끝을 더듬었다.

"그건 또 어디 말이냐?" 하고 공작부인이 물었다. 공작 아가씨는 어머니의 물음에는 대꾸도 하지 않고,

"당신 지금 바쁘세요?"

하고 내게서 눈을 떼지 않고 물었다.

"전혀……"

"그럼 털실 푸는 걸 좀 도와 주시겠어요? 이리 오세요, 내 방으로."

그녀는 내게 고개를 끄덕이더니 얼른 응접실에서 나갔다. 나는 그 뒤를 따랐다.

우리가 들어간 방은 가구도 좀 나았으며, 앞방보다 정취가 있었다. 그러나 나는 그 순간 무엇 하나 눈여겨 볼 여유가 없었다. 나는 마치 꿈 속에라도 있는 것처럼 몸을 움직이면서 어쩐지 어리석을 만큼 긴장된 행복감을 뼛속까지 느꼈다.

공작 아가씨는 앉아서 붉은 털실 다발을 궤짝에서 꺼내더

니, 건너편 의자를 내게 가리켜 보이고 열심히 얽힌 것을 푼 다음 그것을 내 두 손에 걸었다. 그러는 동안 그녀는 일체의 말이 없이, 어쩐지 자못 재미있어 죽겠다는 듯한 완만한 몸짓이었으며 여전히 짓궂은 미소를 약간 벌어진 입술에 띠고 있었다. 그녀는 털실을 접은 카드에 감기 시작했는데, 그때 갑자기 눈을 빠끔히 뜨고 내 얼굴을 환한 눈초리로 쏘아보았으므로 나는 나도 모르게 얼굴을 숙이고 말았다. 그녀의 눈은 대개 살짝 실눈이었는데, 이따금 왕눈으로 빠끔히 뜨게 되면—— 얼굴 모양이 완전히 달라지며 마치 그 얼굴 언저리에 빛이 환히 넘쳐흐르는 것처럼 보였다.

"어제 내가 한 짓을 어떻게 생각해요, 뭇슈 볼데마르?"

하고 잠시 후 그녀가 물었다.

"틀림없이 당신은 고약한 여자라고 생각하셨겠지요?"

"아닙니다. 전……아가씨…… 전 아무것도…… 천만의 말씀을……"

내 대답은 갈피를 잡을 수 없었다.

"알았어요."

하고 그녀가 대꾸했다.

"당신은 아직 나라는 여자를 모르시지만 나는 꽤 묘한 여자예요. 나는 말예요, 언제나 참말만 말해 주었으면 해요. 당신은 열 여섯이라는 것 같던데, 나는 스물 하나니까요. 내가 더 나이가 많지요. 그러니까 당신은 내게 언제든지 참말만 해야 돼요…… 그리고 내 말을 들어야 돼요."

하고 그녀는 덧붙이고 나서,

"자, 내 얼굴을 똑바로 봐 줘요. 왜 보지 않아요?"

나는 더욱더 상기되고 말았는데, 어쨌든 눈을 들어 그녀의 얼굴을 보았다. 그녀는 방긋 웃었는데, 좀전과는 달리 호의를 품은 미소였다.

"내 얼굴을 봐요."

하고 그녀는 상냥하게 소리를 낮추면서 말했다.

"그래도 난 싫지 않아요······ 난 당신 얼굴이 마음에 들었어요. 당신과는 친해질 것 같은 기분이 들어요. 그런데 당신은 내가 마음에 드세요?"

하고 빈틈없이 그녀는 말했다.

"아가씨······"

하고 나는 말을 꺼냈다.

"우선 첫째로 나를 '지나이다 씨'라고 불러 주세요. 둘째로── 어린 나이에(하더니 그녀는 고쳐 말했다), 젊은 나이에 마음에 있는 걸 솔직히 말하지 않는 건 못써요. 그건 어른들이나 하는 짓이에요. 어때요, 당신은 내가 마음에 들어요?"

그녀가 나를 상대로 이렇게 흉허물없이 이야기해 준 것은 정말 기쁜 일이었지만 나는 그렇게 호락호락 어린애로 보일까 하며 가능한 한 태연스럽게, 점잖을 빼는 표정을 지으며 말했다.

"물론 무척 마음에 들어요, 지나이다 씨. 저는 그걸 숨기고 싶진 않아요."

그녀는 천천히 머리를 끄덕끄덕하고는,

"당신은 가정교사가 있어요?"

하고 별안간 물었다.

"아니오, 제겐 벌써부터 가정교사 같은 건 없습니다."

그런 거짓말이었다. 그 프랑스 인과 생이별한 지 아직 1개월도 채 되지 않았다.

"호호! 그러면 알겠어요 —— 당신은 이제 완전히 어른이 됐군요."

그녀는 살짝 내 손가락을 퉁기고,

"손을 똑바로 하고 있어요!"

하고 말하더니 부지런히 실뭉치를 감기 시작했다.

잠시 그녀가 눈을 들지 않는 틈을 타서 그녀를 뜯어보기 시작했는데, 처음에는 슬금슬금 훔쳐 보았지만 나중에는 점점 대담해졌다. 그녀의 얼굴은 어제보다도 한층 더 매력 있어 보였다. 눈, 코…… 생김새가 하나에서 열까지 잘 다듬어져서 수려하고 매우 귀여웠다. 흰 커튼을 젖히고 들어온 부드러운 빛이 그녀의 짙은 금발과 그 깨끗한 목줄기, 매끈한 어깨선과 부드럽고 아늑한 가슴 언저리에 던져지고 있었다. 나는 조용히 그녀를 바라보는 동안 그녀가 형언할 수 없이 대견스러웠고 사랑스럽게 여겨졌다! 나는 예전부터 그녀를 알고 있었으며, 그녀를 알기 전까지는 아무것도 몰랐을 뿐더러 산 보람도 없었던 것 같은 기분이 들었다. 그녀는 꽤 오래 입은 듯한 짙은 색깔의 옷에 에이프런을 걸치고 있었다. 나는 그 옷과 에이프런의 주름 하나하나를 일일이 쓰다듬어 보고 싶었다. 그녀의 구두끝이 옷 밑으로 비어져 나와 있었다. 나는 가능하다면 공손히 그 구두에 절이라도 하고 싶었다. '드디어 나는 이렇게 그녀 앞에 앉아 있는 거다' 하고 나는 생각했다. '나는 그녀를 사귀게 되었다…… 얼마나 행복한 일이냐, 아아!' 나는 하마터면 기뻐서 의자에서 뛰어내릴 뻔했는데, 맛있는 간식을 먹고 얌전해진 갓난애처럼 발을 구르는 것만으로 꾹 참았다.

나는 물 속의 고기처럼 만족하면서 평생을 이 방 안에서 나가고 싶지 않다, 이곳에서 움직이고 싶지 않다고 생각했다. 그녀의 눈꺼풀이 살짝 오르며 또다시 그 밝은 눈이 나를 향해 상냥하게 빛을 던지는가 했더니, 또 한 번 그녀는 빙그레 비웃듯이 웃었다.

"어째서 나를 뚫어져라 보고 있어요?"

하고 그녀는 느릿느릿 말하고는 손가락을 삐쭉 세우더니 나를 위협하는 것이었다.

나는 화끈했다…… '이분은 뭐든지 다 알고 있다. 뭐든지 짐작하는 거다' 하는 생각이 뇌리를 스쳤다. '정말, 이분은 뭐든지 모를 리 없다. 뭐든지 짐작 못할 리가 있을까!'

별안간 옆방에서 뭔가 부딪치는 소리가 나더니── 긴 칼소리가 났다.

"지나이다!"

하고 응접실에서 공작부인이 불렀다.

"베로브조로프가 너에게 고양이 새끼를 가져왔어."

"고양이 새끼!"

하고 외치며 지나이다는 벌떡 의자에서 일어나 털실 뭉치를 내 무릎에 내던진 채 방에서 뛰어나갔다.

나도 일어나서 털실 뭉치를 창틀 위에 올려놓고 응접실로 들어갔는데, 그 순간 어리둥절해져서 그 자리에 우뚝 멈춰 섰다. 방 한복판에는 줄무늬가 있는 고양이 새끼가 예쁜 발을 쭉 펴고 올려다보고 있었으며, 지나이다는 그 앞에 무릎을 꿇고 살짝 고양이의 낯을 들어올리고 있었다. 공작부인 옆에는 창문과 창문 사이의 벽을 거의 다 가리고, 노란 머리카락을 돌돌 감은 훌륭한 청년이 서 있는 모습이 역광선 속에 점점 확실히 보였다. 경기병輕騎兵 장교로서 혈색 좋은 붉은 얼굴에 눈이 툭 불거져 있었다.

"꽤 우스꽝스럽군요!" 하고 지나이다는 거듭 말했다.

"눈은 잿빛이 아니라 파란빛이고, 게다가 귀는 왜 이렇게 커요? 고마워요, 베로브조로프! 매우 친절하시군요!"

그 경기병은 어제 보았던 청년들 중 한 사람이라는 것을 알았는데, 방긋 웃으며 절하는 순간 박차가 부딪쳐서 긴 칼의 고리를 찰칵 울리게 했다.

"당신이 어제 줄무늬가 있고 귀가 큰 고양이를 갖고 싶다고 하셔서……이렇게 구해 왔습니다. 남자가 한 번 한 말이니까요."

하고는 또 절을 했다. 고양이 새끼는 가냘픈 소리를 내더니 마룻바닥에 코를 대고 냄새를 맡기 시작했다.

　"배가 고픈 모양이군요!"

하고 지나이다가 외치더니,

　"보니파치, 소니야! 우유를 가져와요."

　하인은 노란 옷에 색이 바랜 네커치프를 목에 두르고 우유 접시를 들고 들어와 그 접시를 고양이 새끼 앞에 놓았다. 고양이 새끼는 부르르 몸을 떨고는 실눈을 뜨고 핥기 시작했다.

　"정말 빨갛고 작은 혀군요."

하고 지나이다는 머리가 땅에 닿을 정도로 엎드려 옆으로 고양이 코 밑을 들여다보면서 말했다. 고양이 새끼는 배가 부르자 얌전하게 앞발을 교대로 움직이면서 목젖을 울리기 시작했다. 지나이다는 일어나서 하인을 향해 침착하게,

　"저리 가져가요."

하고 말했다.

　"고양이 새끼 턱으로 ── 손을."

하고 경기병은 빙그레 웃더니 새로 맞춰 입은 군복에 꽉죄인 전신을 뒤로 버렸다.

　"두 손 다예요."

하고 지나이다는 대답하고 그에게 손을 내밀었다. 경기병이 키스를 하는 동안, 그녀는 어깨 너머로 나를 보고 있었다.

　나는 그 자리에 가만히 선 채 ── 도대체 웃어야 할지, 무슨 말을 해야 할지, 그렇잖으면 잠자코 있어야 할지 알 수 없

었다. 그런데 그때 마침 대기실의 열어젖힌 출입문으로 우리 집 하인 표도르의 모습이 눈에 띄었다. 그가 내게 뭔가 신호를 보냈다. 나는 무심코 밖으로 나갔다.

"무슨 일이오?"

하고 나는 물었다.

"어머님께서 불러오라 하셨어요."

하고 그는 소곤소곤 이렇게 말했다.

"답장을 가지고 돌아오시지 않아 몹시 화를 내고 계세요."

"내가 그렇게 오래 있었나?"

"한 시간 남짓 됐습니다."

"한 시간 남짓!"

하고 나도 모르게 앵무새처럼 되받아 말하고, 응접실로 되돌아가서 작별 인사를 했다.

"어딜 가세요?"

하고 공작 아가씨가 경기병 뒤에서 얼굴을 내밀며 물었다.

"전 집으로 돌아가야 해요. 그럼 이렇게 말씀드릴까요?"

하고 노부인을 향해 덧붙였다.

"한 시간 후에 뵙게 될 거라고."

"그래요. 그렇게 말씀드려 줘요, 도련님."

공작부인이 별안간 담뱃갑을 꺼내어 요란스러운 소리를 내며 냄새를 맡기 시작했으므로, 나는 어리둥절했을 정도였다.

"그렇게 말씀드려 줘요."

하고 그녀는 눈물에 젖은 눈을 끔벅끔벅거리고 신음하면서 거듭 말했다.

나는 한 번 더 인사를 하고 뒤로 돌아서 방을 나왔는데 열 없는 생각에 등골이 서먹했다.

"괜찮겠죠? 뭇슈 볼데마르, 또 놀러 오세요, 네?"
하고 지나이다는 외치더니 다시 큰소리로 웃음을 터뜨렸다.

왜 그분은 웃고만 있을까? 하고 나는 돌아오면서 생각했다. 뒤에는 표도르가 내게 한 마디도 말을 걸지 않고 못마땅하다는 듯이 따라왔다. 어머니는 나를 꾸짖으며 그 공작부인 따위와 뭘 그렇게 오래 있었느냐고 어이없어하셨다. 나는 아무 대답도 하지 않고 내 방으로 들어가 버렸다. 그러자 나는 갑자기 서글퍼졌다……나는 울지 않으려고 몸부림쳤다…… 그 경기병이 부럽고도 미웠던 것이다.

5

공작부인은 약속대로 어머니를 찾아왔으나, 어머니의 마음에는 들지 못했다. 나는 두 분이 만나는 자리에 참석하지는 않았으나, 저녁 식사 때 어머니가 아버지에게 이야기한 말에 의하면, 그 자세킨이라는 공작부인은 몹시 속된 여자인 듯싶었다. 그 부인은 제발 자기를 위해 세르게이 공작에게 운동을 해 달라고 끈질기게 졸라대어 어머니를 무척 짜증나게 했다. 그 부인은 늘 수상쩍은 소송이나 사건을 일으키고 있어 ── 그것도 비열한 금전 문제이므로 ── 필시 빛 좋은 개살구임에 틀림없다는 지독한 비평이었다. 그럼에도 불구하고 어머니는 그 부인을 따님과 함께 내일 저녁 식사에 초대했다고 덧붙였다. '따님과 함께'라는 말을 듣고 나는 접시에 콧방아를 찧을 정도였다 —— 어쨌든 그 부인은 이웃 사촌이며, 이름 있는 분이라는 것이 그 이유였다.

이에 대해 아버지는 어머니더러 지금에야 겨우 그 부인이 어떤 사람이라는 것을 생각해 냈다고 말했다. 그 말에 의하면, 아버지는 젊었을 때 고인이 된 자세킨 공작을 알고 있었다. 훌륭한 교육은 받았지만 얄팍하고 시시한 남자로, 오랫동안 파리에 가 있었으므로 '파리 사람'이라 불리고 있었다. 그는 대단한 부자였는데, 카드 노름으로 전 재산을 탕진해 버리고 —— 어찌된 영문인지, 그저 돈을 노리고 그런 듯하지만 —— 신중하게 선택했다면 더 좋은 상대가 있었을 텐데(하고 아버지는 덧붙이고 차가운 미소를 지었다) —— 말단 관리의 딸과 결혼하고, 결혼한 다음 투기에 손을 댔다가 완전히 파산하고 말았다는 것이다.

"제발 그 부인이 돈을 빌려 달라는 따위의 말은 꺼내지 않았으면 좋겠는데."

하고 어머니는 재빨리 말했다.

"그럴 수도 있지."

하고 아버지는 태연스럽게 말했다.

"그 부인은 프랑스 어를 할 줄 알더냐?"

"서툴러요."

"흥, 그런 건 어쨌든 상관없어. 당신은 방금 그분 따님을 초대했다고 한 것 같은데, 꽤 귀엽고 교양 있는 처녀라더군요."

"그래요? 그럼 그 처녀는 어머니를 닮지 않았군요."

"아버지도 닮지 않았지."

하고 아버지는 대답했다.

"그 사나이는 지식은 있지만 생각이 모자랐던 거야."

어머니는 한숨을 내쉬며 깊은 생각에 잠겼다. 아버지도 잠잠해졌다. 나는 이런 이야기를 하는 동안 줄곧 부끄러운 생각이 들었다.

저녁 식사가 끝나자 나는 뜰로 나갔는데, 총은 들지 않았다. 나는 '자세킨 댁의 뜰'에는 가까이 가지 않을 셈이었으나 어쩌지 못할 힘에 끌려 슬슬 그쪽으로 발이 향했는데 —— 그건 헛사가 아니었다. 내가 담장 옆으로 가자마자 지나이다의 모습이 눈앞에 나타났던 것이다. 이번엔 그녀 혼자였다. 두 손으로 책을 받쳐 들고 천천히 좁은 길을 걷고 있었다. 그녀는 나를 알아채지 못했다.

나는 하마터면 그대로 지나칠 뻔하다가 헛기침을 했다.

그녀는 돌아보았으나, 멈춰 서지는 않고 둥근 밀짚 모자에 달려있는 폭 넓은 파란 리본을 한 손으로 젖히며 살짝 나를 바라보고 방긋 웃더니, 또다시 눈을 책으로 가져가고 말았다.

나는 차양이 달린 모자를 벗고 잠시 그 자리에서 서성거리다가 깊은 생각에 잠기며 그곳을 떠났다 —— '나는 도대체 그분의 뭐가 된단 말이냐?' 하고 나는(무슨 바람이 불었는지) 프랑스 어로 생각했다.

귀에 익은 발자국 소리가 뒤에서 들렸다. 뒤를 돌아보니 —— 이쪽으로 사뿐사뿐 걸어오는 사람은 아버지였다.

"저 사람이 공작 아가씨냐?"

하고 아버지가 물었다.

"그래요."

"그래, 넌 저 아가씨를 알고 있느냐?"

"오늘 아침 공작부인 댁에서 만났어요."

아버지는 멈춰 섰다가 급히 되돌아갔다. 담장을 사이에 두고 지나이다와 어깨를 나란히 할 만큼 가자 친절하게 그녀에게 인사했다. 그녀도 답례를 했는데, 조금은 놀란 빛을 얼굴에 띠고 책을 밑으로 내렸다. 아버지의 뒷모습을 바라보는 그녀의 모습을 나는 볼 수 있었다. 아버지의 복장은 늘 품위와 산뜻함이 느껴졌고 독특한 분위기가 배어 났다. 이때만큼 아버지의 모습이 멋있고 품위 있어 보인 적은 없었으며, 그 잿빛 모자가 알맞게 성기기 시작한 고수머리 위에 잘 어울려 보인 적도 없었다.

나는 지나이다에게로 가려 했는데, 그녀는 내게 눈도 주지 않고 다시 책을 들고 가 버렸다.

6

그날 밤과 이튿날 아침 내내 나는 어쩐지 울적한 기분으로 보냈다. 잊어버리지도 않는다. 나는 공부하려고 카이다노프를 읽기 시작했는데 —— 결국 그 유명한 교과서의 빽빽하게 짜인 행과 페이지가 눈앞에 어른거릴 뿐, 아무것도 할 수 없었다. 나는 '율리우스 시저는 무용武勇이 뛰어나' 하는 문구를 열 번도 더 읽었으나 —— 무엇 하나 머리에 들어오지 않았으므로 책을 내던지고 말았다. 저녁 식사 때가 다가오자 나는 또다시 포마드를 바르고, 프록 코트를 입고, 넥타이를 맸다.

"그건 또 어쩔 셈이냐?"

하고 어머니가 물었다.

"너는 아직 대학생이 아니야. 시험도 붙을지 어떨지 모르잖아? 그 짧은 저고리도 맞춘 지 얼마 되지 않았지? 너무하잖니?"

"손님이 오시니까."

하고 나는 거의 필사적으로 말했다.

"바보 같은 소릴! 그 사람들도 손님이냐?"

항복하는 수밖에 없었다. 나는 프록 코트를 짧은 저고리로 바꿔 입었다. 그러나 넥타이는 풀지 않았다.

공작부인은 딸을 데리고 저녁 식사 30분 전에 왔다.

노부인은 내게는 이미 낯익은 그 파란 옷에 노란 숄을 걸치고 불빛처럼 빨간 리본이 달린 구식 실내모를 쓰고 있었다. 그녀는 오자마자 어음 얘기를 꺼내고는 한숨을 쉬기도 하고 자신의 가난을 호소하기도 하며 '무리한 요구'를 하기 시작했는데, 예의나 범절은 전혀 아랑곳없이 요란스럽게 담배를 피우기도 하고, 의자 위에서 멋대로 몸을 꼬기도 하며, 침착하게 굴지 못했다. 자기가 공작부인이라는 체면 따위는 전혀 염두에도 없는 것 같았다.

그와는 반대로 지나이다는 몹시 점잖게, 거만할 정도로 거드름을 피워 과연 공작 아가씨다웠다. 그 얼굴에는 냉엄하고 거만한 표정이 나타났으므로 —— 내게는 아주 딴 사람처럼 보였고, 그 눈초리와 미소도 전혀 찾아볼 수 없었다. 그러나 이처럼 새로운 모습으로 바뀌었는데도 내게는 역시 굉장한 아가씨로 여겨졌다. 입고 있는 옷은 하늘색 당초 무늬가 있는 부드럽고 엷은 명주옷이었다. 머리카락은 영국식으로 길게 양볼에 드리워 있었다. 그 머리형은 그녀 얼굴의 냉엄한 표정에 꼭 알맞았다.

아버지는 식사를 하는 동안 그녀 곁에 자리를 잡고 원래의 우미優美하고 침착하고 다정한 태도로 옆에 앉은 아가씨를 상대해 주었다. 아버지는 이따금 흘긋 그녀의 얼굴을 바라보았다 —— 그녀 쪽에서도 때때로 아버지를 바라보고 있었다. 그러나 그녀의 눈빛은 정말 이상한, 거의 적의를 품은 것이었다. 프랑스 어로 이야기를 나누었는데, 나는 지금도 기억하고 있지만 지나이다의 깨끗한 발음에는 놀라지 않을 수 없었다. 공작부인은 식사 도중에도 여느 때처럼 조금도 거리낌없이 마구 먹어대면서 요리 칭찬에 여념이 없었다. 어머니는 그분이 몹시 거추장스러운 듯, 어쩐지 우울한 듯 내키지 않는 모양으로 마지못해 건성으로 대답만 하고 있었다. 아버지는 이따금 눈살을 찌푸렸다. 지나이다도 역시 어머니의 마음에 들지 못했다.

"어쩐지 거만스러운 처녀더군."

하고 어머니는 이튿날 이렇게 말했던 것이다.

"좀 생각해 봐 —— 거만을 떨 게 뭐가 있는지 —— 파리의 비천한 처녀 같은 낯짝을 하고서 말이야."

"당신은 분명 파리의 비천한 처녀들을 본 적이 없을 텐데."

하고 아버지는 꼬집었다.

"그래요, 다행스럽게도 못 봤어요!"

"물론 다행스러운 일이긴 하지만…… 그런데 어떻게 그분들을 이러니저러니 할 수 있는 거요?"

지나이다는 나는 조금도 아랑곳없이 식사를 끝내 버렸다. 식사가 끝나자 공작부인은 작별 인사를 하기 시작했다.

"제발 앞으로도 힘이 되어 주시기를 부인과 주인께 부탁드립니다."

하고 그녀는 노래부르는 듯한 목소리로 어머니와 아버지에게 말했다.

"할 수 없어요! 좋은 시절도 있었지만 돌이킬 수 없는 옛날 일이지요. 이래뵈도 전에는 —— 마나님으로 행세를 했어요."

하고 얄궂은 웃음소리를 내면서 말했다.

"양지가 음지된다고들 하니까요."

아버지는 공손히 부인에게 절을 하고 대기실 출입문까지 팔을 끼고 바래다 드렸다. 나는 짧은 저고리를 입은 채로 말뚝처럼 거기에 서서 사형수 못지않은 꼴로 마룻바닥을 내려다보고 있었다. 지나이다의 냉담한 태도를 보고 완전히 기가 죽어버린 것이다. 그런데 아아! 얼마나 놀라운 일이냐? 그녀는 내 앞을 지나칠 때, 그 상냥한 표정으로 내게 이렇게 속삭인 것이다.

"오늘 밤 8시에 우리 집으로 와요. 괜찮겠죠? 꼭……"

나는 너무나 뜻밖이어서 두 손을 벌렸는데 —— 그녀는 흰 스카프를 머리에 걸치더니 급히 가 버렸다.

7

정확히 8시에 나는 프록 코트를 입고 머리카락을 약간 높게 빗어 올린 후, 공작부인이 살고 있는 별당으로 들어갔다. 늙은 하인은 불친절한 눈으로 나를 흘긋 보더니 마지못해 의자에서 일어났다.

응접실에서는 명랑한 사람 소리가 들려왔다. 나는 문을 열다가 흠칫 뒤로 물러섰다. 의자 위에 공작 아가씨가 우뚝 서서 남자의 모자를 눈앞에 받쳐 들고 있었다. 의자 둘레에서는 다섯 남자가 웅성거리고 있었다. 그들은 서로 먼저 모자 속에 손을 집어넣으려 했으나, 아가씨는 그것을 위로 들어 올려 힘껏 흔들고 있었다. 내 모습이 눈에 띄자 그녀는 큰소리로,

"잠깐만 기다려요! 새 손님이 오셨어요. 그분에게도 딱지를 드려야죠."

하고 말하더니 훌쩍 의자에서 뛰어 내려와서 내 프록 코트 소맷자락을 잡고,

"자, 이리로 오세요."

하고 말했다.

"뭘 멍하니 서 있어요? 여러분, 소개하겠어요. 이분은 뭇슈 볼데마르, 이웃집 도련님이에요. 그리고 이쪽은,"

하고 그녀는 차례차례로 손님들을 가리키며 덧붙였다.

"마레프스키 백작, 의사 루신, 시인 마이다노프, 퇴역 대위 닐마스키 그리고 경기병인 베로브조로프, 이분은 이미 만나 보셨죠? 여러분, 제발 사이좋게 지내세요."

나는 완전히 상기되어 아무한테도 인사를 하지 않았을 정도였다. 의사 루신이라는 작자가 그때 뜰에서 낯을 화끈하게 만든 그 거무스름한 사나이였음을 알았지만, 그 밖에는 처음 본 사람들이었다.

"백작!"

하고 지나이다는 말을 계속했다.

"뭇슈 볼데마르에게 딱지를 써 주도록 해요."

"그건 공평하지 못해요."

하고 폴란드 사투리가 섞인 말로 백작은 반대했다. 백작은 상당한 미남으로 옷차림도 그럴 듯했다. 밤색 머리카락에 파란 눈, 가늘고 아담한 코, 조그마한 입 위에는 콧수염을 기르

고 있었다.

"불공평해요."

하고 베로브조로프와 또 다른 남자가 맞장구를 쳤다. 그 다른 남자란 '퇴역 대위'라 불린 인물로, 나이는 사십 남짓하고 보기 흉한 마마 자국이 있는 얼굴에 아라비아 인과 같은 고수머리였으며 등이 굽은데다 견장이 없는 군복을 입었는데 가슴의 단추를 풀고 있었다.

"딱지를 써 드리라니까요."

하고 아가씨는 거듭 말했다.

"그건 또 뭐라는 반동이죠? 뭇슈 볼데마르는 처음 끼었으니까, 오늘은 특별 취급이에요. 잔소리는 그만두고 써 드려요. 내 말대로 해요."

백작은 어깨를 움츠렸으나, 온순히 굽실 절을 하더니 보석 반지로 치장한 흰 손으로 펜을 잡고 작은 종이 딱지를 뜯어내어 거기에 뭐라고 써 넣었다.

"그럼 하다못해 볼데마르에게 전후 사실을 설명하는 건 괜찮겠지요?"

하고 비꼬는 투로 루신이 말했다.

"그렇지 않으면 완전히 미궁에 빠져 있는 것 같으니까요. 사실 우리들은 벌금놀이를 하고 있는데, 아가씨가 벌금을 물기로 되어있으므로 행운의 당첨자는 아가씨 손에 키스할 권리를 얻는 겁니다. 알겠지요, 내가 하는 말을?"

나는 흘긋 그의 얼굴을 보았을 뿐으로 여전히 어리벙벙하여 말뚝처럼 서 있었는데, 그 사이 아가씨는 의자 위로 뛰어 올라가서 또다시 모자를 흔들어대기 시작했다. 모두들 손을 뻗쳐 올렸으므로 —— 나도 그에 따랐다.

"마이다노프."

하고 아가씨는 키 큰 청년을 향해 말했다. 이분은 바싹 말라붙은 얼굴에 작은 눈을 반짝거리며 검은 머리카락이 무섭게 자란 사나이였다.

"당신은 시인이므로 호탕한 기상을 발동하여 당신의 딱지를 뭇슈 볼데마르에게 양보해야잖아요? 그렇게 하면 이분의 기회는 하나뿐이 아니라 둘이 되지 않겠어요?"

그러나 마이다노프는 고개를 옆으로 흔들고는 긴 머리카락을 치켜올렸다. 나는 맨 마지막으로 모자에 손을 넣어 딱지를 집어 펼쳤는데……아아! 그 찰나에 나는 휘청거리고 말았다. 그 딱지에는 '키스'라고 씌어 있지 않은가!

"키스."

하고 나도 모르게 큰소리를 질렀다.

"브라보! 이분이 당첨됐군."

하고 그녀는 재빨리 말을 받았다.

"정말 기뻐요!"

그러고는 의자에서 내려서서 말할 수 없이 맑고 달콤한 눈으로 가만히 내 눈을 들여다보았으므로, 내 심장은 터질 듯이 뛰기 시작했다.

"당신도 기쁘세요?"

하고 그녀는 내게 물었다.

"나?"

혀가 잘 돌지 않았다.

"그 딱지 내게 팔아 주게."

하고 갑자기 내 귀 바로 위에서 베로브조로프의 거친 소리가
들렸다.

"백 루블 내겠네."

경기병의 요구에 대한 나의 대답으로서 내가 매우 분개한
눈초리로 흘겨봤으므로 지나이다는 손뼉을 쳤으며 루신은,

"잘했다!"

하고 소리치는 소동이 일어났다.

"그건 그렇다치고."

하고 루신은 말을 이었다.

"나는 사회자로서 모든 게 규정대로 진행되도록 주재해야
만 합니다. 뭇슈 볼데마르, 한쪽 무릎을 꿇으시오. 그건 규정
입니다."

지나이다는 내 앞에 서자 나를 더 찬찬히 보려는 듯이 목
을 약간 옆으로 기울이고는 참으로 정중하게 한 손을 내밀었
다. 나는 눈앞이 캄캄했다. 한쪽 무릎을 꿇으려 했는데 풀썩
두 무릎을 꿇고 말았으며 서투르기 짝이 없게 지나이다의 손
에 입술을 갖다 댔으므로, 상대의 손톱이 코 끝에 가벼운 긁
힌 자국을 냈을 정도였다.

"됐어요!"

하고 루신은 외치고 나를 부축해 일으켰다. 벌금놀이는 계속되었다. 지나이다는 나를 자기 옆에 자리하게 했다. 그녀는 여러 가지로 수법을 바꿔 참으로 많은 벌금놀이를 생각해 냈던 것이다! 그러는 중에 그녀가 서 보일 차례가 되었는데 —— 그러자 그녀는 자기 대신 추남인 닐마스키를 지적해 엎드려서 눕도록 명령했을 뿐만 아니라 얼굴을 가슴에 끌어안게까지 했던 것이다. 웃음소리는 쉴 새 없이 계속되었다.

매우 고지식한 지주 댁에서 자랐으며, 혼자서 성실한 교육을 받아온 소년인 나는 이러한 난잡한 소동이나 거의 난폭하다고 할 만한 버릇없는 들뜬 기분, 낯선 패거리들과 난생 처음 교제한 것 덕분에 금세 머리가 멍해져버렸다. 나는 어쩔 수 없이 술이라도 마신 듯 취해버렸다. 내가 다른 누구보다도 큰소리로 웃고 지껄여대기 시작했으므로, 옆 방에 있던 노부인까지 일부러 나를 보러 나왔을 정도였다. 부인은 상의할 일 때문에 오라고 한 이베르스키 문™ 근처의 하급 관리와 뭔가 이야기하고 있었던 것이다. 그러나 나는 완전히 행복감에 도취되어 있었으므로 누가 비웃건 흘겨 보건 아무런 상관도 없다고 생각했다.

지나이다는 여전히 나를 편들며 잠시도 곁에서 떠나게 하지 않았다. 어느 순간 나는 그녀와 나란히 한 장의 비단 솔에 감싸이는 처지가 되었다. 나는 내 비밀을 그녀에게 털어놓아야만 했다. 잊어버리지도 않는다. 우리 두 사람의 머리가 갑자기 몽롱해졌다. 반투명의 향기로운 아지랑이에 싸였는가 하면, 그 아지랑이 속 아주 가까이에서 부드럽게 그녀의 눈이 빛나며, 납작한 입술이 열띤 숨을 뿜으며 점점 이가 드러나 보이고, 헝클어진 머리카락이 늘어붙듯이 내 볼을 간지럽혔다. 나는 잠자코 있었다. 그녀는 이상하게 교활한 미소를 짓고 있었는데 이윽고,

"왜 그래요?"

하고 속삭였다. 나는 얼굴이 달아올라 킥킥거렸을 뿐 얼굴을 돌려 숨을 죽이고 있었다.

벌금놀이도 싫증이 났다 —— 우리는 줄돌리기(놀이의 일종으로 둥그렇게 줄을 매어 그 안에 술래가 앉아서 줄로 주위 사람의 손을 치고 맞은 사람이 대신 술래가 되는 놀이)를 시작했다. 아아! 내가 멍청히 서 있다가 지나이다에게 손가락을 따끔하게 얻어맞았을 때, 나는 얼마나 기뻐했던가! 나는 다음부터는 일부러 멍청히 서 있었지만 그녀는 나의 마음을 죄게 할 뿐 내민 손을 더 이상 치려 하지 않았다.

그러나 그날 밤 우리들의 놀이는 그것으로 끝난 것은 아니었다. 우리는 피아노를 치고 노래를 했으며, 춤을 추고 집시들 흉내도 내었다. 닐마스키는 곰으로 가장하여 소금물까지 먹었다. 마레프스키 백작은 트럼프로 여러 가지 재주를 보이고 나서, 트럼프를 뒤섞은 다음 비스트(트럼프 놀이의 일종)의 끗발을 모두 자기에게로 오게 했다. 루신은 '그에게 축사를 드리는 영광'을 가졌다. 마이다노프는 자기가 지은 서사시인 〈살육자〉의 한 구절을 낭독했다(무대는 로맨티시즘의 전성기를

택한 것이었다). 그는 그것을 검은 표지에 핏빛 표제表題를 박아 출판할 계획을 세우고 있었다. 우리는 다음엔 이베르스키 성문에서 온 관리의 무릎 위에서 모자를 슬쩍하여 그 모자를 돌려주는 조건으로 그에게 카자흐 춤을 추게 했으며 보니파치 노인에게 부인용 모자를 씌우기도 하고 ——한편 지나이다는 남자 모자를 쓰기도 했다.⋯⋯우리의 놀이는 일일이 헤아릴 수 없을 정도였다. 오직 베로브조로프 한 사람만은 화가 난 듯한 표정으로 거의 한구석에 박혀있었다.⋯⋯가끔 얼굴이 붉게 상기되고 빨갛게 충혈된 눈으로 당장에라도 우리에게 덤벼들어 모두를 나뭇조각처럼 이리저리 집어 던질 듯한 기세였다. 그러나 지나이다가 손가락으로 위협하는 듯이 그를 흘끔 쳐다보면 그는 다시 구석으로 몸을 숨겼다.

우리는 드디어 녹초가 되었다. 공작부인은 그녀 자신의 말대로 매우 너그러운 분이어서 아무리 떠들어대도 못마땅한 기색은 없었지만, 그녀는 피로를 느꼈던 모양으로 좀 누워야겠다고 말했다. 밤 11시가 지나서야 밤참이 나왔다. 그것은 오래 되어 굳은 치즈와 햄을 다져 넣은 싸늘하고 괴상한 고기만두뿐이었다. 그러나 나는 그 고기만두가 어떤 고급 만두보다도 더 맛있는 것 같았다. 포도주는 단 한 병밖에 나오지 않았는데, 그것마저 거무죽죽하고 병마개 부분이 부풀어오른 것 같았으며, 병도 가득 차지 않은데다가 포도주는 붉은 물감 냄새를 풍겼다. 물론 아무도 그것을 마시지 않았다. 나는 녹초가 되어 몽롱한 행복감에 취해 별당에서 나왔다. 지나이다는 헤어질 때 내 손을 꼭 붙잡고 영문 모를 미소를 던졌다.

무겁고 축축한 밤공기가 상기된 나의 얼굴을 스쳐갔다. 마치 소나기라도 한바탕 퍼부을 듯한 날씨였다. 검은 비구름이 뭉게뭉게 피어올라 순식간에 연기처럼 하늘을 덮고 있었다. 우중충한 나무 사이에서 한줄기 바람이 불안스럽게 몸부림치고, 먼 지평선 저쪽에서는 성난 듯한 천둥 소리가 혼자 투덜거리듯이 으르렁대고 있었다.

나는 뒷문을 통해 살며시 내 방으로 들어갔다. 나의 몸종이 마룻바닥에서 자고 있었으므로 나는 그의 몸을 타고 넘어가지 않을 수 없었다. 그는 눈을 뜨고 나를 보더니 어머니께서 화를 내시며 나를 데리러 사람을 보내려는 것을 아버지께서 만류하셨다고 했다(나는 지금까지 어머니께 밤인사를 한 뒤, 축복을 받지 않고서는 한 번도 잠자리에 들어간 적이 없었다). 그렇지만 어쩔 수 없었다. 나는 하인에게 옷은 내가 갈아입고 자겠다고 말한 후 불을 껐다. 그러나 나는 옷도 갈아입지 않았고 자리에 눕지도 않았다.

나는 의자에 걸터앉아 오랫동안 멍청히 있었다. 내가 맛본 것은 정말 새롭고 감미로운 것이었다. 나는 가끔 주위를 둘러볼 뿐 꼼짝도 않은 채 조용히 앉아서 천천히 숨을 들이마셨다. 그리고 가끔 오늘 밤의 일을 생각하고는 웃기도 하고, 나는 연애를 하고 있나보다, 이게 바로 사랑이라는 것이구나, 하는 생각이 들자 섬뜩해졌다. 지나이다의 얼굴이 어둠 속에서 눈앞에 조용히 떠올랐다. 언제까지나 사라지지 않고 어둠 속에서 떠돌고 있었다. 그 입술은 뜻 모를 미소를 머금었고, 곁눈질을 하며 나를 바라보는 눈은 무엇인가 궁금해하는 듯이, 아니 깊은 생각에 잠긴 듯이 상냥하고…… 아까 그녀와 헤어지던 순간과 꼭 같은 눈매였다.

드디어 나는 의자에서 일어나 발끝으로 침대에 다가가 조심스럽게 옷도 갈아입지 않고 조용히 누웠다. 마치 거친 동작으로 마음 속에 가득 찬 감정이 혼란스러워질까 염려하는 것처럼…….

나는 자리에 누워서도 눈 감을 생각조차 하지 않았다. 곧 희미한 광선 같은 것이 방으로 비쳐 옴을 깨달았다. 나는 상반신을 일으켜 창을 바라보았다. 신비롭고도 희멀건 유리 위로 선명하게 그려지는…… '천둥 번개구나' 하고 나는 생각했다. 분명히 우레는 우레였지만 아주 먼 곳이어서 천둥 소리조차 들리지 않았다. 다만 수없이 가지가 뻗은 듯한 길다란 번개가 먼 하늘에서 쉴 새 없이 번쩍이고 있었다. 그것은 번쩍거린다기보다 차라리 죽어 가는 새의 날개가 퍼덕이면서 떨고 있는 것처럼 보였다. 나는 일어나서 창가로 다가가 아침까지 그대로 서 있었다……번개는 잠시도 쉬지 않았다. 그 밤은 흔히 말하는 '참새의 밤(6월 20일 경 밤이 가장 짧은 때)'이었다. 나는 말없는 모래밭과 네스크치느이 공원의 시커먼 삼림과 번개가 번쩍일 때마다 몸을 떨고 있는 것 같은 멀리 보이는 건물의 누르스름한 정면을 바라보고 있었다. 나는 시선을 돌릴 수 없었다. 이 소리도 없는 번갯불은, 희미한 섬광은 마치 내 마음 속에서 남 모르게 타오르고 있는 말없는 충동에 호응하는 것 같았다.

날이 밝아 오기 시작했다. 아침놀이 붉은 반점을 흩뜨리며 나타났다. 해가 떠오를 시간이 가까워지자 번개도 차츰 빛을 잃고 사라졌다. 가냘픈 전율도 점점 멀어져 가고, 드디어 떠오르는 아침 해의 찬란한 빛에 압도되어 형적을 감추었다.

그와 동시에 내 마음 속의 번갯불도 사라졌다. 나는 말 할 수 없는 피로와 정적을 느꼈다⋯⋯그러나 지나이다의 모습은 여전히 내 마음 속에 떠돌고 있었다. 그러나 그 자태도 차츰 가라앉은 듯했다. 그 마음은 마치 연못가의 숲 속에서 날아 오르는 백조처럼 자기를 에워싸고 있던 보기 흉한 환경에서 떨어져 나온 것 같은 느낌이었다. 나는 잠자리에 들기 전 다시 한 번 신뢰와 존경의 마음으로 그녀의 작별 모습에 정성껏 키스를 했다.

오오, 불타 오르는 애정이여, 부드러운 영혼의 음향이여, 감격에 넘치는 아름다움과 그윽함이여, 첫사랑의 감격이 용해되는 듯한 기쁨이여⋯⋯ 그대들은 어디에 있는가, 아아, 대체 어디로 갔는가?

8

이튿날 아침 차를 마시러 아래층으로 내려갔을 때, 어머니는 나에게 잔소리를 하셨다 ──예상했던 것처럼 심하지는 않았지만, 그 대신 어젯밤에 무엇을 하며 놀았는가 말해 보라는 것이었다. 나는 상세한 것은 대부분 생략하고 전체를 매우 단순해 보이게 꾸며 가며 간단히 대답했다.

"어쨌든 그 사람들은 점잖은 사람들이 아니야."
하고 어머니는 말씀하셨다.

"그러니 너는 그런 집에 드나들지 말고 시험 준비나 열심히 해라."

그러나 나는 어머니가 내 시험 공부에 대해 고작해야 이러한 몇 마디로 끝내는 것을 알고 있었기 때문에 대꾸할 필요도 없다고 생각했다. 그런데 차를 마시고 나자 아버지께서 내 팔을 붙잡고 정원으로 나오게 하시더니, 나로 하여금 자세킨 댁에서 본 것을 모두 털어놓게 하셨다.

아버지는 나에 대해 기묘한 감화력을 갖고 계셨다 ── 그리고 아버지와 나 사이는 여느 부자들과는 달랐다. 아버지는 나의 교육에 대해서는 전혀 관여하지 않았지만, 그렇다고 나를 무시하는 일도 절대로 없었다. 어디까지나 나의 자유를 존중하시고 ── 이러한 표현을 해도 괜찮다면, 아버지는 나에게 은근한 태도를 취하셨다. 단지 나를 자기 곁에 가까이 오지 못하게 할 뿐이었다. 나는 아버지를 좋아했으며, 나에게는 아버지가 남성 중의 남성처럼 생각되어 아버지에게 반해 있었다 ── 만일 아버지의 손이 끊임없이 나를 경계하는 것을 느끼지 않았던들 나는 얼마나 그를 열렬히 사랑하고 따랐을는지 모른다. 그 대신 아버지는 마음이 내킬 때면 불과

한두 마디 말이나 손짓 하나로 순식간에 아버지에 대한 무한한 신뢰감을 불러일으키는 힘을 갖고 있었다 —— 그리하여 내 마음의 문은 열리고 —— 나는 말이 통하는 친구나 관대한 스승을 대하는 것처럼 아버지를 상대로 부지런히 지껄이는 것이었다…… 그러나 아버지는 또다시 나를 버리고 만다 —— 그리고 아버지의 손은 다시 나를 밀어 버리고 마는 것이다 —— 그 손길은 부드럽고 상냥하지만 나를 밀어내는 손길인 것만은 틀림없다.

그러나 아버지도 때로는 기분이 몹시 쾌활해질 때가 있다. 그럴 때면 아버지는 마치 소년처럼 나와 함께 장난을 치고 뛰놀기를 꺼리지 않는다(아버지는 모든 과격한 운동을 즐겼다). 한 번은 —— 오직 한 번밖에 없었다 —— 아버지께서 그야말로 무척 다정하게 나를 애무해 주셨으므로 나는 하마터면 울음을 터뜨릴 뻔했다…… 그러나 그렇게 명랑하고 인자하시던 모습은 흔적도 없이 사라지고 —— 우리 둘 사이에 일어났던 일은 나에게 미래에 대한 아무런 희망도 주지 못했다 —— 마치 모든 것이 꿈결같이 허전하기만 했다. 나는 종종 아버지의 현명하고 시원스러운 모습을 물끄러미 보고 있노라면…… 가슴은 두근거리고 몸과 마음이 송두리째 그에게 휩쓸려 들어가는 듯했다. 그럴 때면 아버지는 나의 마음 속을 빤히 들여다보고 있기라도 한 것처럼, 아무렇지도 않은 듯이 나의 뺨을 살짝 건드리고 —— 그대로 지나가거나 무슨 일을 시작하신다. 그렇지 않으면 다른 사람으로선 흉내도 낼 수 없는 아버지의 독특한 수법으로 갑자기 싸늘한 표정이 되 곤 한다. 그러면 나도 곧 위축되어 싸늘하게 굳어버린다.

가끔 한 번씩 나타내는 나에 대한 아버지의 애정의 발작은 내가 입 밖에 내지 않더라도 한눈에 알아볼 수 있을 정도로 나의 애원에 의해 일으킬 수 있는 것은 결코 아니었다. 그것 은 언제나 뜻밖에 갑자기 나타났다. 나중에 아버지의 성격에 대해 여러 가지로 생각해 본 결과, 나는 다음과 같은 결론에 도달했다 —— 아버지는 나나 가정생활에 관여할 만한 정신 적인 여유가 없었다. 아버지가 사랑한 것은 색다른 것이며, 그 색다름을 마음껏 향락했던 것이다.

"가능한 한 모든 것은 자기 소유로 만들어야지 남에게 넘 겨 줘서는 안 돼. 자기는 자기 자신의 것이 돼야 해 —— 여기 에 바로 인생의 묘미가 있는 거야" 하고 아버지는 언젠가 나 에게 말씀하셨다. 그리고 나는 언젠가 젊은 민주주의자로서 아버지와 자유에 대해 토론한 적이 있었다(아버지에게는 '기분 이 좋은 날'이었는데, 그럴 때면 나는 아버지께 어떠한 이야기도 할 수 있었다).

"자유라고……"
하고 아버지께서는 되뇌이셨다.

"그런데 너는 인간에게 자유를 주는 것이 무엇인지 알고 있느냐?"

"무슨 말씀이죠?"

"의지다. 자기 자신의 의지란 말이야. 의지는 자유보다 귀중한 권력을 준다. 자기가 하고 싶은 일을 마음대로 할 수 있다면 ——자유로운 몸이 될 수도 있을 것이고, 또한 명령을 내릴 수도 있을 것이다."

아버지는 무엇보다도 먼저 삶을 향유하라고 하셨다. ……어찌 보면 아버지는 자기는 인생의 묘미를 오래도록 맛볼 수 없다는 것을 그때 미리 예감하고 계셨는지도 모른다. 아버지는 불과 42세라는 나이에 세상을 떠났던 것이다.

나는 자세킨의 집을 방문했던 이야기를 상세하게 아버지께 말씀드렸다. 아버지는 벤치에 앉아서 채찍 끝으로 모래 위에 무엇인가를 쓰면서 귀를 기울이는 듯하기도 하고, 한편 무관심한 듯한 태도로 나의 이야기를 듣고 있었다. 아버지는 간간이 웃음을 띠며 매우 명랑하고 즐거운 듯한 시선으로 나의 얼굴을 바라보면서 짧은 질문을 던지기도 하고 반박도 하면서 나를 치켜세웠다. 처음엔 나는 지나이다의 이름조차 입 밖에 낼 용기가 없었지만 끝내 참을 수 없어서 그녀에 대한 칭찬을 하기 시작했다. 아버지는 여전히 입가에 웃음을 띠고 있었다. 그런데 잠깐 생각에 잠기다가 기지개를 켜며 벌떡 일어섰다.

나는 집을 나올 때 아버지께서 말에 안장을 매라고 한 말씀이 떠올랐다. 아버지는 굉장한 기마 선수여서 레리 씨보다도 훨씬 일찍부터 사나운 말을 다루는 솜씨에 숙달되어 있었다.

"아버지, 저도 함께 따라가도 되지요?"

하고 내가 물었다.

"안 돼."

하고 아버지는 대답했다. 그 표정은 여느 때와 마찬가지로 상냥하기는 하지만 무관심한 표정으로 돌아가 있었다.

"타고 싶거든 너 혼자서 가거라. 나는 나가지 않는다고 마부에게 일러라."

아버지는 나에게서 등을 돌리더니 재빨리 걸어가 버렸다. 나는 그 뒷모습을 물끄러미 바라보았다 —— 드디어 아버지의 모습은 문밖으로 사라져 버렸다. 그 모자가 담을 따라 움직이는 것이 눈에 띄었다. 그는 자세킨의 집으로 들어갔다. 아버지는 그 집에서 한 시간 이상 머물지는 않았다. 그는 곧 시내로 갔다가 저녁때에야 집으로 돌아왔다.

점심을 먹은 나도 자세킨의 집으로 갔다. 응접실에는 늙은 공작부인이 혼자 앉아 있었다. 내가 들어간 것을 보자, 뜨개 바늘 끝으로 모자 밑의 머리를 긁적거리면서 느닷없이 진정서 한 장을 정서해 줄 수 없겠느냐고 물었다.

"써 드리지요."

하고 나는 대답하면서 의자 끝에 걸터앉았다.

"될 수 있는 대로 글자를 큼직하게 써 주세요."

하고 몹시 더러운 종이 한 장을 나에게 내밀면서 공작부인은 말했다.

"오늘 안으로 써 줄 수는 없을까요?"

"오늘 안으로 써 드리지요."

옆방 문이 빠끔히 열리더니 —— 그 틈으로 지나이다가 머리를 아무렇게나 뒤로 쓸어 넘기고 창백한 얼굴에 수심을 띠고 내다보았다. 그녀는 크고 싸늘한 눈으로 나를 흘끗 바라보더니 그대로 문을 닫아 버렸다.

"지나야, 지나야!"

하고 공작부인이 불렀다. 지나이다는 대답하지 않았다.

나는 노부인의 진성서를 가지고 돌아와서 그것을 쓰느라 온 밤을 보냈다.

9

나의 '번뇌'는 사실 그날부터 시작되었다. 지금도 생생하게 기억하고 있지만, 그때 나는 처음으로 직장에 들어간 사람이 체득하는 것과 비슷한 심정이었다. 나는 이미 단순한 소년이 아니고 사랑을 하는 사나이였다. 나는 지금 나의 번뇌는 사실은 그날부터 시작되었다고 했지만, 나의 괴로움도 바로 그날부터 시작되었다고 덧붙일 수 있을 것이다.

지나이다가 곁에 없으면 나의 마음은 슬픔에 잠겼다. 아무것도 손에 잡히지 않고 무엇을 해도 제대로 되지 않았으며 하루종일 오직 그녀 생각만 했다. 나는 우수에 빠지고 말았다…… 그러나 나는 그녀 옆에 있어도 결코 편안하지 않았다. 나는 질투를 하거나 나 자신이 보잘것없는 존재임을 스스로 느끼게 되고, 공연히 화가 치밀기도 했으며, 비겁하게 굽실거리기도 했다. 그러면서도 억제할 수 없는 힘이 나를 그녀에게로 끌고 가는 것이었다. 그리고 나는 언제나 부지중에 행복의 전율을 느끼며 그녀의 방 문턱을 넘어서는 것이었다. 지나이다는 내가 그녀를 사랑한다는 것을 곧 알아차렸다. 나 역시 그것을 숨기려 하지 않았다. 그녀는 나의 연정을 재미있어하고 나를 희롱하거나 달래기도 하며 괴롭히기도 했다. 자기가 다른 사람에게 최대의 환희와 깊은 비애의 원천이 되면서도 아무런 책임이 없는 절대적인 힘의 근원이 된다는 것은 기분 좋은 일일 것이다. 그러나 나는 지나이다의 손아귀에서는 맥을 못 추는 존재였다. 그런데 나 혼자만이 그녀를 사랑하고 있는 것은 아니었다. 그녀의 집을 드나드는 남성들은 누구나 그녀에게 미쳐있었다. 그녀는 그들을 모조리 밧줄로 묶어서 자기 발 밑에 엎드리게 했다. 그녀는 그들의 마음 속에 때로는 희망을 안겨 주기도 하고 때로는 불안을 갖게 하여 자기 마음대로 조롱하는 것으로(그것을 그녀는 그들끼리 맞붙어 싸우게 하는 것이라고 했다) 즐거움을 삼고 있었다 —— 그러나 그들은 조금도 거역하려 하지는 않고 기꺼이 그녀에게 복종했다.

싱싱하고 아름다운 그녀의 몸 전체에는 교활함과 무관심, 기교와 단순함, 조용함과 활발함이 뒤섞여 일종의 독특한 매력이 넘쳐흘렀다. 그녀의 일거일동이나 이야기하는 것 또는 그 밖에 아무리 사소한 움직임에도 뭐라고 말할 수 없는 경쾌한 아름다움이 넘쳐흘러 모든 면에서 다른 사람으로서는 흉내도 낼 수 없는 약동하는 생명을 느끼게 했다. 그녀의 얼굴도 쉴 새 없이 변화하여 언제나 생명력이 넘쳐흘렀다. 그리고 그 표정은 냉소와 수심과 정열을 거의 동시에 나타내고 있었다. 바람이 조금 부는 맑게 갠 날의 구름처럼 가볍고 재빠르게 그녀의 눈과 입술가를 끊임없이 맴돌고 있었다.

지나이다를 숭배하는 사람들은 한 사람 한 사람 모두가 그녀에게 필요한 존재였다. 그녀가 '나의 맹수'라고 부르기도 하고, 때로는 '나의 사람'이라고 부르기도 하는 베로브조로프는 그녀를 위해서라면 불 속에라도 기꺼이 뛰어들 만한 위인은 아니었다. 자기의 지력智力이나 그 밖의 재능에 자신이 없는 그는 끊임없이 그녀에게 청혼하면서, 다른 남성들은 말로만 애정을 표시한다고 은근히 비추는 것이었다. 마이다노프는 그녀 영혼의 시적 소질의 상대였다. 그는 문학을 하는 대부분의 사람들이 그렇듯이 상당히 냉정한 성격이었지만, 그녀에게 입버릇처럼 열렬히 사모하고 있노라고 맹세했을 뿐만 아니라 자기 자신도 마음 속으로 그처럼 다짐하고 있는 것 같았다. 수없이 많은 시로써 그녀를 찬미하고, 이상하게 부자연스러우면서도 감격적인 어조로 낭독하여 그녀에게 들려주는 것이었다. 그녀는 그를 그다지 신용하지 않았지만, 정성 어린 작품을 많이 듣고 나서는 분위기를 바꿔야 한다면서 다시 푸슈킨의 시를 낭독하게 했다. 루신은 빈정거리기도 잘하고 노골적인 말을 예사로 지껄이는 의사였지만, 그녀의 사람됨을 누구보다도 잘 알고 있었다. 그는 그녀가 있는 곳에서나 없는 곳에서나 그녀를 마구 욕했지만, 누구보다도 그녀를 사랑하고 있었다. 그녀는 그를 존경했지만, 그렇다고 그에게 관대하지는 않았다 —— 때때로 그 사나이도 자기 손 아귀에 있다는 것을 은근히 보여 주고는 일종의 독특하고 심술궂은 쾌감을 누리는 것이었다.

"나는 애정을 모르는 경박한 계집애예요, 아마 배우의 소질을 타고난 모양이지요."

하고 그녀는 언젠가 내 앞에서 그에게 말한 적이 있었다.

"아, 좋은 수가 있군요. 손을 잠깐 내놓으세요, 바늘로 찔러 드릴 테니까. 이 젊은 분 앞에서 부끄럽게 생각지 않으세요? 그래도 당신은 솔직한 분이니까 아픈 것은 생각지 않고 거리낌없이 웃으시겠지요."

루신은 얼굴을 붉히면서 고개를 옆으로 돌리고 입술을 깨물었지만, 결국 손을 내밀었다. 그녀가 바늘로 꾹 찌르자 그는 과연 웃기 시작했다 —— 그러나 그녀는 바늘을 꽤 깊이 찌르고는 공연히 이리저리 시선을 피하고 있는 사나이의 눈을 들여다보면서 깔깔거리고 웃어댔다.

내게 가장 알기 어려운 것은 지나이다와 마레프스키 백작과의 관계였다. 그는 미남자로서 재간이 있고 영리한 사람이었지만, 불과 16세밖에 되지 않은 나의 눈에도 어딘지 사기꾼 같은 데가 엿보였다. 나는 지나이다가 그것을 깨닫지 못하는 데 놀라지 않을 수 없었다. 그러나 그녀는 어쩌면 그 엉터리를 눈치채고서도 그러한 점을 그다지 싫어하지 않았는지도 모른다. 불규칙한 교육과 기묘한 교우 관계와 습관, 언제나 곁에 붙어 있는 어머니, 빈궁한 생활과 무질서, 게다가 젊은 처녀에게 주어진 자유, 주위 사람들보다도 한층 뛰어났다는 우월감 등에서 비롯되는 모든 조건이 그녀에게 거의 경멸하는 듯한 무관심한 태도와 자포자기하는 성격을 조장시킨 것이다. 예컨대 어떤 일이 생겨도, 보니파치가 와서 설탕이 떨어졌다는 말을 하거나 어떤 좋지 못한 소문이 들려 와도, 손님들이 서로 다투는 일이 있더라도 —— 그녀는 단지 곱슬곱슬한 머리를 흔들면서,

"하찮은 일을 가지고!"

하고 말할 뿐 —— 그다지 신경쓰지 않았다.

그 대신 나는 전신의 피가 한꺼번에 머리로 올라오는 것 같이 느낄 때가 종종 있었다. 마레프스키가 마치 여우처럼 교활하게 몸을 건들거리며 그녀에게로 다가가 멋있는 포즈를 취하고, 그녀의 의자 뒤에 기대서 자못 흐뭇한 듯이 미소를 띠고 그녀의 귀에 무엇인가를 소곤거리고, 그녀는 그녀대로 가슴에 두 팔을 끼고 사나이를 바라보면서 미소를 짓거나 고개를 저을 때면 정말 견딜 수 없었다.

"당신은 왜 마레프스키 같은 사람을 집에 드나들게 합니까?"

하고 나는 언젠가 그녀에게 말했다.

"하지만 그분의 수염은 근사하잖아요?"

하고 그녀는 대답했다.

"그렇지만 그런 것은 당신이 관여할 바가 아니예요, 혹시

당신은 내가 그분을 사랑하고 있기라도 한 것처럼 생각하실
지 모르지만."

하고 그녀는 언젠가 나에게 말한 적이 있었다.

"천만의 말씀이에요. 나는 내가 높은 위치에서 내려다봐야
하는 사람은 사랑할 수 없어요. 나를 꼼짝도 못하게 하는 그
런 사람이라야 하니까요…… 그렇지만 그런 사람과 마주치
지는 않을 것 같으니 다행이지요. 나는 결코 누구의 손에도
잡히지 않을 거예요."

"그렇다면 당신은 결코 연애를 할 수 없겠군요?"

"그렇다고 당신까지도? 내가 당신마저 사랑하지 않는다고
요?"

하고 그녀는 말하면서 장갑 끝으로 내 콧잔등을 두들겼다.

지나이다는 나를 마음대로 희롱했다. 나는 3주 동안이나
날마다 그녀와 만났는데, 그녀는 갖가지 방법으로 나를 곯려
주었다. 그녀는 우리 집에 그다지 놀러 오지 않았지만, 나는
섭섭하게 생각하지는 않았다. 그녀는 우리 집에 오면 의젓한
아가씨, 공작의 따님으로 변했다 —— 게다가 나도 그녀를
피하려 했다. 어머니에게 눈치채일까봐 겁났던 것이다. 어머
니는 지나이다에 대해 매우 좋지 못한 감정이 있었을 뿐 아
니라 우리를 증오하는 눈초리로 감시하고 있었다. 아버지는
별로 두렵지 않았다. 아버지는 아무런 눈치도 채지 못한 듯
이 대했으며, 지나이다와 그다지 많은 이야기를 하지는 않았
지만 아버지의 말은 위트가 풍부하고 무엇인가 의미심장한

것 같았다. 나는 공부도 독서도 중단해 버렸다── 근교를 산책하거나 멀리 승마를 가는 것도 중지해 버렸다. 나는 마치 발을 묶인 딱정벌레처럼 그리운 별당 주위를 쉴 새 없이 빙빙 돌고 있었다. 나는 언제까지나 그곳을 떠나고 싶지 않았다. 그러나 그럴 수는 없었다. 어머니의 잔소리가 심해지고, 어떤 때는 지나이다마저 나를 쫓아 버리기 때문이었다. 그럴 때면 나는 내 방에 박혀 있거나 혹은 정원가의 높은 석조 온실의 허물어진 곳으로 기어올라가서 길로 향한 벽에 발을 늘어뜨리고 걸터앉아서 몇 시간이고 움직이지 않고 그 무엇에도 눈을 돌리지 않고 멍하니 앞만 바라보고 있었다. 먼지를 흠뻑 뒤집어쓴 쐐기풀 위로 하얀 나비가 몇 마리 날개를 팔랑거리며 이리저리 날아다니고 있었다.

날쌔게 보이는 참새 한 마리가 부숴진 붉은 벽돌 위에 앉아서 온몸을 앞뒤로 움직이며 꼬리를 부챗살 모양으로 펴고 신경을 곤두세우는 소리로 연방 짹짹거리고 있었다. 여전히 나를 경계하는 까마귀들은 벌거숭이가 된, 키가 큰 자작나무 꼭대기에 앉아서 가끔 생각난 듯이 까옥거리고 있었다. 그 엉성한 나뭇가지를 태양과 바람이 조용히 희롱했으며 돈스코이 수도원의 종소리가 때때로 바람을 타고 은은하고 서글프게 들려왔다. 나는 가만히 앉아서 주위를 둘러보며 종소리를 듣고 있었다. 그러자 나의 마음엔 뭐라 형용하기 어려운 감회가 넘쳐 흘러들었다. 그 감회 속에는 우수도 희열도 미래에 대한 예감도 희망도 삶의 공포도 그 밖의 온갖 것이 모두 포함되어 있었다. 그러나 그때 나는 그러한 것을 전혀 깨닫지 못했으므로 나의 마음 속에서 발효하는 것 중 어느 한 가지도 분명히 이름붙일 수 없었을 것이다 —— 그렇지 않다면 이와 같은 모든 것을 통틀어 하나의 이름 —— 지나이다라는 이름으로 불러야 했을지도 모른다.

한편 지나이다는 여전히 마치 고양이가 쥐를 희롱하듯이 나를 회롱하고 있었다. 그녀가 나에게 아양을 부리면 나는 흥분하여 가슴이 녹아내리는 듯하고, 그러다가 갑자기 나를 밀어 버리면 —— 나는 그녀 곁으로 다가갈 수도 없고 그녀의 얼굴을 바라볼 수도 없었다.

아직도 기억하고 있지만, 그녀는 여러 날을 두고 나에게 몹시 쌀쌀하게 군 적이 있었다. 나는 완전히 겁쟁이가 되어 벌벌 떨면서 별당으로 달려가서는 가능한 한 늙은 공작부인 곁에 붙어 있으려 했다. 마침 그 무렵 부인은 몹시 화가 나서 그런 것은 안중에도 없었다. 수표 사건이 불리해져서 부인은 두 번이나 경찰관과 시비를 벌였던 것이다.

어느 날 나는 뜰안을 걷고 있다가 지나이다의 모습을 발견했다. 그녀는 두 손으로 땅을 짚고 푸른 풀 위에 앉아서 꼼짝도 않고 있었다. 내가 살그머니 지나치려 하자 그녀는 갑자기 얼굴을 들더니 무엇인가 명령을 하듯이 손짓을 해 보였다. 나는 그 자리에 멈춰 섰지만, 처음에는 무슨 뜻인지 알아차리지 못했다. 그녀는 다시 한 번 손짓을 되풀이했다. 나는 곧 담을 뛰어넘어 기꺼이 그녀에게로 달려갔다. 그러나 그녀는 눈짓으로 나를 제지하고 손가락으로 두어 발자국 떨어진 좁은 길을 가리켰다. 나는 어찌해야 좋을지 어리둥절한 나머지 길가에 무릎을 꿇었다. 그녀의 얼굴은 너무도 창백하여 눈이며 코며 하나하나가 깊은 비애와 피로한 기색이 역력했으므로, 나는 가슴이 터질 듯했다. 나는 무심코 중얼거렸다.

"무슨 일이 있었나요?"

지나이다는 손을 뻗어 풀잎을 뽑아서 씹어 보고는 휙 던져버렸다.

"당신은 정말 나를 사랑하고 있지요?"

하며 그녀는 덧붙였다.

"그렇죠?"

나는 아무 대답도 하지 않았다. 새삼스럽게 무슨 대답이 필요하겠는가?

"그렇죠?"

그녀는 여전히 나를 바라보며 같은 말을 되풀이했다.

"물론 그렇겠죠. 눈이 똑같은걸요……"

하고 그녀는 덧붙인 후 생각에 잠기더니 두 손으로 얼굴을 가렸다.

"난 모든 게 다 싫어졌어."

하고 그녀는 중얼거렸다.

"이 세상 끝으로라도 가 버렸으면 좋으련만, 난 정말 견딜 수 없어. 나는 이런 일을 감당할 수 없어…… 그런데 내 앞날은 어떻게 될지! 아아, 나는 괴로워…… 정말 괴로워 죽겠어!"

"왜 그러시죠?"

하고 나는 겁을 먹은 채 입을 열었다.

지나이다는 아무 대답도 없이 단지 어깨만 움찔해 보였다. 나는 여전히 무릎을 꿇고 비통한 마음으로 그녀를 바라보았다. 그녀의 한 마디 한 마디는 내 가슴 속으로 깊이깊이 파고들었다. 그때의 나는 그녀를 즐겁게 하기 위해서라면 기꺼이 내 생명이라도 바칠 수 있을 것 같았다. 나는 시선을 집중해 그녀를 바라보았다 —— 그리고 무엇 때문에 그녀가 괴로워하고 있는지 그 까닭은 알 수 없었지만, 그녀가 견딜 수 없는 슬픔의 발작에 못 이겨 뜰로 나와서는 갑자기 발목이 부러진 듯이 땅 위로 쓰러진 광경은 똑똑히 머릿속에 그려 볼 수 있었다 —— 주위는 온통 햇빛을 받아 푸르게 빛나고 있었다. 나뭇잎은 바람에 산들거리고, 가끔 지나이다의 머리 위에 뻗친 길다란 딸기나무 가지를 흔들고 있었다. 어디선가 구구구 비둘기 울음소리가 들려왔다 —— 꿀벌이 풀위를 낮게 날아다니며 붕붕거렸다. 눈을 들면 푸른 하늘이 다정하게 펼쳐져 있었다 —— 나는 말 할 수 없는 슬픔에 싸여 있었다 ——

"나에게 어떤 시든지 들려줘요."

하고 지나이다가 작은 소리로 말하며 팔꿈치로 몸을 받쳤다.

"나는 당신이 시를 낭독하는 것이 무척 좋아요, 마치 노래를 부르는 거나 다름없지만 그래도 상관없어요. 젊다는 증거니까요. 〈그루지야의 언덕에서〉(푸슈킨의 시)를 들려줘요. 그렇지만 우선 앉으셔야지요."

나는 앉아서 〈그루지야의 언덕에서〉를 낭독했다.

"사랑하지 않을 수 없기 때문에 ──"

하고 지나이다는 되풀이했다.

"그래서 이 시가 좋다는 거죠. 이 세상에 없는 것을 들려주
니까. 실제로 있는 것보다 더 훌륭할 뿐만 아니라 진실에 훨
씬 더 가까우니까요…… 사랑하지 않을 수 없기 때문에……
사랑하지 않으려 해도 그렇게 되지 않는군요!"

그녀는 다시 입을 다물었지만 갑자기 벌떡 일어섰다.

"자, 갑시다. 마이다노프가 와 있어요. 그가 지은 장시를
갖고 온 것을 그대로 두고 나와 버렸어요. 그이도 역시 괴로
워할 거예요……그렇지만 어쩔 수 없지요. 당신도 언젠가는
알게 되겠지만…… 제발 나에게 화는 내지 말아요!"

지나이다는 재빨리 나의 손을 잡고 앞으로 뛰어갔다. 우리
는 별당으로 들어갔다. 마이다노프는 방금 출판된 그의 작품
〈살육자〉를 낭독하기 시작했지만, 나는 귀담아 들으려 하지
않았다. 그는 목청을 높여 사운각四韻脚 장단조의 시를 노래
하듯이 낭독했다. 운각은 뒤죽박죽이 되어 마치 여러 개의
작은 방울이 한꺼번에 울리듯이 공연히 큰소리만 내고 있었
다. 나는 여전히 지나이다의 얼굴만 바라보면서 그녀가 마지
막으로 나에게 한 말의 뜻을 풀어 보려고 애썼다.

"혹시 남모르는 연적戀敵이 있어 선수를 쳐서 당신의 마음
을 사로잡은 것이 아닐까?"

마이다노프는 코맹맹이 소리로 갑자기 이렇게 외쳤다——
순간 나의 눈은 지나이다의 눈과 부딪쳤다. 그녀는 눈을 내
리뜨고 얼굴을 약간 붉혔다.

나는 그녀가 얼굴을 붉히는 것을 보자 놀란 나머지 등골이
싸늘해졌다. 나는 전부터 그녀에게 질투를 느꼈지만, 그 순
간 그녀는 사랑에 빠졌구나 하는 생각이 비로소 번개처럼 나
의 머릿속에 번쩍였다. '아아 어찌해야 좋담! 그녀는 누군가
를 사랑하고 있다!'

10

나의 진짜 번민은 그 순간부터 시작되었다. 나는 이 생각
저 생각을 해 보고 궁리에 궁리를 거듭했다 ——그러나 되도
록 그런 내색을 하지 않고, 지나이다의 행동을 끊임없이 감
시하고 있었다. 그녀의 마음 속에는 어떤 변화가 생긴 것이
다—— 그것은 분명했다. 그녀는 혼자서 산책을 하러 나가서
오랜 시간 헤매고 돌아다녔다. 어떤 때는 손님이 와도 나타
나지 않고 몇 시간씩 자기 방에 틀어박혀 있기도 했다. 전에
는 전혀 없던 일이었다. 나는 갑자기 뛰어난 통찰력을 갖게
되었다 —— 적어도 그렇게 된 것 같았다.

'저 사나이가 아닐까? 아니, 혹시 이 사나이일지도 몰라!'
하고 나는 그녀를 사모하고 있는 사나이를 모두 하나하나 손
꼽아 보며 마음 속으로 이렇게 자문했다. 마레프스키 백작(이
렇게 가정한다는 것은 지나이다에게는 수치스러운 일이었지만)이

다른 누구보다도 가장 위험한 인물이라고 마음 속으로 단정하고 못마땅해 했다.

그러나 나의 관찰력은 코앞까지밖에 미치지 못했으며, 나의 비밀 정책은 아무도 속이지 못한 것 같았다. 적어도 의사 루신은 내 마음 속을 빤히 들여다보았다. 그러한 루신 자신도 최근에는 전혀 태도가 달라졌다. 그는 얼굴이 핼쓱해지고 전처럼 곧잘 웃기는 했지만, 그 웃음소리는 어쩐지 더욱 얼빠진 것 같았고 가시가 돋친 듯 트이지 못했다. 자기로서는 어찌할 수 없는, 이전의 가벼운 풍자와 조작한 듯한 야유는 일종의 신경질적인 발작으로 바뀌어버렸다.

"여보게, 자네는 뭣하러 이 집을 뻔질나게 찾아드는가?" 하고 어느 날 그는 자세킨 댁의 응접실에서 나와 단둘이 있을 때 나에게 말했다(공작의 딸은 아직 산책을 나가서 돌아오지 않았고, 공작부인은 2층에서 버럭버럭 소리를 질렀다).

"자네는 공부도 하고 일도 해야 할 나이가 아닌가? —— 젊은 시절에 —— 자네는 대체 무엇을 하고 있는가?"

"내가 집에서 공부를 하는지 안 하는지 당신이 어떻게 아시죠?"

이렇게 반박하는 나의 말에는 허세가 깃들어 있기는 했지만, 다소 당황하는 빛을 숨길 수 없었다.

"공부를 한다고! 정신이 딴 데 팔려 있는 주제에. 그러나 자네와 시비를 하고 싶진 않네……자네 같은 나이에는 그것이 오히려 당연하니까. 그런데 자네의 선택은 큰 실패일세.

자네는 이 집이 대체 어떤 집인지 전혀 모르고 있지 않은 가?"

"무슨 말씀을 하시는지 납득이 가지 않는군요."
하고 나는 대꾸했다.

"납득이 가지 않는다고? 그렇다면 더욱 안 되지. 나는 자네에게 충고할 의무가 있다고 생각하네. 우리처럼 나이 먹은 독신자야 이런 데 드나들어도 무방하지. 우리들은 별일 없을 테니까. 우리는 쓴맛 단맛 다 본 인간들이니까 어떤 일이 있더라도 까딱도 않네. 그러나 자네처럼 살가죽이 얇은 사람에겐 이 집 공기가 해롭단 말일세 —— 내 말을 들어 두는 게 좋을 걸세. 전염될지도 모르니까."

"그건 또 무슨 말이지요?"

"사실 그대로가 아닌가? 자네는 지금 건전하다고 생각하나? 자네는 지금 정상적인 상태라고 말할 수 있는가? 자네의 감정이 과연 자네에게 이롭다고 생각하는가?"

"나의 감정이 어떻다는 것이지요?"

나는 이렇게 말했지만, 마음 속으로는 의사의 말이 옳다고 인정했다.

"아아, 젊은이, 젊은이."

의사는 이 말 속에 나에게 몹시 모욕적인 뜻이 내포되어 있다는 듯한 표정으로 말을 이었다.

"자네가 그런 연극을 할 수 있으리라고 생각하나? 자네에겐 안 될 말이야. 미안하지만 자네 마음은 얼굴에 그대로 나타나 있네. 그러나 나 역시 자네에게 이러니저러니 할 수도 없네. 말하는 나 자신부터가 만일……(의사는 여기서 이를 악물었다)…… 만일 자네처럼 미친 사람이 아니라면 이런 곳에 드나들 리가 없을 테니까. 다만 내가 이상하게 생각하는 것은 자네처럼 똑똑한 사람이 바로 자기 옆에서 일어나고 있는 일을 모르는가 하는 것일세."

"대체 어떤 일이 일어나고 있다는 겁니까?"

나는 그에게 반문하면서 신경을 곤두세웠다.

의사는 동정과 조소가 뒤얽힌 표정으로 나의 얼굴을 물끄러미 바라보았다.

"그렇지만 나도 좋은 사람이 못돼."

하고 그는 혼잣말처럼 중얼거렸다.

"하기야 자네에게 그런 이야기를 한들 무슨 소용이 있담. 요컨대,"

하고 그는 소리높여 덧붙였다.

"거듭 말하지만 여기 분위기는 자네에게 이롭지 못해. 자네에겐 재미있을지도 모르지. 그러나 사실은 그런 게 아닐세! 온실 속에서도 기분 좋은 향기는 나게 마련이네 —— 그렇다고 그 속에서 아주 살 수는 없단 말이네. 알겠나? 내 말을 듣고 카이다노프의 책이나 들여다보게!"

공작부인이 들어와서 의사에게 이가 아프다고 하소연했다. 그 후 지나이다도 얼굴을 내밀었다.

"이봐요, 의사 선생."

하고 공작부인이 덧붙였다.

"저 애를 좀 나무라 주세요. 하루종일 얼음물만 마시고 있으니, 그렇지 않아도 가슴이 좋지 않은데 몸이 견뎌 나겠어요?"

"왜 그런 짓을 하십니까?"
하고 루신이 물었다.

"그래서 어떻다는 거죠?"

"어떠냐구요? 감기에 걸려 죽을지도 모르죠."

"정말요? 네? 그렇지만 좋아요. 그런 팔자라도 되면 좋겠어요."

"원, 저런!"
하고 의사가 중얼거렸다.

공작부인은 밖으로 나갔다.

"원, 저런."
지나이다는 의사의 흉내를 냈다.

"산다는 것이 그렇게 재미있을까요? 한 번 주위를 둘러보세요…… 신통한 것이 있어요? 당신은 내가 아무것도 모르고, 아무 생각도 없는 사람으로 아시는군요. 나는 얼음물을 마시는 게 —— 무척 즐거워요. 당신은 순간적인 만족을 위해 일생을 망쳐서는 안 된다고 설교할 수도 있겠지만, 나는 이제 행복이니 뭐니 하는 것은 입 밖에도 내기 싫어졌어요."

"그렇지만,"
하고 루신이 입을 열었다.

"변덕과 고집…… 당신에게는 이 두 마디 말로 족하지요. 당신의 성격은 이 두 마디 말에 전부 포함되어 있으니까요."

지나이다는 신경질적으로 웃어댔다.

"당신의 진찰은 맞지 않았어요, 의사 선생님. 미안하지만 좀 늦었어요. 시대에 뒤떨어졌군요. 새 안경이라도 쓰셔야겠네요. 난 지금 변덕을 부릴 겨를도 없으니까요. 당신들을 놀려 주거나 자기 자신을 우롱하는 것이 —— 그것이 무슨 재미가 있겠어요? 내가 고집을 부리다니요! 뭇슈 볼데마르."

하고 그녀는 갑자기 나를 돌아보면서 쿵 하고 발을 굴렀다.

"그렇게 우울한 표정 짓지 마세요. 나는 동정받는 것이 제일 싫으니까요."

이렇게 말하고 그녀는 재빨리 나가 버렸다.

"해로워요. 이런 분위기는 자네에게는 해롭단 말이야, 젊은이."

하고 루신은 다시 한 번 나에게 말했다.

11

그날 저녁 자세킨 댁에는 여느 때와 마찬가지로 손님들이 모여들었다. 나도 그 속에 끼어 있었다.

화제는 마이다노프의 장편시로 옮겨졌다.

지나이다는 진심으로 그 시를 찬양했다.

"그러나 어떨까요?" 하고 그녀는 마이다노프에게 말했다. "만일 내가 시인이라면 반드시 다른 테마를 선택할 수 있을 것 같아요. 어리석은 이야기일지도 모르지만, 나는 가끔 기이한 생각이 떠오를 때가 있어요. 그러니까 이른 새벽에, 하늘이 장밋빛이나 잿빛으로 물들어 가고 있을 때, 잠을 이루지 못할 때면 말예요. 예를 들어 나의 경우라면…… 그렇지만 내가 이런 말을 한다고 비웃지는 않겠지요?"

"비웃다니요!"

하고 우리는 일제히 외쳤다.

"나라면 반드시,"

하고 그녀는 두 손을 가슴에 얹고, 옆으로 조용히 눈길을 돌리면서 말을 계속했다.

"밤중에 커다란 배를 타고 —— 조용한 강 위에 나와 있는 젊은 처녀들을 주제로 할 거예요. 달빛이 휘황하게 비치고 처녀들은 모두 흰 옷에 흰 화환을 쓰고 노래 부르는 것을. 그래요, 찬송가와 같은 노래 말예요."

"알겠습니다, 알고말고요. 어서 말씀을 계속하세요."

하고 마이다노프가 꿈꾸는 듯한 어조로 함축성 있게 말했다.

"그런데 갑자기 강 기슭으로부터 왁자지껄하는 소리와 커다란 웃음소리, 횃불이 나타나고 장구 소리가 들려 오지요 —— 그것은 바커스 신(酒神)의 여종들이 소리 높여 노래부르며 떼지어 달려오는 장면이지요. 이런 광경을 묘사하는 것은 시인 양반인 당신이 해야 할 일이지요 —— 내가 바라는 것은 횃불이 무섭게 연기를 내며 빨갛게 타오르는 것과 머리에 둘러 쓴 화환 밑의 여종들의 눈은 반짝반짝 빛나고 화환도 거무죽죽한 빛을 띠는 거예요. 그리고 호랑이 가죽이나 술잔을 잊어서는 안 되지요 —— 게다가 금도 많이 써야겠지요."

"대체 금은 어디에 쓴단 말씀이에요?"

밋밋한 머리카락을 뒤로 젖히고 콧구멍을 벌름거리면서 마이다노프가 질문했다.

"어디다 쓰느냐구요? 어깨나 손, 발이나 어느 곳이나 다지요. 옛날에는 여인들이 발목에 팔찌 같은 것을 끼고 다녔다 잖아요? 바커스의 여종들은 배에 오른 처녀들을 자기들에게로 부르죠. 처녀들은 찬송가를 부르다 중지하지요 —— 노래를 계속할 수 없기 때문이죠 —— 그러나 처녀들은 꼼짝도 않고 서 있지요. 물결은 배를 강 언덕으로 밀고 나가지요. 그러면 그 중 한 처녀가 조용히 일어서는 거예요……여기 이 장면을 잘 묘사해야 해요. 달빛을 받으며 조용히 일어서는 것이라든지 다른 친구들이 깜짝 놀라는 광경 말예요……그 처녀가 뱃전을 넘어서자 바커스의 여종들이 처녀를 둘러싸서 그녀를 끌고 어둠 속으로 재빨리 사라지는 거예요. 여기서 갑자기 연기가 솟아오르고 모든 것이 연기 속에서 뒤범벅이 되어버리는 광경을 묘사해야 해요. 다만 처녀들의 비명만이 들려 오고, 강가에는 끌려간 처녀의 화환이 하나 외로이 떨어져 있는 ……"

지나이다는 입을 다물었다. '아아, 그녀는 사랑을 하고 있구나!' 하고 나는 생각했다.

"그것뿐입니까?"

하고 마이다노프가 물었다.

"그것뿐이지요."

하고 그녀는 대답했다.

"그것만으로는 버젓한 서사시의 테마는 될 수 없지만,"

하고 그는 점잔을 빼며 말했다.

"그러나 서정시의 자료로서 당신의 아이디어를 살려 보기로 하지요."

"로맨틱하겠지요?"

하고 마레프스키가 물었다.

"물론 로맨틱하지요. 바이런의 것처럼."

"그러나 내 생각에는 위고가 바이런보다 좋지 않을까요?"

젊은 백작은 무뚝뚝하게 말했다.

"훨씬 재미있으니까요."

"위고로 말하자면 제1급에 속하는 작가지요."

하고 마이다노프는 대답했다.

"나의 친구인 톤코세프도 스페인 식의 자기 작품인 〈엘트로바도로〉라는 소설에서……"

"아아, 그 의문 부호가 거꾸로 된 책 말인가요?"

하고 지나이다가 말을 가로챘다.

"그렇지요. 스페인 사람들은 그렇게 습관이 된 모양이더군요. 그런데 내가 말하고자 하는 것은 그 톤코세프가……"

"어머나! 당신들은 또 고전주의니 낭만주의니 하는 것을 가지고 논쟁을 벌이려 하는군요."

하고 또다시 지나이다가 그들의 말을 가로챘다.

"그보다는 뭔가 놀이를 하는 게 어때요……?"

"벌금놀이를 할까요?"

하고 루신이 맞장구를 쳤다.

"아니, 벌금놀이는 재미없어요. 비유比喻놀이를 해요(이 놀이는 지나이다가 고안한 것이다. 무엇이든 한 가지 제목을 내놓고 모두들 그것을 다른 것에 비유해서 그중의 제일 훌륭한 비유를 생각해 낸 사람이 상을 받는 것)."

그녀는 창가로 다가갔다. 방금 태양이 막 넘어간 뒤라 하늘에는 붉고 가느다란 구름이 높이 떠 있었다.

"저 구름은 무엇과 비슷할까요?"

하고 지나이다가 물었다. 우리들의 답변은 기다리지도 않고 그녀는 다시 입을 열었다.

"나는 저 구름이 클레오파트라가 안토니우스를 맞이하러 갈 때 타고 간 황금배의 진홍빛 돛과 비슷하다고 생각해요. 그렇죠? 마이다노프, 당신은 지난번에 그런 이야기를 들려주었지요?"

우리는 모두 〈햄릿〉 속의 폴로니어스처럼 저 구름은 바로 그때의 돛과 흡사하며, 그보다 더 근사한 비유는 어느 누구도 생각해 내지 못할 것이라고 규정했다.

"그때 안토니우스는 몇 살이었을까요?"

하고 지나이다는 물었다.

"분명히 젊었을 거예요."

하고 마레프스키가 말을 가로챘다.

"그래요, 젊었어요."

마이다노프가 자신있는 어조로 말했다.

"실례지만,"

루신이 큰소리로 외쳤다.

"안토니우스는 마흔이 넘었어요."

"마흔이 넘었다구요?"

하고 지나이다는 그를 흘끗 쳐다보며 다시 물었다. 나는 곧 집으로 돌아왔다.

"그녀는 사랑에 빠졌어."

하고 나의 입술 사이로 무의식중에 이런 말이 새어 나왔다.

"그러나 상대방은 누굴까?"

12

며칠이 지났다. 지나이다는 점점 더 이상하게, 도무지 알 수 없게 변해 갔다. 어느 날 내가 그녀의 방에 들어갔을 때, 그녀가 등의자에 걸터앉아 뾰족한 책상 모서리에 머리를 기대고 엎드려 있는 모습이 눈에 띄었는데, 그녀는 갑자기 몸을 일으켰다…… 그 얼굴은 온통 눈물로 뒤범벅되어 있었다.

"아! 당신이었군요."

그녀는 잔인한 미소를 지으며 말했다.

"이리로 와요."

나는 그녀 옆으로 갔다. 그녀는 나의 머리 위에 한 손을 얹더니, 느닷없이 머리카락을 움켜쥐고 비틀기 시작했다.

"아야야……"

나는 마침내 비명을 질렀다.

"그래요, 아파요? 그럼 난 아프지 않은 줄 아세요? 아프지 않은 줄로 아세요? 네?"

하고 그녀는 같은 말을 되풀이했다.

"어머나!"

하고 그녀는 나의 머리에서 머리카락이 뽑힌 것을 보자 갑자기 이렇게 외쳤다.

"내가 이게 무슨 짓이람? 가엾은 뭇슈 볼데마르!"

그녀는 뽑힌 머리카락을 조심스럽게 가지런히 모아서 반지처럼 손가락에 감았다.

"나는 당신의 머리카락을 로케트(여자 장신구의 일종)에 넣어 언제나 가지고 다닐 거예요."

하고 말하는 그녀의 눈에는 여전히 눈물이 빛나고 있었다.

"그렇게 하면 당신의 노여움을 어느 정도 풀어 드릴 수 있겠지요…… 그럼 오늘은 이만 돌아가 주세요."

나는 집으로 돌아왔지만, 집에서는 달갑지 않은 일이 나를 기다리고 있었다. 마침 어머니가 아버지와 말다툼을 하고 있었다. 어머니는 아버지에게 무엇인가를 추궁하고 있었지만, 아버지는 여느 때와 마찬가지로 냉정하고 점잖은 태도로 침묵을 지키고 있었다 —— 그러다가 곧 밖으로 나가 버렸다. 나는 어머니가 무슨 말을 했는지 잘 알아 들을 수 없었다. 게

다가 나로서는 그런 것에 귀를 기울일 여유가 없었다. 단지 지금도 기억하고 있는 것은 말다툼이 끝나자 어머니는 나를 자기 방으로 불러들여 내가 공작부인의 집을 너무나 자주 방문한다면서 매우 못마땅한 표정을 짓고, 공작부인은 무슨 짓이든지 다 할 수 있는 여자라고 말씀한 것뿐이다. 나는 어머니의 손에 키스를 하고(이것은 내가 이야기를 중단시키려 할 때 쓰는 술책이었다) 내 방으로 돌아왔다. 지나이다의 눈물은 나의 마음을 혼란에 빠뜨렸다. 나는 무엇을 어떻게 생각해야 할지 도무지 갈피를 잡을 수 없어서 울고 싶은 충동뿐이었다. 나는 비록 16세이긴 하지만 역시 어린애에 지나지 않았다. 베로브조로프는 마치 늑대가 양을 노리듯이 날이 갈수록 더욱 험악한 표정으로 그 엉큼한 백작을 노려보고 있었지만, 나는 이미 마레프스키 같은 사람은 염두에도 없었다. 뿐만 아니라 나는 아무것도, 어느 누구에 대해서도 생각하지 않았다. 나는 끝없는 공상에 사로잡혀 끊임없이 한적한 곳만 찾아다녔다. 내 마음에 드는 곳은 반쯤 허물어진 그 온실이었다. 나는 그 높은 담 위로 곧잘 올라가서 가장 불행하고 고독한 슬픔에 잠겨 있는 청년처럼 가만히 앉아 있노라면, 스스로 생각하기에도 자신이 불행하게 여겨지는 것이었다 —— 그 비애에 넘치는 감정이 나의 마음 속에 얼마나 기꺼이, 속속들이 스며들었던가!

그런데 하루는 내가 담장 위에 앉아서 물끄러미 먼 산을 바라보며 종소리에 귀를 기울이고 있는데…… 갑자기 무엇

이 내 몸을 스치고 지나가는 것이었다 —— 미풍과 같으면서
미풍도 아니고 몸부림도 아닌, 그러니까 숨결과 같은 것이라
고나 할까, 누군가가 다가오는 직감이라고 해야 할까, 그런
것이었다. 나는 눈을 내리떴다. 그러자 발 밑의 길로 연회색
옷을 입고 장밋빛 양산을 쓴 지나이다가 총총걸음으로 다가
오는 것이 보였다. 그녀는 나를 보자 발걸음을 멈추고 밀짚
모자 챙을 치켜올리면서 비로도와 같은 눈으로 나를 쳐다보
았다.

"대체 그렇게 높은 데서 뭘 하고 있어요?"

그녀는 야릇한 미소를 지으며 이렇게 물었다.

"아, 그렇지."

하고 그녀는 말을 이었다.

"당신은 언제나 나를 사랑한다고 입버릇처럼 말하는데
—— 정말 나를 사랑한다면 어디 내 옆으로, 이 한길로 뛰어
내려 봐요."

지나이다의 말이 미처 끝나기도 전에 나는 마치 뒤에서 누
군가가 등을 밀어내기라도 한 것처럼 이미 아래로 뛰어내리
고 있었다. 담장의 높이는 약 1사젠(2미터) 이상이나 되었다.
나는 발부터 땅에 닿았지만 너무나 충격이 큰 탓으로 몸의
중심을 잡을 수 없었다. 나는 쓰러진 채 정신을 잃고 말았다.
잠시 후 정신을 차리자 눈을 뜨지 않고도 지나이다가 곁에
있음을 느낄 수 있었다.

"귀여운 나의 도련님."

하고 그녀는 나에게 몸을 굽히며 말했다 —— 그 목소리는 상냥하고 근심스러운 듯했다.

"어쩌자고 당신은 이런 짓을 하지요?……내 말을 그대로 곧이듣다니요…… 나도 역시 당신을 사랑하고 있는데…… 자, 일어나세요."

그녀의 가슴은 바로 내 가슴 곁에서 숨을 쉬고 있었고, 그 손은 내 머리를 쓰다듬고 있었다. 그리고 갑자기 —— 그때의 나의 심정은 어떠했을까! —— 그녀의 부드럽고 싱싱한 입술이 내 얼굴 전체에 키스를 퍼붓기 시작했다. 내 입술에도 닿았다 —— 그런데 그때 지나이다는 내가 눈을 뜨지 않았는데도 내 얼굴 표정으로 보아 내가 의식을 회복했다는 것을 알아차린 듯이 재빨리 몸을 일으키며 이렇게 말했다.

"자, 일어나요. 장난꾸러기, 철부지군요. 어쩌자고 먼지 속에 그대로 누워 있지요?"

나는 일어났다.

"양산을 들어 줘요."

하고 지나이다가 말했다.

"아니, 어쩌자고 이런 곳으로 뛰어내려요. 나를 그렇게 바라보지 말아요……그런 어리석은 짓이 어디 있어요! 혹시 다치지는 않았어요? 아마 쐐기풀에 찔렸겠지요? 나를 보지 말라니까요……들리지 않나 봐요?……대답도 하지 않고."

하며 그녀는 혼잣말처럼 덧붙였다.

"자, 어서 집으로 돌아가세요, 뭇슈 볼데마르. 그리고 몸이

나 깨끗이 씻어요. 내 뒤를 따라오면 못 써요. 그런짓을 하면 화낼 거예요. 그리고 절대로……"

그녀는 말을 맺기도 전에 재빨리 가 버렸다. 나는 길 가운데 쭈그리고 앉았다……다리가 말을 듣지 않았기 때문이다. 쐐기풀에 찔린 두 손은 뜨끔거리고 등은 쑤셔 왔으며 머리는 빙빙 돌았다. 그러나 그때 내가 경험한 행복감은 평생 두 번 다시 찾아오지 않았다. 그것은 달콤한 아픔이 되어 온몸에 넘쳐났고, 환희에 불붙는 도약과 부르짖음으로 용솟음쳐 올랐다. 정말 나는 아직 어린애였다.

13

나는 그날 하루 내내 즐겁고 자랑스러운 기분이었다. 지나이다의 키스의 감촉이 얼굴에 생생하게 남아있었다. 나는 환희의 전율을 느끼며 그녀의 말을 한 마디 한 마디 되새겨 보았다. 나는 이 뜻하지 않은 행복을 가슴 속 깊숙이 간직하고 있었으므로 이 새로운 행복은 어쩐지 그녀를 보는 것조차 두렵게 했다. 아니 그녀를 보고 싶지 않을 지경이었다. 이제는 더 이상 운명에 요구할 것이 아니다. 오직 지금은 '마지막 숨을 실컷 쉬고 그대로 죽어버렸으면' 하는 심정이었다.

이튿날 나는 별당으로 가면서 몹시 당황했다. 비밀을 지킬 수 있다는 것을 다른 사람에게 알리고 싶어하는 사람처럼 점잖고 거리낌없는 가면을 쓰고 나의 심경을 숨기려 했지만 나의 노력은 허사였다. 지나이다는 조금도 동요의 빛을 띠지 않고 지극히 태연하게 나를 맞이했다. 다만 손가락으로 위협하는 듯한 시늉을 해 보이고는 어디 다친 데는 없느냐고 물었을 뿐이다. 점잖고도 거리낌없는 듯한 태도나 신비스러운 생각도 순식간에 사라지고, 동시에 당황하는 마음도 종적을 감추었다. 물론 나는 지나이다에게 어떤 특별한 것을 기대하지는 않았지만, 그녀의 침착한 태도에는 마치 머리 위에서부터 냉수를 뒤집어쓴 것 같은 기분이었다. 그녀의 눈에 나 같은 사람은 아직 어린 아이에 불과해 보인다는 것을 깨달았다. 그러자 나는 괴로워서 견딜 수 없었다. 지나이다는 방 안을 이리저리 거닐면서 내 얼굴을 볼 때마다 생긋이 웃었다. 그러나 그녀의 생각은 먼 곳을 헤매고 있었다. 그것은 나도 분명히 알 수 있었다……

'내가 먼저 어제 이야기를 끄집어낼까?' 하고 나는 생각했다. '어제 어디를 그렇게 바삐 갔는지 캐어 볼까?' 그러나 나는 체념한 듯이 손을 저었을 뿐, 구석에 앉았다.

베로브조로프가 들어왔다. 나는 그가 나타난 것이 고마웠다.

"온순한 말은 구할 수 없군요."

하고 그는 성급한 어조로 입을 열었다.

"프라이타크가 틀림없이 한 필을 구해 준다고 하지만 믿을 수 있어야지요. 걱정이군요."

"무엇이 걱정이에요?"

하고 지나이다가 물었다.

"이야기나 들려주세요."

"무엇이냐구요? 그렇지만 당신은 말을 탈 줄 모르잖아요. 무슨 일이라도 생기면 어떡하죠? 그건 그렇고, 갑자기 어째서 그런 생각을 하게 되었죠?"

"그런 것까지 관여할 필요는 없어요. 그러면 표도르 바실리에비치에게 부탁하겠어요……"(표도르 바실리에비치는 나의 아버지다. 나는 그녀가 마치 아버지가 그런 청을 들어주리라고 믿는 듯이 서슴지 않고 아버지 이름을 부르는 데 놀라지 않을 수 없었다.)

"그렇습니까?"

하고 베로브조로프가 말을 받았다.

"그렇다면 당신은 그분과 함께 말을 타려는 거군요?"

"그분과 함께 가거나 다른 사람과 함께 가거나— 그런 것은 당신에겐 마찬가지죠. 당신과 함께 가지 않는다는 것만은 분명하지요."

"나와 함께 가지 않는다구요?"

베로브조로프는 되풀이해 말했다.

"마음대로 하십시오. 할 수 없지요. 말은 구해 드리겠어요."

"그렇지만 조심하세요. 소 같은 말은 필요없어요. 미리 말씀드려 두지만, 나는 마음껏 달려 보고 싶으니까요."

"그야 잘 달리겠죠…… 대체 누구와 가는 거지요? 마레프스키는 아닙니까?"

"왜 그분과 함께 가면 안 되나요, 병사님? 그렇지만 염려 놓으세요."

하고 그녀는 덧붙여 말했다.

"그렇게 눈을 번득일 필요는 없잖아요. 당신도 데리고 갈 테니까요. 당신도 아시잖아요, 마레프스키 같은 사람은 나의 안중에도 없다는 것을."

이렇게 말하면서 그녀는 고개를 가로저었다.

"내 마음을 안심시키려는 거죠?"

하고 베로브조로프는 투덜거렸다.

지나이다는 눈을 가늘게 떴다.

"그런 말로 안심이 돼요?…… 아이 참 딱하셔라, 병사님도!"

그녀는 달리 변명할 말이 없었던지 이렇게 말했다.

"뭇슈 볼데마르, 당신도 우리와 함께 가지 않겠어요?"

"나는 사람이 많은 곳엔 가기 싫어요……"

하고 나는 눈을 내리뜬 채 중얼거렸다.

"당신은 둘이 마주 앉아 있는 편이 좋겠군요? 그렇다면 자유를 원하는 자에게는 자유를 주고, 구원을 받은 자에게는 ……천국을 주라는 말이 있으니까."

그녀는 한숨을 내쉬며 이렇게 말했다.

"그렇다면 베로브조로프 씨, 어서 좀 알아봐 주세요. 나는 내일 말이 필요하니까요."

"그렇지만 돈은 어디서 난단 말이냐?"

하고 공작부인이 말참견을 했다. 지나이다는 눈살을 찌푸렸다.

"어머니에게 내놓으란 건 아니예요. 베로브조로프가 나를 믿고 돌려줄 테니까요."

"돌려줘, 돌려준다구……"

공작부인은 혼자 중얼거리다가 별안간 목청이 터지는 듯한 소리로 외쳤다.

"두냐시카!"

"어머니, 내가 초인종을 드리지 않았어요?"

하고 딸이 어머니를 책망했다.

"두냐시카!"

하고 노파는 다시 외쳤다.

베로브조로프는 인사를 했다. 나도 그와 함께 밖으로 나왔다. 지나이다는 나를 붙들려고도 하지 않았다.

14

이튿날 아침, 나는 일찍 일어나서 지팡이 하나를 만들어서 성문 밖으로 나갔다. 멀찌감치 나가서 우울한 기분을 풀어 볼 생각이었다. 하늘은 맑게 개었지만 그다지 덥지 않은 날씨였다. 마음을 들뜨게 하는 상쾌한 바람이 땅 위를 맴돌며 조용히 불어 왔다. 나는 오랫동안 산과 숲 속을 헤맸다. 나는 자신이 몹시 불행하게 생각되어 마음껏 우수에 잠겨 보기 위해 집을 나온 것이다.

―― 그러나 결국 젊음, 상쾌한 날씨, 맑은 공기, 경쾌한 걸음걸이, 푹신한 풀 위에 혼자서 드러눕는 즐거움 ―― 이런 것들이 승리를 거두었다. 나의 마음 속에는 잊을 수 없는 그녀의 키스의 추억이 다시금 되살아났다. 어쨌든 지나이다는 나의 결단력이나 영웅적인 행위를 정당하게 평가하지 않을 수 없을 것이라고 생각하자 매우 유쾌해졌다. '그녀의 눈에는 다른 사람이 나보다 훌륭하게 보이겠지만' 하고 나는 생각했다. '그러나 염려할 건 없어. 그 대신 다른 사나이들은 단지 입으로만 할 수 있다는 것을 나는 실제로 보여 주지 않았는가! 그녀를 위해서라면 어떤 일이라도 해 보일 수 있어!' 나의 상상력은 활동하기 시작했다. 나는 그녀를 나의 적수에게서 빼앗은 광경이라든지 온몸이 피투성이가 되어 그녀를 감옥에서 구출하는 모습, 드디어 그녀의 발 밑에서 숨을 거두는 광경을 머릿속에 그려보았다. 나는 우리 집 응접실에 걸려 있는 마틸다를 말 위에 태우고 달리는 명기수名騎手 말레크 아델의 그림을 생각했다 ―― 그러나 그때 가느다란 자작나무 줄기를 타고 기어 올라가는 커다랗고 얼룩얼룩한 딱다구리에 정신이 팔리고 말았다. 딱다구리는 마치 콘트라베이스의 손잡이 뒤에서 얼굴을 내미는 악사처럼 쉴 새 없이 나무 줄기 뒤에서 불안한 듯이 좌우로 얼굴을 내밀었다.

그리고 나는 〈흰 눈은 아닐지라도〉라는 노래를 부르기 시작했는데, 어느새 그것이 당시에 널리 유행하던 〈산들바람 불어 올 때 그대를 기다리면〉이라는 노래로 바뀌어버렸다.

그 다음 나는 호미야코프의 비극에 나오는 엘마크의 별에 붙이는 구절을 큰소리로 낭독했다. 그리고 어떤 감상적인 시를 지어 보려고 마지막 구절까지 상기했다. 그것은 '오오, 지나이다! 지나이다!' 하는 구절이었지만 결국 제대로 만들지 못하고 말았다. 그러는 동안 점심때가 되었다. 나는 골짜기를 내려왔다. 좁다란 모래밭 길이 골짜기를 따라서 시내로 연결되어 있었다. 나는 이 좁은 길을 따라 걸어갔다…… 그런데 문득 등 뒤에서 말발굽 소리 같은 것이 들려왔다. 나는 뒤돌아보자 발걸음을 멈추고 모자를 벗어 들었다. 아버지와 지나이다의 모습을 발견했기 때문이다. 두 사람은 말머리를 나란히 해 오고 있었다. 아버지는 몸을 그녀 쪽으로 굽히고 한 손으로 말의 목덜미를 누르면서 그녀에게 뭔가 이야기하고 있었다. 아버지의 얼굴에는 미소가 감돌고 있었다. 지나이다는 엄숙한 표정으로 눈을 내리뜨고 입을 꼭 다문 채 잠자코 듣고만 있었다. 처음엔 두 사람뿐이었지만, 잠시 후 골짜기 저쪽 모퉁이에서 경기병 제복을 입은 베로브조로프가 입에 거품을 문 검정말을 타고 나타났다. 보기에는 근사한 그 말은 머리를 좌우로 흔들며 코를 부르릉거리면서 날뛰고 있었다. 베로브조로프는 고삐를 당기기도 하고 박차를 가하기도 했다. 나는 옆으로 피했다. 아버지는 말고삐를 고쳐 쥐며 지나이다에게 기울였던 몸을 바로 세웠다. 그녀는 살며시 눈을 들어 아버지를 쳐다보았다. 그리고 그들은 말을 몰고 사라졌다…… 베로브조로프는 사벨(기병도)을 잘가닥거리면서 그들의 뒤를 쫓아갔다.

'베로브조로프의 얼굴은 새우처럼 새빨갛군' 하고 나는 생각했다. '저 여자는…… 어째서 저 여자는 저렇게 얼굴이 창백할까? 아침부터 줄곧 말을 달렸는데도 얼굴이 창백하다니?'

나는 발걸음을 재촉하여 점심 식사 바로 전에 집으로 돌아왔다. 아버지는 이미 옷을 갈아입고 말쑥하게 세수를 하고 어머니의 안락 의자 옆에 앉아 부드럽고 맑은 목소리로 평론 잡지의 사회면을 어머니에게 읽어 주고 있었다. 그러나 어머니는 그다지 귀담아 듣지 않는 표정이었다. 나를 보자 어머니는 온종일 어디에 갔었느냐고 물은 후 정체를 알 수 없는 인간과 함께 아무 데나 돌아다니는 것은 질색이라고 덧붙였다. '나는 혼자서 산책했어요' 하는 대답이 목까지 나왔지만 아버지의 얼굴을 보자 까닭 없이 말을 삼키고 말았다.

15

그 후 5,6일 동안 나는 거의 지나이다를 만나지 못했다. 그녀는 몸이 아프다고 했지만, 옆 방을 드나드는 사내들은 여전히 ——그들의 말에 의하면 ——당직을 하러 오고 있었다. 그 중 마이다노프만은 예외였다. 그는 감격할 만한 기회가 없어져 버리자 풀이 죽어서 침통한 모습이었다. 베로브조로프는 윗옷 단추를 모조리 채우고 상기된 얼굴이 시무룩해져 구석에 앉아 있었다. 마레프스키 백작의 교묘한 얼굴에는 언제나 얄궂은 미소가 떠돌고 있었다. 그는 분명히 지나이다의 총애를 잃게 되자 이제는 공작부인의 비위를 맞추기에 여념이 없었다. 부인과 함께 마차를 타고 모스크바 총독에게까지 다녀온 적도 있었다. 그러나 그 일이 실패하자 마레프스키는 불쾌한 생각까지 했다. 총독이 백작과 토목기사 사이에 말썽을 일으켰던 일을 새삼스럽게 끄집어냈기 때문이었다. 그는 당시에 아직 경험이 없어서 그렇게 되었다고 변명해야 했다.

루신은 하루에 두 번씩이나 찾아오긴 했지만 오래 앉아 있지는 않았다. 나는 얼마 전 그와 말다툼을 하고 난 후로는 그를 당소 경계했지만, 한편으로는 진심으로 그를 따르게 되었다. 하루는 그와 함께 네스크치느이 공원으로 산책을 간 적이 있었는데, 매우 친절하고 다정하게 굴었으며 여러 가지 풀이나 꽃의 이름이라든지 성질에 대해 설명해 주었다. 그러다가 불쑥 —— 아닌 밤중에 홍두깨 격으로 자기 이마를 두들기며 이렇게 외쳤다.

"아아, 나는 바보였어. 그 여자를 놀아먹는 계집이라고만 생각하고 있었으니! 아마도 사람에 따라서는 자기를 희생하는 데서 쾌감을 느낄 수도 있는 모양이지."

"그건 대체 무슨 뜻입니까?"
하고 내가 물었다.

"자네에겐 아무 말도 하고 싶지 않네."
하고 루신은 무뚝뚝하게 대답했다.

지나이다는 나를 피하고 있었다. 나를 보기만 하면 —— 나도 그것을 눈치채지 못한 것은 아니었다 ── 그녀는 불쾌한 인상을 받는 것 같았다. 그녀는 은연중에 나로부터 얼굴을 돌리곤 했다…… 그렇다, 무의식중에 그랬다.

그것이 나는 괴로웠고 안타까웠다. 그러나 어쩔 수 없었다 ── 나는 가능한 한 그녀의 눈에 띄지 않도록 그저 먼 발치에서 은근히 감시하려 했지만 그것도 반드시 성공을 거두지는 못했다. 그녀에게는 여전히 어떤 원인 모를 변화가 일어나고 있었다. 얼굴이 딴판이 되고, 모든 면에서 전혀 딴 사람이 된 것 같았다.

그녀의 신변의 이와 같은 변화는 나를 놀라게 했지만, 특히 ── 어느 따뜻하고 조용한 밤의 일이었다. 나는 가지가 무성한 접골목接骨木 그늘의 낮은 벤치에 앉아 있었다. 나는 그 장소를 언제나 좋아했는데, 그곳에선 지나이다의 방 창문이 보였기 때문이다. 나는 꼼짝않고 앉아 있었다. 머리 위의 거의 시커멓게 가린 나무 그늘에서 새 한 마리가 분주히 바스락거리고 있었다. 그때 잿빛 고양이가 허리를 펴면서 뜰 안으로 기어 들어왔다. 올들어 처음으로 나타난 딱정벌레가 밝지는 않지만 투명한 공기 속에서 윙윙거리고 있었다. 나는 가만히 앉은 채로 창문을 바라보며 창문이 열리기를 조마조마한 마음으로 기다리고 있었다. 그러자 드디어 창문이 열리고 지나이다가 나타났다.

그녀는 흰 옷을 입고 있었다 ── 그런데 그녀는 얼굴이며 어깨며 손 할 것 없이 백지장처럼 창백했다. 그녀는 꼼짝도 않고 오랫동안 서 있었다. 그리고 찌푸린 눈썹 밑의 눈은 오랫동안 한 곳을 응시하고 있었다. 나는 그때까지 그녀의 그러한 눈길을 본 적이 없었다. 드디어 그녀는 두 손을 불끈 쥐고 그것을 입술과 이마로 가져갔다 —— 그리고 갑자기 손가락을 쭉 펴서 귀를 덮은 머리카락을 뒤로 넘기며 머리를 홱 저었다. 그리고 어떤 결심이라도 한 듯한 태도로 고개를 아래위로 끄덕이더니 창문을 탁 닫아 버렸다.

사흘쯤 지나 정원에서 나는 그녀와 마주쳤다. 내가 옆으로 피하려 하자 그녀는 내 앞에 섰다.

"손 좀 잡아 줘요."

하고 그녀는 전과 같은 상냥한 어조로 말했다.

"당신과는 꽤 오랫동안 이야기를 못 했군요."

나는 그녀의 얼굴을 흘끗 바라보았다. 그 눈은 잔잔히 빛나고, 얼굴에는 아지랑이가 낀 듯한 아늑한 미소를 띠고 있었다.

"당신은 아직 몸이 불편하세요?"

하고 나는 물었다.

"아뇨, 이젠 다 나았어요."

그녀는 이렇게 대답하면서 작은 장미꽃을 한 송이 따들었다.

"좀 피곤하지만 곧 괜찮을 거예요."

"그럼 당신은 전처럼 되어 주시렵니까?"

하고 나는 또 물었다.

지나이다는 장미꽃을 얼굴로 가져갔다 —— 그러자 타는 듯한 붉은 꽃잎이 그녀의 뺨을 물들인 듯한 느낌이 들었다.

"내가 그렇게 변했어요?"

하고 그녀가 물었다.

"예, 변하구말구요."

나는 작은 소리로 대답했다.

"내가 당신에게 너무 쌀쌀하게 굴었어요 —— 나도 알고 있어요."

지나이다가 다시 입을 열었다.

"그렇지만 그런 일에 신경쓰지는 말아요…… 나도 도무지 어떻게 할 수 없으니까요…… 이제 새삼스럽게 이런 말을 하면 무슨 소용이겠어요!"

"내가 당신을 사랑하는 것이 싫다…… 는 것뿐이겠죠!"

나는 무심코 우울한 어조로 이렇게 소리쳤다.

"아아뇨, 사랑해 줘요. 그러나 전과 같진 않게."

"그럼 어떻게요?"

"친구가 되는 거예요 —— 그렇지 않으면 안 돼요!"

지나이다는 나에게 장미꽃 향기를 맡게 했다.

"네, 알겠어요? 나는 당신보다 훨씬 나이가 많잖아요 —— 당신의 아주머니뻘이 되는데. 정말이에요. 아주머니가 못 된다면 누님은 될 수 있겠지요. 그런데 당신은……"

"당신 눈엔 내가 어린애로 보일 테지요."

하고 나는 그녀의 말을 가로챘다.

"그럼요, 어린애지요. 그렇지만 귀엽고 영리하고 착한 아이를 난 정말 좋아해요. 그럼 이렇게 해요. 나는 오늘부터 당신을 시종으로 삼을 테니 그렇게 알아요. 시종이란 언제나 주인 곁을 떠나서는 안 된다는 것을 명심해야 해요. 그럼 당신에게 새로운 직위를 드린 표시로서……" 하고 말한 후 그녀는 장미꽃 송이를 나의 윗옷 단추 구멍에 꽂아주었다.

"나의 사랑을 받는다는 증거예요."

"나는 전에는 당신으로부터 다른 총애를 받아 왔지요." 하고 나는 중얼거렸다.

"어머나!"

하고 지나이다는 말하면서 곁눈질을 하며 나를 흘겨보았다.

"정말 기억력이 좋군! 좋아요! 지금도 기꺼이……"

그녀는 이렇게 말하며 몸을 굽히더니 내 이마에 정결하고 침착한 키스를 했다.

나는 가만히 그녀의 얼굴을 바라보았다. 그러자 그녀는 재빨리 얼굴을 돌리며,

"자, 시종 도련님, 내 뒤를 따라와요."

하고 말한 후 별당으로 걸어갔다. 나는 그녀의 뒤를 따라갔지만 마음 속에서는 이상한 생각이 떠나지 않았다.

'과연' 하고 나는 생각했다.

'이 의젓한 처녀는 —— 내가 알고 있는 지나이다와 같은 사람일까?'

그리고 보니 그녀의 걸음걸이까지도 전보다 더 얌전해진

것 같았다 —— 그녀의 모습 전체가 전보다 의젓하고 더욱 세
련된 것 같았다……

그런데, 아아! 이때 내 마음 속에는 새로운 사랑의 불길이
얼마나 강렬하게 타오르고 있었던가!

16

식사가 끝난 후 다시 별당으로 손님들이 모여들었다 ——
공작의 딸도 그 자리에 나왔다.

거기에는 내가 잊을 수 없는 그 첫날 저녁에 모였던 멤버
들이 빠짐없이 와 있었다. 닐마스키까지도 어슬렁어슬렁 나
타났다. 마이다노프는 이날 누구보다도 먼저 나타났다 ——
그는 새로 지은 시를 들고 나왔다. 또 벌금놀이가 시작되었
지만 전처럼 기묘한 방법이나 어리석은 장난이나 떠들썩한
소음 같은 것은 찾아볼 수 없었다 —— 집시와 같은 요소가
사라져버린 것이다.

지나이다는 일동에게 새로운 분위기를 조성시켰다. 나는
시종 격으로 그녀의 곁에 앉아 있었다. 그녀는 놀이를 하는
중 제비를 뽑은 사람이 꿈 이야기를 하자고 제의했다. 그러
나 그것은 성과를 거두지 못했다. 꿈 이야기는 재미도 없거
니와(베로브조로프는 말에게 잉어를 먹였더니 말의 목이 나무통처
럼 변하는 꿈을 꾸었다고 했다) 부자연스러운 것이 아니면 마치
꾸며낸 것 같은 인상을 주었다. 마이다노프의 꿈 이야기는
한 편의 소설과 같았다.

이야기 속에는 무덤이 나오고, 거문고를 든 천사가 나오며, 말을 하는 꽃이 나오는가 하면, 멀리서 이상한 음향이 들려 온다는 대목도 있었다. 지나이다는 도중에 그의 이야기를 가로막아 버렸다.

"꿈 이야기가 창작이 되어버렸군요."

하고 그녀는 말했다.

"이번에는 멋대로 꾸며낸 이야기를 하기로 해요. 그렇지만 반드시 자기가 생각해 낸 것이어야 해요."

이번에도 베로브조로프가 제일 먼저 이야기할 차례가 되었다.

젊은 경기병은 당황했다.

"나는 아무것도 생각해 낼 수 없어요!"

하고 그는 소리쳤다.

"바보 같은 소리 작작 해요!"

하고 지나이다가 반박했다.

"예컨대 당신에게는 아내가 있다고 상상해 보세요. 그러면 당신은 아내와 어떤 생활을 할지, 그것을 우리에게 들려주면 되잖아요. 당신은 틀림없이 아내를 방에 가둬 두겠지요?"

"가둬 두지 않고,"

"그리고 당신도 그 곁에 붙어 있겠지요?"

"반드시 붙어 있을 거예요."

"좋겠군요. 그렇지만 만일 아내가 싫증이 나서 당신을 배반한다면?"

"아마 죽여 버릴 거요."

"만일 아내가 달아난다면?"

"쫓아가서 역시 죽여 버리겠지요."

"그래요, 만일 내가 당신의 아내라면 그때는 어떻게 하시겠어요?"

베로브조로프는 잠시 입을 다물고 있다가 대답했다.

"내가 자살해 버리겠지요."

지나이다는 웃음을 터뜨렸다.

"역시 당신은 당신답게 분명하군요."

두번째 제비는 지나이다가 뽑았다. 그녀는 천장을 바라보며 생각에 잠겼다.

"그럼, 들어 보세요."

하고 드디어 그녀가 입을 열었다.

"나는 이런 생각을 했어요……아주 근사한 살롱을 상상해 보세요. 여름 밤에 호화로운 무도회가 열렸어요. 그 무도회는 젊은 여왕이 베풀었어요. 어디나 황금과 대리석, 수정, 비단 그리고 등불, 다이아몬드, 꽃, 향불, 모두가 사치스러운 것들로 가득 차있어요."

"당신은 사치를 좋아하는군요?"

하고 루신이 말을 가로챘다.

"사치란 아름다운 것이니까요."

하고 그녀는 대답했다.

"나는 아름다운 것이라면 무엇이든지 좋아요."

"근사한 미남보다 더 좋단 말입니까?"

하고 그는 물었다.

"그런 빈정거리는 질문은 난 모르겠어요. 남의 이야기를 훼방하지 마세요. 어쨌든 호화찬란한 무도회예요. 많은 손님들이 모였는데, 모두가 젊고 아름답고 씩씩하며, 모두가 여왕을 사모하고 있어요."

"손님 중에는 여자가 없습니까?"

하고 마레프스키가 물었다.

"없어요. 아니 —— 있기는 있어요."

"그러면 모두 추녀들뿐이겠군요?"

"근사한 미인들이지요. 그렇지만 남자들은 모두 여왕에게 반했으니까요. 여왕은 키가 크고 날씬하며, 검은 머리에는 금관을 쓰고 있어요."

나는 지나이다를 바라보았다 —— 그러자 그 순간 그녀는 우리들보다 훨씬 고상하게 보였다. 그녀의 흰 이마와 움직일 줄 모르는 눈썹에서는 그야말로 빛나는 예지와 위엄이 떠돌고 있었으므로 나는 부지중에 '여왕이란 바로 당신이군요!' 하고 마음 속으로 생각할 정도였다.

"모두가 여왕을 둘러싸고,"

하면서 지나이다는 말을 이었다.

"제각기 있는 지혜를 다 짜서 여왕에게 아첨하려고 말재주를 부리고 있어요."

"그러면 여왕은 아첨을 좋아하는군요?"

하고 루신이 물었다.

"정말 짓궂은 분이야! 번번이 남의 말을 가로채고…… 누군들 아첨을 싫어하겠어요?"

"마지막으로 한 가지만 더 물읍시다."

하고 마레프스키가 끼어 들었다.

"여왕에게는 남편이 있습니까?"

"거기까진 생각해 보지 않았어요. 남편이 무슨 필요가 있어요?"

"물론이지요."

하고 마레프스키가 맞장구를 쳤다.

"남편은 있어서 무엇하지요?"

"조용히!"

하고 프랑스 어가 서투른 마이다노프가 외쳤다.

"감사합니다."

하고 지나이다가 그에게 말했다.

"그런 의미에서 여왕은 그런 말을 듣기도 하고 음악에 귀를 기울이기도 하지요. 어느 손님에게도 눈길을 돌리지 않지요. 천장에서 마룻바닥까지 여섯 개의 커다란 창문이 있는데, 모두 열려 있어요. 창밖에는 커다란 별들이 반짝이는 밤하늘과 큰 나무들이 무성한 어두운 정원이 보이지요. 여왕은 뜰을 물끄러미 내다보고 있어요. 정원 나무 곁에는 분수가 있어서 어둠 속에 희끄무레하게 —— 마치 유령처럼, 길다랗게 흐느적거리는 것처럼 보여요. 여왕은 사람들의 이야기 소

리와 음악 소리 속에서 조용히 흐르는 물소리를 듣고 있어
요. 그녀는 그것을 물끄러미 바라보며 이런 생각을 하고 있
지요. '여러분, 당신들은 모두 고상하고 총명하고 부유하세
요. 여러분들은 나를 에워싸고 나의 말 한 마디 한 마디에 벌
벌 떨면서, 누구나 내 발 밑에서 죽어도 좋다고 생각하고 계
세요. 이처럼 나는 여러분들 위에 군림하고 있어요…… 그런
데 저 분수 곁에, 저 살랑거리는 물 옆에 내가 사랑하는, 나
를 지배하고 있는 사람이 내가 오기를 기다리고 있어요. 그
사람은 좋은 옷도 입지 않았을 뿐더러, 값진 보석도 지니지
않았어요. 어느 누구도 그분을 아는 사람이 없어요. 그러나
그분은 내가 나가리라는 것을 굳게 믿고 기다리고 있어요.
그래요. 나는 꼭 가겠어요. 내가 그분에게로 가려 하면, 어떠
한 힘도 나를 저지시킬 수는 없지요. 나는 그분의 품 속으로
뛰어들어 그분과 함께 정원의 어둠 속으로, 흔들리는 나뭇소
리와 분수의 물소리 그늘로 자취를 감추고 말 거예요……"

지나이다는 입을 다물었다.

"그것이 꾸며낸 이야기입니까?"

하고 마레프스키가 빈정거리는 어조로 물었다. 지나이다는
그를 거들떠보지도 않았다.

"그러나, 여러분."

하고 루신이 불쑥 입을 열었다.

"만일 우리가 그 손님들 가운데 끼어 있다가 분수 곁에 있
는 그 행운아에 대한 것을 알았다면, 대체 우리들은 어떻게

하겠어요?"

"잠깐 기다리세요."

하고 지나이다가 말을 가로막았다.

"여러분이 그런 경우에 어떻게 하실 건지, 한 사람 한 사람께 내가 말씀드리지요. 베로브노로프 씨, 당신은 그에게 결투를 신청할 테고 마이다노프 씨, 당신은 풍자시를 쓰겠지요 ……아니, 당신은 풍자시를 쓰지 못하므로 분명히 바르비에식 장단격長短格의 길다란 시를 써서 《텔레그라프》(잡지의 이름)에 싣겠지요? 당신은 닐마스키에게 돈을 꿀 거예요……아니 아니, 당신은 그에게 돈을 꾸어 주고 이자를 받겠지요. 그렇지요, 의사 선생님?"

그녀는 잠깐 더듬거리다가……

"그런데 당신은 무슨 짓을 할까요? 도무지 알 수 없군요."

"나는 시의侍醫로서 직책상,"

하고 루신이 대답했다.

"손님을 접대할 마음의 여유가 없을 비상시에는 무도회를 열어서는 안 된다고 여왕에게 충고하겠어요!"

"아마 당신의 말씀이 옳을지도 모르겠어요. 그런데 백작께서는?"

"나 말이오?"

하고 마레프스키는 능글맞은 미소를 띠며 반문했다.

"당신은 분명히 그 사람에게 독이 든 과자를 권하겠지요."

마레프스키의 얼굴은 약간 일그러지며 순간 유태인과 같

은 표정이었지만, 곧 껄껄거리며 웃어댔다.

"볼데마르, 당신은 아마도!"

지나이다는 말을 이었다.

"그렇지만 이젠 그만하기로 하고 다른 놀이를 합시다."

"뭇슈 볼데마르는 시종으로서, 여왕이 정원으로 달려나갈 때 길다란 치맛자락을 잡아 드리겠지요."

하고 마레프스키는 가시 돋친 어투로 말했다.

나는 온몸의 피가 머리로 치솟는 것 같았다. 그러나 지나이다는 재빨리 내 어깨에 손을 얹고 의자에서 몸을 일으키며 떨리는 목소리로 말했다 ——

"백작, 나는 당신에게 버릇없는 말을 함부로 할 수 있는 권리를 준 적은 절대 없어요. 그러므로 이 자리에서 물러나 주세요."

하고 말하며 그녀는 손가락으로 문 쪽을 가리켰다.

"미안합니다, 아가씨."

하고 마레프스키는 새파랗게 질려서 중얼거렸다.

"아가씨의 말씀이 옳습니다."

하고 베로브조로프도 큰소리로 외치며 몸을 일으켰다.

"나는 절대로 그런 뜻에서 한 말이 아닙니다."

하고 마레프스키는 말을 계속했다.

"내가 한 말은 결코 그런 뜻이 아니었다고 생각합니다 ……당신을 모욕하려는 생각은 꿈에도 없었습니다…… 제발 용서하십시오."

지나이다는 싸늘한 눈초리로 그를 쏘아보고 냉소를 띠었다.

"그렇다면 앉아 있어요. 좋아요."

그녀는 아무렇게나 손짓을 하며 말했다.

"나나 뭇슈 볼데마르 씨나 화를 낼 것까지는 없겠지요. 당신은 그런 농담을 재미로 아는 분이니까요…… 얼마든지 하세요."

"제발 용서하십시오."

마레프스키는 거듭 사과했다. 나는 지나이다의 태도를 연상하면서, 설사 진짜 여왕이라 하더라도 그 이상의 위엄을 지니고 무례한 사나이에게 문을 가리키며 책망할 수는 없을 것이라고 생각했다.

이와 같은 사소한 사건이 있은 후, 벌금놀이도 오래 계속되지 못했다. 모두 흥이 깨져버렸다. 그러나 그것은 이 사건 때문이라기보다는 어떤 분명하지 않은 무거운 감정 때문이었다. 어느 한 사람도 그것을 입 밖에 내지는 않았지만, 모두 자기 자신에게서나 또는 곁의 사람들에게서 그런 감정을 느끼고 있었다. 마이다노프가 자작시를 낭독했다 —— 마레프스키는 정중한 태도로 그 시를 칭찬했다.

"저 친구는 그런 일이 있었으므로 착한 사람이 되려 애쓰는군."

하고 루신이 나에게 속삭였다. 얼마 후 우리는 제각기 흩어졌다. 지나이다가 어느새 골똘히 생각에 잠겼고, 공작부인이

사람을 시켜 두통이 난다고 전해 왔으며, 닐마스키가 신경통
이 발작하기 시작했다고 엄살을 부렸기 때문이었다.

　나는 오래도록 잠을 이룰 수 없었다. 지나이다의 이야기에
큰 충격을 받았기 때문이었다.

　'과연 그 이야기 속에 암시 같은 것이 내포되어 있었던
가?'
하고 나는 자문했다.

　'만일 그렇다면 대체 누구를, 그리고 무엇을 암시한 것일
까? 그러나 가령 분명히 암시할 만한 근거가 있다 하더라도
…… 어찌하여 거침없이 그런 말을 했을까? 아니, 아니 그럴
리는 만무해.'
하고 나는 달아오르는 뺨을 베개에 대고 몸을 뒤척이며 혼자
중얼거렸다……그러나 그 이야기를 하던 지나이다의 표정
이 눈앞에 떠올랐다……그리고 문득 네스크치느이 공원에
서 루신이 부지중에 부르짖던 말과 나에 대한 그녀의 급격한
태도 변화를 연상했다 —— 그러나 나는 영문을 알 수 없었
다.

　'대체 상대방은 누구일까?'

　이 한 마디가 어둠 속 내 눈앞에서 어른거리고 있었다. 마
치 불결한 구름이 나지막하게 내 머리 위를 뒤덮고 있는 듯
했다. 그리고 나는 그것이 곧 폭풍으로 변하지 않을까 중압
감을 느끼며 기다리고 있었다. 그 무렵 나는 여러 가지 일에
익숙해졌다. 자세킨의 집에서 많은 것을 보고 들었기 때문이

었다 —— 그 무질서한 생활, 값싼 촛불, 부러진 나이프나 포크, 침울한 하인 보니파치, 몰골이 엉망인 하녀들, 공작부인의 언행 —— 그 모든 기묘한 생활에도 나는 그다지 놀라지 않게 되었다 —— 그러나 지금 지나이다에 대해 어렴풋이 느끼고 있는 변화에 대해서는 —— 나는 아무래도 여기에는 익숙해질 수 없었다…… '말괄량이' 하고 언젠가 어머니는 그녀를 이렇게 불렀다. 말괄량이 —— 그녀가 바로 나의 우상이며, 나의 신이 아닌가! 이 명칭이 나의 가슴을 찔렀다. 나는 그 상념에서 벗어나려고 베개에 얼굴을 파묻으며 분노로 온몸을 불태우고 있었다 —— 그런데 한편, 오직 분수 곁의 행운아가 될 수만 있다면 나는 무슨 짓이라도 할 수 있다!…… 그리고 어떠한 희생도 사양하지 않을 것이다!……

내 온몸의 피가 들끓어 올랐다. '정원……분수……' 하고 나는 생각했다.

'정원에나 가 봐야지.'

나는 재빨리 옷을 걸치고 조용히 집을 빠져 나갔다. 밤은 캄캄하고 나무들은 산들산들 바람에 나부끼고 있었다. 하늘에서는 조용히 찬기가 내리고, 채소밭에서는 참깨 냄새가 풍겨 왔다. 나는 정원의 오솔길을 거닐었다. 나는 자신의 발소리에 놀라기도 하고, 다시 용기를 얻기도 했다. 나는 가끔 발걸음을 멈추고 무엇인가를 기다리면서 내 심장의 고동에 귀를 기울이기도 했다.

나는 마침내 담장 가까이 다가가서 가느다란 말뚝에 몸을 기대었다. 별안간 —— 아니 그저 그렇게 생각되었을 뿐인지도 모르지만 —— 나로부터 몇 발자국 앞을 언뜻 여인의 모습 같은 것이 지나갔다…… 나는 눈을 부릅뜨고 어둠 속을 노려보았다…… 나는 숨을 죽였다. 저게 무엇일까? 나의 귀에 들려온 것은 발자국 소린가? —— 그렇지 않으면 혹시 내 심장의 고동 소리가 아닌가?

"거기 있는 건 누구요?"

하고 나는 시원치 못한 목소리로 중얼거렸다. 아니, 저건 사람? 소리를 죽인 웃음소리가 아닌가?…… 또는 살랑거리는 나뭇잎 소리인가…… 그렇지 않으면 누군가가 귀 밑에서 내뿜는 한숨 소린가? 나는 더럭 겁이 났다.

"거기 있는 건 누구요?"

하고 나는 먼저보다도 더 낮은 소리로 되풀이했다.

공기가 잠깐 움직였다. 하늘에서는 불줄기 같은 것이 번쩍거렸다. 유성이 떨어진 것이다.

'지나이다?' 하고 나는 소리를 지르려 했지만 그 말은 나의 입술에서 얼어붙고 말았다. 한밤중이면 가끔 그렇듯이 갑자기 주위는 쥐죽은 듯이 고요해졌다…….

숲 속의 귀뚜라미까지도 울음소리를 멈추고 —— 어디선가 창문 닫는 소리만 덜컥 들려왔을 뿐이다. 나는 잠시 동안 꼼짝도 않고 서 있었지만, 이윽고 내 방의 싸늘한 침대로 돌아왔다.

나는 이상한 흥분을 느꼈다. 그것은 마치 애인을 만나러

갔다가 —— 기다리다 지쳐 남의 행복을 곁눈질하여 바라보며 쓸쓸하게 되돌아온 기분과 흡사했다.

17

이튿날 나는 지나이다의 모습을 언뜻 보았을 뿐이다. 그녀는 공작부인과 함께 마차를 타고 어디론가 떠났다. 그 대신 나는 루신과 마레프스키를 만났다. 루신은 나를 보고도 인사를 하는 둥 마는 둥 했다. 젊은 백작은 헛웃음을 지으면서 다정하게 말을 걸어 왔다. 별당에 드나드는 수많은 손님들 중에서 그만은 용케 우리집에 드나들었고, 어머니의 호감까지 사게 되었다. 아버지는 그에게 호감을 갖지 않았으므로 실례가 될 정도로 그에게 신중한 태도를 취했다.

"아, 시종 양반이군!"

하고 마레프스키가 입을 열었다.

"자넬 만나니 반갑네. 자네가 모시고 있는 아름다운 여왕님께선 안녕하신가?"

그의 말쑥한 용모도 그 순간 나에게는 징그럽게만 생각되었다 —— 게다가 그의 눈은 경멸하는 듯한 조롱의 빛을 띠고 있었으므로, 나는 아무 대꾸도 하지 않았다.

"자네는 또 화를 내고 있나?"

하고 그는 말을 이었다.

"그럴 게 뭔가? 자네에게 시종이란 이름을 붙인 것은 내가 아닐세. 여왕에겐 시종이란 있게 마련 아닌가? 이렇게 말하

면 실례가 될지 모르지만, 나는 자네에게 충고해야겠네. 자
넨 아무래도 직무에 태만한 것 같네."

"어째서요?"

"시종이란 언제나 여왕님 곁에 붙어 있어야 하네. 시종은
주인이 하는 일을 무엇이나 다 알고 있어야 하네. 때로는 여
왕의 거동까지도 감시해야 하네."

하고 그는 낮은 목소리로 덧붙였다.

"낮이나 밤이나 간에."

"그건 무슨 뜻이지요?"

"무슨 뜻이냐구? 나는 알아듣게 말한 것 같은데. 낮이나
밤이나 말일세. 낮에야 무슨 일이 있겠나? 낮에는 밝고 사람
의 눈도 많을 테니 말이야. 그렇지만 밤에는 —— 어쨌든 탈
이 나기 쉽단 말일세. 그러므로 자넨 밤마다 자지 말고 잘 살
펴라고 충고하는 걸세. 그야말로 자넨 있는 힘을 다해 살펴
야 할 걸세. 자네도 기억하고 있겠지? —— 정원에서, 밤의
분수가에서 —— 그런 곳에서 지키고 있어야 하네. 그러면 자
네는 반드시 나중에 나에게 사례하게 될 걸세."

마레프스키는 껄껄 웃고 나서 나에게 등을 돌렸다. 그는
아마도 특별한 뜻을 두고 하는 말은 아닌 것 같았다. 그는 본
래 속임수의 명수로 이름나서 가장무도회 같은 데서도 사람
을 곯려 주는 수완가로 평판높은 사람이었지만 그것은 그에
게 배어 있는, 자기 자신도 깨닫지 못하는 허위성에서 오는
것이었다. 그는 단지 나를 곯려 주려 했지만, 그의 한 마디

한 마디는 무서운 독이 되어 내 혈관 속으로 흘러 들어왔다. 온몸의 피가 한꺼번에 머리로 치솟았다.

"아아! 그랬는가!"

하고 나는 혼자서 중얼거렸다.

"그렇지! 그리고 보면 내가 어제 저녁에 정원으로 마음이 끌린 것도 우연한 일이 아니었구나! 그럴 수 있을까!"

하고 나는 큰소리로 외치면서 주먹으로 가슴을 쳤다. 그렇지, 도대체 무엇이 못 견디겠다는 건지 —— 나 자신도 알 수 없었다.

'그런 말을 하는 마레프스키 자신이 정원으로 찾아오는지도 모르지' 하고 나는 생각했다. '그는 부지중에 그런 말을 했다고도 생각할 수는 있지. 그는 그런 것쯤은 충분히 할 만한 철면피니까.'(우리 집 뜰의 담장은 무척 낮았기 때문에 그것을 뛰어넘는 것쯤은 문제도 아니었다) —— 어쨌든 어느 놈이나 내 눈에 띄기만 해 봐라, 무사하지는 못할걸. 누구든지 내 눈에 띄지 않도록 조심하는 게 좋지! 나도 온 세상 사람에게, 그 배신자에게(나는 이미 그녀를 배신자로 낙인을 찍었다) 복수할 수 있다는 것을 보여 줘야지!'

나는 내 방으로 돌아와서 최근에 사 온 영국제 나이프를 꺼내어 책상 서랍에서 그 칼날을 시험해 보았다. 그리고 양미간을 찌푸리며 싸늘하게 굳은 표정으로 나이프를 호주머니 속에 넣었다. 그런 짓을 하는 것이 어색하지도 않고, 처음 하는 짓도 아닌 것 같았다. 내 가슴은 적의에 불타 고동치고 돌처럼 굳어버렸다.

나는 밤중까지 찌푸린 눈살을 한시도 펴지 않고, 악문 입술도 늦추지 않았다. 그리고 끊임없이 왔다갔다하면서 한 손을 호주머니에 살짝 넣어 불덩이처럼 뜨거운 나이프를 잡고, 닥쳐올 어떤 끔찍한 일에 대해 미리 마음의 준비를 했다. 이와같이 새로운, 지금까지 맛보지 못한 감각에 정신을 잃고 오히려 유쾌하고 즐거운 심정으로 돌아갔으므로 소중한 지나이다의 일은 그다지 생각하지 않았다.

내 눈에는 끊임없이 젊은 집시인 아래코의 모습이 떠오를 뿐이었다. '어디로 가나, 아름다운 젊은이여? —— 누워서 잠들라……' 그리고 '온몸이 피투성이가 되어 있지 않나! 도대체 너는 무엇을 하고 있었느냐?…… 아무것도 하지 않았어요!' 나는 얼마나 잔인한 웃음을 띠면서 이 '아무것도 하지 않았어요!' 라는 한 마디를 되풀이했던 것일까?

아버지는 마침 집을 비우고 없었다. 그러나 근래에 늘 불안한 초조감에 사로잡혀 있는 어머니는 나의 심상치 않은 태도를 눈치채고, 저녁때 이렇게 말했다.

"너는 무엇 때문에 보릿가루를 노리는 새앙쥐처럼 그렇게 뾰로통하니?"

나는 대답 대신 그저 관대한 미소를 지어 보였을 뿐, '모두들 내 마음 속을 안다면!' 하고 생각했다.

시계가 11시를 쳤다. 나는 내 방으로 돌아왔으나 옷은 벗지 않았다. 이윽고 기다리던 12시를 치는 소리가 들려왔다.

'바로 이때다!' 하고 나는 이빨 사이로 이렇게 중얼거리며 양복 저고리의 단추를 턱 밑까지 모조리 채우고, 소매를 걷어붙인 다음 정원으로 나갔다.

나는 미리부터 지키고 있을 장소를 생각해 두었다. 정원 한쪽 끝, 우리 집과 자세킨네 집 뜰 안을 가로막고 있는 담장 옆에 한 그루의 전나무가 외따로 서 있었다. 그 무성한 나뭇가지 아래에 서 있으면 어둠이 허락하는 한 주위에서 일어나는 모든 것을 바라볼 수 있었다. 그곳에는 언제나 내 눈에 신비롭게 보이는 한 갈래의 좁다란 길이 꾸불꾸불 뱀처럼 담장 밑을 따라 굽이쳐서(이 부근에 담장을 넘나든 것 같은 흔적이 보였다) 순전히 아카시아 나무로만 지은 정자가 있는 쪽으로 뻗어 있었다. 나는 전나무 밑으로 가서 그 나무줄기에 몸을 기대고 망을 보기 시작했다.

오늘 밤도 어제와 마찬가지로 조용했다. 그러나 하늘에는 구름이 훨씬 적고 ── 나무 덤불뿐만 아니라 키가 큰 화초의 윤곽까지도 어제보다 분명하게 보였다. 처음 얼마 동안은 숨가쁜 순간이었다. 아니, 무서울 지경이었다. 나는 어떠한 일이라도 해치울 각오였다. 다만 어떻게 해치우느냐 하는 방법을 여러 모로 궁리하고 있었다.

'어디로 가는 거야? 기다려! 바른 대로 말해 ── 그렇지 않으면 죽여 버릴 테다!' 하고 호통을 쳐야 할지, 아니면 군말 없이 푹 찔러 버리고 말지…… 바스락하는 소리 하나에도, 나뭇잎이 흔들리는 소리에도 심상치 않은 어떤 연유가 숨어 있는 것만 같았다. 나는 정신을 바짝 차리고 몸을 앞으로 굽혔다.

그러나 30분이 지나고, 한 시간이 지나는 동안 끓어오르던 피가 점차 식기 시작했다. 이런 짓을 해 본들 아무 소용도 없다, 이제 내가 생각해도 좀 우스꽝스럽다. 나는 마레프스키의 노리개가 되어있다는 의식이 —— 점점 내 마음 속에 스며들었다.

나는 기다리고 있던 장소에서 떠나 뜰을 한바퀴 돌았다. 마치 일부러 그러는 것처럼 어디서도 바스락하는 소리 하나 들려 오지 않았다. 모든 것이 조용하기만 하고, 삽살개까지도 싸리문 옆에서 웅크리고 잠들어 있었다. 나는 무너진 온실 벽에 기어올라가 눈앞에 멀리 펼쳐져 있는 들판을 내다보고, 지나이다와 만났던 일을 회상하면서 깊은 생각에 잠겨있었다.

나는 흠칫 놀랐다…… 삐걱 문이 열리는 소리가 나고, 뒤이어 나뭇가지가 딱 부러지는 소리가 들린 것 같았다. 나는 껑충껑충 뛰어서 온실에서 아래로 뛰어내려 —— 숨을 죽이고 그 자리에 얼어붙은 듯이 서 있었다. 가볍고 빠르면서도 조심스러운 발자국 소리가 분명히 뜰에서 들려왔다. 그 발자국 소리는 점점 나에게로 가까이 다가왔다.

'왔다…… 드디어 나타났군!' 하는 생각이 내 머리에 선뜻 떠올랐다. 나는 경련을 일으키듯이 호주머니에서 나이프를 꺼내어 떨리는 손으로 그것을 펼쳤다 —— 무슨 붉은 불꽃 같은 것이 눈 속에서 빙그르르 돌며 두려운 공포와 증오로 인해 머리카락이 쭈뼛 치솟는 것 같았다…… 발자국 소리는 곧장 나를 향해 다가왔다 ── 나는 몸을 굽히고 발자국 소리가 나는 쪽으로 향했다…… 드디어 사나이가 나타났다…… 앗! 이게 웬일인가! 저 사람은 아버지가 아닌가!

아버지는 검은 망토로 온몸을 감고 모자를 깊숙이 눌러쓰고 있었으나, 나는 곧 그가 아버지라는 것을 알아차렸다. 아버지는 발뒤꿈치를 들고 가만가만 내 옆을 지나갔다. 나를 감춰 준 것은 아무것도 없었지만 지면과 거의 같은 높이라고 생각될 정도로 몸을 바싹 땅에 대고 있었으므로, 아버지는 나를 보지 못했던 것이다.

질투심에 불타 살인까지 각오하고 있던 오셀로는 순식간에 초등학교 학생으로 변해버렸다…… 나는 뜻하지 않은 아버지의 출현에 그만 소스라치게 놀라서, 처음에는 아버지가 어디서 와서 어디로 사라졌는지 전혀 알 수 없을 정도였다. 내가 몸을 일으켜 '대체 무엇 때문에 아버지는 한밤중에 뜰을 거닐고 있을까?' 하고 생각한 것은 다시 주위가 겨우 조용해진 후였다. 나는 두려운 나머지 나이프를 풀더미 속에 떨어뜨려 버렸지만, 그것을 찾으려 하지도 않았다. 나는 부끄러워 견딜 수 없었다. 그때 갑자기 제정신이 들었다. 그러나 집으로 돌아가는 도중에 나는 전나무 밑에 있는 그 벤치로 가서 지나이다의 침실 창문 쳐다보기를 잊지 않았다. 약간 밖으로 굽은 유리창은 하늘에서 내리비치는 희미한 광선

을 받아 푸르스름한 빛을 띠고 있었다. 그런데 갑자기 유리
빛이 변했다…… 그리고 들창 안쪽에서(나는 보았다. 분명히
내 눈으로 보았다) —— 하얀 커튼이 조심스럽게 살며시 내려
와 창문턱까지 가리우고 다시는 꼼짝도 하지 않았다.

'저건 또 무엇일까?'

나는 다시 방 안에 들어서자 거의 무의식중에 이렇게 소리
내어 중얼거렸다. '꿈인가, 우연인가, 아니면……'

갑자기 내 머리에 떠오른 상상이 너무나 새롭고 또 괴상했
으므로 나는 그런 생각에 깊이 잠길 용기도 나지 않았다.

18

이튿날 잠자리에서 일어났을 때 나는 심한 두통이 났다.
어젯밤의 흥분은 사라져 버렸다. 그 대신 무거운 의혹과 일
찍이 경험해 보지 못한 미지의 우수에 사로잡혔다 —— 마치
내부 세계에서 어떤 것이 죽어 가고 있는 듯한 심정이었다.

"무엇 때문에 당신은 그렇게 골속(腦髓)을 절반쯤 빼버린
토끼 같은 눈초리로 사람을 바라보고 있어요?"

루신이 나를 만나자 이렇게 말했다.

아침 식사 때 나는 아버지와 어머니의 모습을 번갈아 가며
슬쩍 훔쳐보았다. 그러나 아버지는 여느 때와 마찬가지로 침
착한 태도였으며, 어머니도 전과같이 얼굴에는 나타나지 않
았지만 어딘가 초조한 듯이 보였다. 가끔하는 버릇대로 혹시
나에게 상냥하게 말을 걸어오지 않을까 해서 나는 기다리고

있었다……그러나 아버지는 매일 하던 싸늘한 애무마저 보여 주려 하지 않았다.

'지나이다에게 모든 것을 다 말해 줄까?' 하고 나는 생각했다. '이제 와서 어차피 마찬가지 아닌가……두 사람 사이는 완전히 결말이 나버린 것이다.'

나는 그녀를 찾아갔으나 그런 일에 대해서는 한 마디도 입밖에 내지 않았을 뿐만 아니라 —— 그녀와 일반적인 이야기를 주고받는 것도 뜻대로 되지 않았다. 마침 공작부인에게 열두 살 난 그녀의 아들이 방학을 맞아 페테르부르크에서 돌아와 있었기 때문이었다. 지나이다는 곧 자기 동생을 나에게 떠맡겨 버렸다.

"볼로자 씨."

하고 그녀는 말했다(그녀가 이런 애칭으로 나를 부른 것은 처음이었다).

"좋은 친구가 생겼어요. 얘 이름도 볼로자예요. 사이좋게 지내도록 하세요. 얘는 아직 철이 없지만, 마음씨는 착하니까요. 네스크치느이 공원도 구경시켜 주고 산책도 데리고 다니면서 얘를 돌봐 주세요. 그렇게 해 줄 거죠? 당신은 무척 친절한 분이니까!"

그녀는 친절하게 두 손을 내 어깨에 얹었다 ——나는 어리둥절했다. 이 소년의 도착이 나를 완전히 어린애로 만들어 버렸다. 나는 가만히 그 소년을 바라보았다. 상대방도 잠자코 내 얼굴을 쳐다보고 있었다. 지나이다는 깔깔 웃으면서 우리 두 사람의 몸을 끌어 맞부딪쳤다.

"자, 어린 친구끼리 서로 껴안는 거예요!"

우리는 껴안았다.

"뜰에 나가 볼가?"

하고 나는 소년에게 물었다.

"네, 감사합니다."

하고 그는 소년답게 약간 거친 목소리로 대답했다. 지나이다
는 다시 소리내어 깔깔 웃었다……그녀의 얼굴이 이처럼 아
름다운 홍조를 띤 적은 한 번도 없었다고 나는 생각했다. 나
는 소년과 함께 밖으로 나갔다. 뜰에는 낡은 그네가 있었다.
나는 그를 좁다란 판자 위에 앉힌 다음 밀어 주었다. 그는 두
터운 나사로 만든 옷깃에 널따란 금빛 테두리를 한 새 제복
을 입고 있었는데, 꼼짝하지 않고 앉아서 그네 줄을 단단히
붙잡았다.

"목의 호크도 풀어야지."

하고 나는 그에게 말했다.

"괜찮아요. 습관이 돼서요."

하고 그는 대답하며 헛기침을 했다.

그는 자기 누이를 닮았다. 특히 눈은 그녀와 똑같았다. 나
는 그를 돌봐 주는 것이 즐겁고, 동시에 그 저미는 듯한 서글
픔이 심장을 몰래 씹는 것만 같았다.

'이제 나도 어린애와 똑같군' 하고 나는 생각했다. '그런
데 어제는'…… 나는 어제 나이프를 떨어뜨린 것을 생각하

고 그것을 찾아내었다. 소년은 나에게 졸라서 나이프를 받아 굵다란 땅두릅 가지를 잘라서 피리를 만들어 불기 시작했다. 오셀로도 함께 피리를 불었다.

그러나 그날 저녁 바로 이 오셀로가 지나이다의 팔에 안겨 얼마나 슬프게 흐느껴 울었는지 모른다. 그녀는 나를 정원 한구석에서 찾아내고 무엇 때문에 그렇게 슬픈 얼굴을 하고 있느냐고 물었다. 내 눈에서 눈물이 왈칵 쏟아져 나왔으므로 그녀는 당황했다.

"웬일이에요? 네, 어떻게 된 거예요, 볼로자?"
하고 그녀는 다그쳐 물었다. 내가 대꾸도 하지 않고, 눈물도 그치지 않는 것을 보자, 내 축축한 뺨에 키스를 하려 했다. 그러나 나는 얼굴을 돌리고 흐느껴 울면서 중얼거렸다.

"나는 다 알고 있어요. 무엇 때문에 당신은 나를 노리개로 삼았어요? …… 도대체 무엇 때문에 내 사랑이 당신에게 필요했던 거요?"

"내가 잘못했어요, 볼로자……"
하고 지나이다는 말했다.

"아, 정말 내가 잘못했어요……"
하고 말하면서 그녀는 두 손을 꼭 쥐었다.

"정말 내 몸 속에는 매우 좋지 못한, 어둡고 악한 마음이 깃들어 있는 모양이에요…… 그렇지만 이제는 나도 당신을 장난감으로 취급하지 않아요. 나도 당신을 사랑하고 있어요 ──왜 그렇게 되었는지 당신은 꿈에도 상상하지 못하겠지만…… 그건 그렇고 당신은 대체 무엇을 알고 있다는 거예요?"

그러나 내가 그녀에게 무슨 말을 할 수 있었겠는가? 그녀는 내 앞에 서서 나를 빤히 쳐다보고 있는 게 아닌가? 그녀가 내 얼굴을 바라보고 있으면 나는 머리끝에서 발끝까지 완전히 그녀의 것이 되어버렸다…… 15분 후 어느새 나는 소년과 지나이다와 함께 달음박질을 하고 있었다. 나는 이미 우는 것이 아니고 웃고 있었다. 그렇지만 웃을 때마다 부어 오른 눈에선 눈물이 한 방울씩 떨어졌다. 나는 목에 넥타이 대신 지나이다의 리본을 매고 있었다. 그녀의 허리를 붙잡을 수 있었을 때, 나는 너무나 기뻐 고함까지 질렀다. 그녀는 마음대로 나를 가지고 놀았던 것이다.

19

실패로 돌아간 그날 밤의 원정 이후, 1주일 동안 내 마음 속에서 일어난 일을 상세히 이야기하라면 나는 매우 난처할 것이다. 그것은 기묘한 열병 시절이며 가장 모순된 감정과 사상, 의혹, 희망 그리고 기쁨과 괴로움이 회오리 바람처럼 불어닥치는 일종의 혼돈 상태였다. 나는 내 마음을 들여다보는 것이 무서웠다. 열여섯 살 난 소년이 자기 마음을 들여다 보려니 말이다. 어느 쪽이 되든 분명히 흑백을 가린다는 것이 무서웠다. 나는 다만 하루 해를 한시바삐 보내려고 안달할 뿐이었다. 그 대신 밤엔 잘 수 있었다…… 어린이다운 사려思慮의 공백이 나를 도와주었던 것이다.

나는 자신이 사랑을 받고 있는지 어떤지 알려고 하지 않았지만, 한편 나는 사랑을 받고 있지 않다고 단정하지도 않았다. 나는 아버지와 서로 얼굴을 마주치는 것을 피하고 있었지만—— 지나이다와 얼굴을 마주치는 것을 피할 수는 없었다…… 그녀 앞에 나서면 나는 전신이 불타오르는 심정이었다…… 그러나 나를 불사르고, 나를 녹여 버리는 불이 과연 무엇인가 알 필요는 더욱 없었다—— 나로서는 불타서 녹아 버리는 것이 말할 수 없이 달콤한 일이었으니까.

나는 모든 인상에 몸을 맡기고, 나에게 간계를 부리며 추억을 외면하고, 앞으로 일어날 듯한 일에 대해 눈을 감았다…… 이와 같은 고뇌는 아마도 오래 계속되지는 않은 것으로 생각된다…… 그러나 청천벽력 같은 사건이 삽시간에 모든 결말을 짓고, 나를 새로운 궤도에 올려놓았던 것이다.

한 번은 상당히 오랫동안 산책을 하다가 식사 시간이 되어 집에 돌아와 보니, 의외로 식사할 사람은 나 하나뿐이었다. 아버지는 집을 비웠으며, 어머니는 기분이 내키지 않아 아무것도 먹고 싶지 않다면서 자기 침실로 들어가 버렸던 것이다. 나는 하인들의 얼굴 표정을 보고 무슨 심상치 않은 일이 일어난 것이 분명하다고 생각했다…… 나는 그들에게 꼬치꼬치 물어볼 용기는 없었다. 그런데 내게는 식당에서 일하는 필립이라는 친구가 있었다. 이 친구는 시를 몹시 좋아하고, 기타의 명수였다. 나는 이 친구에게 물어보았다.

그의 말에 의하면, 아버지와 어머니 사이에 한바탕 크게 싸움이 벌어졌다는 것이었다(그것은 식모 방에서 한 마디도 빼놓지 않고 들을 수 있었다. 프랑스 어로 이야기한 부분도 많기는 했지만 —— 마샤라는 식모는 파리에서 온 소녀로 양복점에서 5년 동안이나 있었으므로 무슨 말이나 잘 알아들을 수 있었다).

어머니는 아버지의 행실이 나쁘다고 공격하며 이웃집 딸과의 교제를 물고 늘어졌다. 아버지는 처음엔 변명을 했으나 나중에는 불끈 화를 내며(모르기는 하지만 마나님의 나이를 들추어 내며) 퉁명스럽게 대꾸했으므로, 어머니는 울음을 터뜨리고 공작부인에게 준 수표 이야기를 꺼내어 부인뿐만 아니라 그 따님에 대해서도 몹시 언짢게 말했다. 그러자 아버지는 어머니에게 협박 비슷한 말을 했다고 한다.

"이와 같은 소동이 일어난 동기는,"
하고 필립은 말을 이었다.

"발신자의 이름이 적혀 있지 않은 편지에 있었어요. 누가 그런 편지를 써 보냈는지 모르지만, 그런 것만 날아 들어오지 않았던들 이런 일도 일어나지 않았을 텐데. 그럴 이유가 없으니까요."

"그럼, 이웃집 딸과 아버지 사이에 무슨 일이 있긴 있었던 모양이군."
하고 나는 간신히 입을 열었다. 나는 손발이 싸늘해지며 가슴 속이 이상하게 와들와들 떨리기 시작했다.

필립은 의미심장하게 눈을 껌뻑였다.

"있구말구요. 그런 일은 끝내 숨겨 둘 수는 없지요. 그 방면에 대해서는 주인님께서 꽤 조심성이 있으신 편이지만 —— 그래도 예컨대 마차 같은 것을 빌려야 하거든요…… 아무도 남의 손을 빌지 않고는 안 된단 말예요."

나는 필립을 돌려보내고 —— 침대 위에 몸을 던졌다. 소리 내어 울지도 않고, 절망에 빠지지도 않았다. 언제 어떻게 이런 일이 생겼는가 자문해 보지도 않고, 어찌하여 진작 이것을 눈치채지 못했을까 이상하게 생각하지도 않았다 —— 나는 아버지를 원망하고 싶지도 않았다…… 내가 알게 된 이 사실은 도저히 내 힘이 미치지 못하는 일이었다. 이 뜻하지 않은 발견에 나는 압도당해버렸다…… 모든 것이 끝났다. 내 꽃은 한꺼번에 모조리 꺾여, 산산이 흩어진 채 짓밟혀버렸던 것이다.

20

이튿날 어머니는 시내로 이사를 간다고 말했다. 그러나 아침에 아버지는 어머니의 침실로 찾아가 오랫동안 단둘이서 이야기를 했다. 아버지가 무슨 말을 했는지 아무도 듣지 못했지만, 어머니는 이제 더 울지는 않았다.

어머니는 마음을 가라앉히고 식사를 가져오라고 일렀다 —— 그러나 방에서 밖으로 나오지는 않고, 그 결심도 변경하지 않았다. 그때 일은 지금도 잘 기억하고 있지만, 나는 그날 하루 종일 밖에서 공연히 돌아다니는 것으로 시간을 보내고 있었다. 그러나 뜰 안에는 발을 들여놓지 않았고, 한 번도 별당 쪽을 바라보지도 않았다 —— 그런데 그날 밤 나는 실로 놀라운 일을 목격했다. 마레프스키 백작과 손을 잡고 살롱에서 현관으로 나타난 아버지가 하인이 보는 앞에서 싸늘한 어조로 이렇게 말했다.

"2,3일 전 당신은 어떤 집에서 문 밖으로 나가 달라는 말을 들었다지요, 백작? 그런데 당신과 실랑이질하기는 싫소. 다만 한 마디만 말해 두겠는데——만일 또다시 우리 집에 오면 그때는 창문 밖으로 내던지고 말 테요. 나는 당신의 필적이 마음에 들지 않아요."

백작은 말없이 고개를 숙이고 이를 갈면서 몸을 움츠리고 자취를 감춰 버렸다.

집에서는 모스크바로 이사갈 준비를 하기 시작했다. 아르바트 가에 우리 집이 있었던 것이다. 아마 아버지도 이제 와서 별장에 남고 싶지는 않았던 모양이다. 그러나 아버지는 어머니에게 소동을 일으키지 않도록 잘 당부했던 것 같다. 모든 일이 조용히, 그리고 천천히 진행되었다.

어머니는 공작부인에게 일부러 사람을 보내어, 건강이 좋지 않아 출발하기 전에 뵙지 못해 유감스럽게 생각한다는 인사를 전했다. 나는 미친 듯이 돌아다녔다. 한시바삐 이런 소동이 끝장났으면 하고, 그것만 간절히 바라고 있었다. 다만 내 머리에서 떠나지 않는 생각이 한 가지 있었다. 그것은 그녀가, 그 젊은 여자가 —— 어찌 되었든 공작 따님이라는 사

람이 현재 아버지가 독신이 아니라는 것을 잘 알고 있으면서
도, 게다가 저 베로브조로프든 다른 누구든 이상적인 결혼
상대를 고를 수 있는 처지에 있으면서도 어찌하여 그런 터무
니없는 짓을 했을까 —— 하는 것이었다. 도대체 무엇을 노리
는 것일까? 자기 장래를 망쳐 버리는 것이 어찌하여 조금도
두렵지 않았을까? 하고 나는 생각했다 ——이것이 사랑이다
—— 이것이 정열이라는 것이다. 이것이 몸도 마음도 바친다
는 것이다…… 여기서 문득 생각나는 것은 언젠가 루신이 한
말이다.

"자기를 희생하는 것을 즐겁게 생각하는 사람도 있는 걸
세."

때마침 별당의 들창에 희끄무레한 그림자가 보였다……
'저것은 지나이다의 얼굴이 아닐까?' 하고 나는 언뜻 생각했
다……과연 그것은 그녀의 얼굴이었다. 나는 더 참을 수 없
었다. 나는 그녀에게 마지막 인사도 하지 않고 이대로 헤어
질 수는 없었다. 나는 기회를 보아 별당으로 찾아갔다.

응접실에 들어서자 공작부인이 여느 때처럼 무뚝뚝한 말
투로 나를 맞았다.

"어떻게 된 거야, 도련님. 왜 그렇게 빨리 옮겨 가지요?"
하고 부인은 양쪽 콧구멍에 호초를 쑤셔 넣으며 말했다.

나는 부인의 얼굴을 살펴보고 한결 마음이 가벼워졌다. 필
립에게서 들은 수표라는 말이 마음에 몹시 걸렸던 것이다.
그런데 그녀는 그런 일은 조금도 생각하지 않는 모양이었다

……적어도 그때의 나에게는 그렇게 보였다. 지나이다가 옆 방에서 나타났다. 검은 옷을 걸치고 머리가 부스스한 채 창백한 얼굴이었다. 그녀는 말없이 내 손을 잡고 자기 방으로 데리고 갔다.

"당신의 목소리가 들려와서……"

하고 그녀는 말을 계속했다.

"곧 달려 나왔지요. 당신은 이렇게 간단히 우리를 버리고 가 버리는군요. 무정도 하지!"

"나는 작별 인사를 하러 왔어요."

지나이다는 지그시 나를 바라보았다.

"네, 들었어요. 와 줘서 고마워요. 이제 다시는 만나 뵐 수 없지 않을까 생각하고 있었어요. 나에 대해 나쁘게 생각하지 마세요. 가끔 당신을 곯려 주긴 했지만, 당신이 생각하는 것처럼 그렇게 고약한 여자는 아니예요."

그녀는 외면하고 창가에 몸을 기대고 섰다.

"정말 난 그런 여자가 아니예요. 당신이 나를 몹쓸 여자라고 생각하는 것도 알고 있어요."

"내가요?"

"그래요, 당신이…… 당신이 말예요."

"내가요?"

하고 나는 비통한 목소리로 거듭 반문했다. 내 심정은 극복할 수 없는, 뭐라고 말하기 곤란한 힘에 사로잡혀 떨리기 시작했다.

"내가요? 믿어 줘요, 지나이다 알렉산드로브나. 당신이 설사 무슨 일을 하든지 간에, 내가 아무리 당신에게 들볶였다 하더라도 나는 한평생 당신을 사랑하고 숭배할 것입니다."

그녀는 나에게로 몸을 홱 돌리더니 두 팔을 크게 벌려 내 머리를 껴안고 뜨겁게 키스를 했다. 그 오랜 작별의 키스가 누구를 마음 속에 그리고 있는지는 신이 아닌 자로선 알 수 없었지만, 나는 굶주린 듯이 그 달콤한 맛에 취해 있었다. 나는 그것이 다시는 반복되지 않으리라는 것을 알고 있었다.

"안녕, 안녕히."

하고 나는 되풀이했다.

그녀는 나를 뒤돌아보지도 않고 나가 버렸다. 나도 밖으로 나와 버렸다. 그때 내 가슴 속에 서려있던 감정을 펜으로 표현할 만한 힘이 나에게는 없다. 그리고 나는 그것이 언젠가 되풀이되기를 바라지도 않는다. 그러나 만일 한 번도 그 키스를 맛보지 못했던들, 나는 나 자신을 상당히 불행한 자라고 생각했을 것이다.

우리 가족은 시내로 이사했다. 나는 쉽사리 과거와 인연을 끊을 수 없었으며, 따라서 금방 공부를 시작할 수도 없었다. 마음의 상처가 아물기까지는 상당한 시간이 필요했다.

그러나 아버지에 대해서는 나는 조금도 나쁜 감정을 갖고 있지 않았다. 오히려 아버지는 내 눈에 더욱 큰 인물로 보이기도 했다…… 이 모순은 심리학자들이 멋대로 해석하는 것이 좋을 것이다.

어느 날 나는 가로수 길을 거닐다가 우연히 루신을 만났다. 나는 반가워서 어쩔 줄 몰랐다. 나는 그의 솔직하고 허식이 없는 성품을 좋아했다. 게다가 오랫만에 만나 내 마음 속의 추억을 소생시켜 준 점에서 내게는 더없이 반가운 사람이었다. 나는 그에게로 달려갔다.

"야, 이게 누구야!"

하고 그는 말하고 나서 눈을 가까이 했다.

"자네로군 그래! 어디 얼굴이나 좀 보세. 여전히 안색은 좀 누렇지만, 눈 속에는 그전처럼 먼지가 끼어 있지 않군. 이젠 방 안에서 기르는 발발이 같은 점은 찾아 볼 수 없네. 제법 의젓한 사내로 보이는군. 그래 어떤가, 공부도 잘하나?"

나는 대답 대신 한숨을 내쉬었다. 거짓말 하기는 싫고, 그렇다고 해서 참말을 한다는 것은 부끄러운 일이었다.

"어쨌든 좋아!"

하고 루신은 말을 계속했다.

"기 죽을 필요는 없어. 중요한 것은 쓸데없는 데 정신 팔지 말고 정상적인 생활을 하는 거야. 공연히 미쳐 봐야 무슨 소용이 있나? 물결이란 어느 쪽으로 밀려 가든 결코 좋은 일은 없으니까. 인간은 설사 바위 위에서 있더라도 역시 버티고 서 있는 것은 자기의 두 다리라네. 나는 요새 이렇게 쿨룩쿨룩 기침을 하고 있네…… 그런데 베로브조로프 말이야 ── 자네 소식 좀 들었나?"

"어떻게 되었나요? 나는 전혀 듣지 못하고 있어요."

"행방불명이야. 카프카즈로 갔다는 말도 있는데, 자네처럼 젊은 친구에겐 좋은 교훈이 될 걸세. 요컨대 적당한 시기에 단념하고 그물에서 빠져 나올 수 없었다는 데 원인이 있지. 자네는 그래도 용케 빠져 나온 모양인데, 또다시 그물에 걸리지 않도록 조심하게, 그럼 안녕."

'이젠 걸리지 않을 자신이 있지' 하고 나는 생각했다……'다시는 그녀를 만나지 않을 테야.'

그러나 나는 한 번 더 지나이다와 만날 운명이었다.

21

아버지는 날마다 말을 타고 외출했다. 아버지는 매우 좋은 영국산 밤색 말을 가지고 있었다. 목이 가늘고 다리가 늘씬하며 지칠 줄 모르는 사나운 말이었다. 이름은 '일렉트릭(번개)'이라고 불렸으며, 아버지 외에는 아무도 그 말을 탈 수 없었다.

하루는 아버지가 오랫만에 기분 좋은 얼굴로 내 방에 들어왔다. 외출할 차비를 하고 장화에는 박차까지 달고 있었다.

나는 함께 데리고 가 달라고 아버지에게 졸랐다.

"그보다는 말을 타며 노는 게 좋을 거야."

하고 아버지는 대답했다.

"너의 그 독일종種 말을 타고는 나를 쫓아오지 못할 테니까."

"쫓아갈 수 있어요. 나도 박차를 달면 되잖아요."

"그럼 마음대로 해봐라."

우리는 집을 나섰다. 내 말은 북슬북슬하고 시커먼 망아지였는데, 다리가 튼튼하여 곧잘 뛰었다. 하긴 일렉트릭이 빨리 뛸 때는 있는 힘을 다해서 발을 마주 놀려야 했지만, 어쨌든 뒤떨어지지 않고 용케 쫓아갔다.

나는 아버지만큼 말을 잘 타는 사람을 본 적이 없다. 말에 올라탄 아버지의 모습은 아주 맵시가 있고, 말을 다루는 데도 솜씨가 대단했다. 아버지를 태운 말까지도 그것을 알아차리고 자랑스럽게 여기는 듯이 보였다. 우리는 가로수 길을 하나도 빼놓지 않고 다 돌고 나서 제비치에 들판을 이리저리 쏘다니며 몇 번이나 울타리를 뛰어넘고(나는 처음엔 뛰어넘는 것이 무서웠지만, 아버지는 겁쟁이를 멸시했으므로 ── 나는 겁내지 않기로 했다) 또한 모스크바 강을 두 번이나 건넜다 ── 그래서 나는 이제 집으로 돌아가려니 하고 생각했다. 아버지는 내 말이 지쳐 있다는 것을 알아차렸던 것이다. 그런데 아버지는 갑자기 내 곁을 떠나 크르임스키 강 근처에서 방향을 옆으로 돌리더니 강변을 따라 자꾸만 달리는 것이었다. 나도 그 뒤를 따라 말을 몰았다. 아버지는 낡은 통나무를 높다랗게 쌓아 올린 곳까지 와서 날쌔게 말에서 내리더니, 나에게도 내리라고 했다. 그리고 아버지는 자기 말고삐를 나에게 넘겨 주면서 통나무 옆에서 잠깐 기다리라 하고는 혼자 좁다란 골목길을 빠져 들어갔다.

나는 말 두 필을 끌고 일렉트릭을 줄곧 나무라면서 강변을 이리저리 쏘다녔다. 일렉트릭은 걸으면서도 연방 머리를 내저으며 몸을 부르르 떨기도 하고 코로 쿵쿵거리다가 히힝 하고 큰소리를 내기도 했다. 내가 멈춰 서면 두 발로 번갈아 땅을 파헤치며 으르렁거리다가 독일종 말의 목을 물려고 덤볐다. 귀염둥이로 자란 순종답게 구는 것이었다.

아버지는 좀처럼 돌아오지 않았다. 강에서는 퀴퀴하고 축축한 바람이 불어왔다. 가랑비가 조용히 내리기 시작하여 볼품없는 잿빛 통나무에 거무죽죽한 무늬가 이루어졌다. 나는 그 통나무 옆에서 하릴없이 왔다갔다하고 있었다. 고독하고 슬픈 생각이 들었다. 그러나 아버지는 여전히 돌아오지 않았다. 핀란드 출신처럼 보이는 교통순경이 아래위에 회색 옷을 걸치고 항아리 모양의 낡은 헬멧을 뒤집어쓰고는 길다란 몽둥이를 들고 내게로 다가왔다.

'교통순경이 어찌하여 이런 모스크바 강변에 와 있을까?'

그는 할머니 같은 주름살투성이의 얼굴을 들이대며 말했다.

"넌 웬 말을 두 필씩이나 끌고 이런 데서 무얼 하고 있는 거냐? 이리 줘, 내가 좀 붙잡아 줄 테니까."

나는 아무 대꾸도 하지 않았다. 그는 나더러 담배가 있으면 한 대 달라고 했다. 나는 이 성가신 순경을 피하기 위해(더구나 아버지를 기다리느라 답답해서 견딜 수 없었으므로) 아버지가 사라진 쪽으로 슬금슬금 발길을 옮겼다. 골목길 끝까지 가 모퉁이를 돌아서서 나는 걸음을 멈추었다. 내가 멈춰 선

곳에서 40보쯤 되는 한길가 목조 건물의 열어젖힌 창문 앞에 아버지가 이쪽으로 등을 돌리고 서 있었다. 아버지는 문틀에 가슴을 대고 들여다보고 있었다. 집 안에서는 검은 옷을 입은 여자가 커튼에 몸을 반쯤 가리고 앉아 아버지와 이야기를 나누고 있었다. 그 여자는 지나이다였다.

나는 그만 못 박힌 듯이 멈춰 섰다. 나로서는 전혀 뜻밖의 일이었다. 나는 그 자리에서 도망치려 했다. '혹시 아버지가 되돌아보면' 하고 나는 생각했다. '그렇게 되면 만사가 끝나는 것이다' …… 그러나 이상한 감정이, 호기심보다도 강하고 질투심보다도 억세며 공포보다도 더 사나운 감정이 내 발을 묶어 놓았다. 나는 그쪽을 유심히 바라보며 열심히 귀를 기울였다.

아버지는 이야기에 열을 올리고 있는 것 같았다. 지나이다는 아버지의 의견에 따르려 하지 않는 눈치였다. 나는 그녀의 얼굴을 지금도 눈앞에서 보는 것만 같다── 서글프고 진지하며 아름다운 얼굴로, 거기에는 진심에서 우러나오는 헌신과 한탄과 사랑과 일종의 절망이 뒤섞인, 뭐라고 말하기 어려운 그림자가 서려있었다 ──나는 이 밖에 다른 말을 찾아낼 수가 없다. 그녀는 '네'라거나 '아니오'라고 짤막한 말로 답변하고 눈을 내리깐 채 엷은 웃음을 짓고 있었을 뿐이다 ── 그것은 온순하면서도 완고한 결의를 표시하는 미소였다. 나는 그 미소에서 이전의 지나이다를 발견할 수 있었을 따름이다.

아버지는 어깨를 흠칫해 보이면서 모자를 고쳐 썼다. 그것은 아버지가 초조해 할 때 언제나 하는 버릇이었다…… "이제 당신은 떠나야만 해요…… 이……" 하는 말소리가 들려왔다. 지나이다는 몸을 꼿꼿이 세우고 한쪽 손을 내밀었다…… 순간 내 눈앞에서는 도저히 있을 수 없는 일이 일어났다. 아버지가 자기 옷소매의 먼지를 털던 채찍을 느닷없이 들어 올렸다 —— 뒤이어 그녀의 팔꿈치를 채찍으로 때리는 소리가 들려왔다. 나는 '악!' 소리가 터져 나오려는 것을 간신히 참았다. 지나이다는 꿈틀 몸을 떨고 나서 묵묵히 아버지를 쳐다보며 손을 조용히 입으로 가져가더니 채찍자루에 입을 맞추었다.

아버지는 채찍을 집어 던지고 재빨리 현관 층계를 뛰어 올라가 집 안으로 들어갔다…… 지나이다는 몸을 홱 돌렸다. 그리고 재빨리 두 손을 벌리고 머리를 뒤로 젖히면서 역시 창문에서 사라져 버렸다.

나는 깜짝 놀라 정신이 얼떨떨한 채 의혹에 찬 가슴을 안고 두려운 마음으로 되돌아 나왔다. 나는 하마터면 일렉트릭을 놓칠 뻔했지만, 어쨌든 골목길을 빠져 나와 강변으로 돌아왔다. 나는 영문을 알 수 없었다. 냉철하고 인내심 강한 아버지가 때때로 광적인 발작을 일으키는 것은 잘 알고 있었지만, 그래도 금방 내가 목격한 광경은 이해할 수 없었다…… 그러나 나는 곧 이렇게 느꼈다 —— 앞으로 내 목숨이 붙어 있는 한, 지나이다의 그 몸짓과 눈매와 미소를 잊을 수 없을

것이다. 그녀의 모습 —— 뜻밖에 내 눈에 보인 그 모습은 영
원히 내 기억 속에 아로새겨졌던 것이다. 나는 끝없이 강물
을 바라보며 눈물이 하염없이 흘러내리는 것도 모르고 있었
다. 그녀가 매를 맞다니…… 그녀가 매를 맞다니.

"얘, 너 뭘하고 있니? 말을 이리 줘!"

등 뒤에서 아버지가 말했다.

나는 기계적으로 말고삐를 아버지에게 내주었다. 아버지
는 재빨리 일렉트릭에 올라탔다…… 추위에 떨고 있던 말은
몸을 곧추세우고 두 발쯤 앞으로 껑충 뛰었다. 그러나 아버
지는 말을 곧 정지시켰다. 말 옆구리를 박차로 꾹 누르고, 주
먹으로 목덜미를 내리쳤다.

"제기랄! 채찍이 있어야지."

하고 아버지는 투덜거렸다. 나는 그 채찍이 그녀의 팔을 후
려갈기던 소리가 귀에 들리는 것만 같았다. 절로 몸이 부르
르 떨렸다.

"채찍은 어떡하셨어요?"

나는 잠시 후 물었다. 아버지는 아무 대답도 없이 말을 달
렸다. 나는 그 뒤를 바싹 따랐다. 나는 어떻게 해서든지 아버
지의 얼굴을 보고 싶었던 것이다.

"혼자서 꽤 심심했지?"

아버지는 이빨 사이로 내뱉듯이 말했다.

"네, 좀. 그런데 채찍은 어디에 떨어뜨리고 오셨어요?"

나는 다시 한 번 물어 보았다. 아버지는 나를 흘끗 바라보

더니,

"떨어뜨리긴…… 버렸지."

하고 대답했다.

아버지는 무슨 생각에 잠긴 듯이 고개를 숙이고 있었다
…… 이때 나는 처음으로, 그리고 아마도 마지막으로 아버지
의 엄격한 얼굴이 얼마나 부드러운 인정을 나타낼 수 있는지
알게 되었다.

아버지는 다시 말을 달리기 시작했다. 나는 그 이상 아버
지의 뒤를 쫓지 못하여 15분이나 뒤늦게 집에 돌아왔다.

'이것이 사랑인가보다' 하고 나는 그날 밤 책상 앞에 앉아
서 혼잣말처럼 중얼거렸다. 위에는 노트와 참고서가 놓여있
었다. '이것이 정열이다!…… 생각해 보면 어떤 사람한테라
도…… 비록 자기가 사랑하는 사람일망정 그렇게 얻어맞으
면 분개하지 않을 수 없을 것이다. 그러나 사랑에 빠지면 그
럴 수도 있을 테지 —— 나는…… 나는 얼마나 어리석은 생
각을 했던가……'

나는 한 달 동안 무척 성숙해졌다. 그리고 나의 사랑도, 거
기에 따른 온갖 번민과 고통도, 내가 이제야 겨우 상상할 수
있게 된 어떤 미지의 그 무엇과 비교하면 어쩐지 아주 조그
마한 아이들 장난 같은 것이라는 생각이 들었다. 그 무엇이
란 마치 인간이 어두컴컴한 속에서 분간해 내려고 헛되이 애
쓰는, 미지의 아름다우면서도 무시무시한 얼굴처럼 내 마음
을 위협했다.

그날 밤 나는 이상하고도 사나운 꿈을 꾸었다. 나는 천장이 나지막하고 어두운 방에 있는 것 같았다. 아버지가 한 손에 채찍을 들고 서서 발을 쾅쾅 구르고 있었다. 방 한구석에는 지나이다가 몸을 움츠리고 있었는데, 이마에 붉게 부풀어오른 줄이 보였다…… 그리고 두 사람 뒤에서 전신이 피투성이가 된 베로브조로프가 몸을 일으키더니, 창백한 입술을 놀려 분노에 찬 어조로 아버지를 위협했다.

나는 두 달 후 대학에 입학했다. 그 후 반년이 지나 아버지가 이곳 페테르부르크에서 (뇌일혈로) 세상을 떠났다. 그것은 아버지가 어머니와 나를 데리고 이곳으로 이사해 와서 얼마되지 않아 일어난 일이었다. 아버지는 돌아가시기 4,5일 전 모스크바로부터 한 통의 편지를 받고 몹시 흥분했던 모양이었다. 아버지는 어머니에게 무엇인가 부탁하고 눈물까지 흘렸다고 한다. 이 사람이 바로 나의 아버지였다! 졸도한 날 아침, 아버지는 나에게 프랑스 어로 편지를 쓰다가 중단했다.

'내 아들아!' 하고 아버지는 서두를 썼다. '여자의 사랑을 조심하여라. 그 행복과 그 독을 두려워하여라……'

어머니는 아버지가 돌아가신 후 상당한 액수의 돈을 모스크바로 보냈다.

22

약 4년이라는 세월이 흘렀다. 나는 대학을 갓 나왔으므로 어떤 일을 시작해야 좋을지, 어떤 문을 두드려야 할지 미처 알지 못했다. 그러므로 하는 일 없이 얼마 동안은 빈둥빈둥 놀고 있었다. 어느 날 저녁 나는 극장에서 뜻밖에 마이다노프를 만났다. 그는 결혼도 하고 직업도 갖고 있었지만, 그다지 변한 것이라곤 찾아볼 수 없었다. 그는 쓸데없이 감격하는가 하면, 갑자기 풀이 죽는 게 전과 다름 없었다.

"자네 아나?"

하고 그는 이야기 끝에 말했다.

"돌리스카야 부인이 이곳에 보이던데."

"돌리스카야 부인이라고?"

"아니 자네는 잊었나? 왜 자세킨 공작의 딸 말이네, 우리들이 모두 짝사랑하던. 자네도 거기에 끼지 않았었나? 생각나지 않는가, 네스크치느이 공원 근처의 별당에서……"

"그 여자가 돌리스키와 결혼했나요?"

"그렇다네."

"그리고 그 여자가 여기 있다구요, 이 극장에?"

"아니, 페테르부르크에 있단 말일세. 2,3일 전 이곳에 왔는데, 외국으로 떠난다는 이야기가 있더군."

"남편은 어떤 사람인가요?"

하고 나는 물었다.

"아주 훌륭한 사람으로 재산도 많다네. 내가 모스크바에 있을 때 동료였네. 자네도 알고 있는 —— 그 사건 이후…… 그 사건은 자네도 잘 알고 있겠지만……(하고 말하면서 마이다노프는 의미심장한 미소를 지어 보였다) 그 여자는 배우자를 구하기가 무척 어려웠네. 여러 가지 소문이 뒤따라다녔으니 말이네…… 그러나 그 여자는 영리하니까 불가능한 일이 없었네. 한 번 찾아가 보게. 반드시 반가워할 걸세. 그 여자는 한결 더 예뻐졌다네."

마이다노프는 나에게 지나이다의 주소를 가르쳐 주었다. 그녀는 데므트라는 호텔에 묵고 있었다. 옛 추억이 내 마음을 설레게 했다…… 나는 이튿날 '옛 애인'을 찾아보려고 결심했다. 그러나 무슨 일이 생겨서 한 주일, 두 주일 그대로 넘기고, 겨우 데므트 호텔에 가서 돌리스카야 부인을 만나려 했을 때——나는 그녀가 4일 전 해산을 하다가 갑자기 죽었다는 이야기를 들었다. 나는 가슴 속에서 무엇이 덜컥 내려앉는 것 같았다. 나는 그녀를 만날 수 있었는데도 끝내 만나지 못하고 말았다. 그리고 이제는 영영 그녀를 만날 수 없다고 생각하자 비통한 생각이 피할 수 없는 비난이 되어 나의 가슴 속을 파고들었다.

'죽어버리다니!'——나는 흐려지는 눈으로 문지기 소년의 얼굴을 바라보며 이렇게 되뇌었다. 나는 조용히 밖으로 나와 정처없이 발길을 옮겼다. 지난날의 모든 일들이 한꺼번에 떠올라 내 눈앞을 가로막았다. 그 젊고 불타는 듯 빛나던 생명이 이처럼 끝나다니!

그처럼 조급하게 흥분하면서 안타깝게 달려간 목표가 이런 것이었구나! 나는 이렇게 생각하면서 그 무엇과도 견줄 수 없는 그 귀한 모습, 그 눈, 그 물결치는 머리카락——좁다란 관 속에 넣어져 축축한 땅 밑에, 어둠 속에 묻혀있을 그녀를 상상해 보았다 —— 그것은 아직도 살아있는 나에게서 멀지 않은 곳에, 나의 아버지에게서는 불과 몇 발자국밖에 떨어지지 않은 곳에 있을는지도 모른다……나는 그런 생각을 하며 상상의 날개를 펴고 걷는 사이에,

무심한 사람의 입으로부터 나는 들었노라, 죽었다는 소식을.
그리고 나도 또한 무심히 그 말에 귀를 기울였노라

라는 구절이 머리 속에 울려왔다.

오오, 청춘이여! 청춘이여! 그대는 아무것에도 흥미가 없다. 그대는 우주의 모든 보물을 차지하고 있는 것 같다. 그대는 자신만만하고 대담무쌍하다. 그대는 "보아라, 나는 혼자서 살아간다 ——" 하고 말한다. 그러나 그대의 좋은 시절도 흘러 가 버려, 드디어 흔적도 없이 사라진다. 그러면 그대가 차지했던 모든 것은 햇볕을 받아 백랍白蠟처럼, 눈처럼 녹아 없어진다…… 어쩌면 그대가 지닌 매력의 비밀은 결국 무엇이든지 해낼 수 있는 데 있는 것이 아니라 무엇이든지 해내리라고 생각할 수 있는 데 있을지도 모른다. 그대는 넘치는 힘을 달리 사용할 길이 없으므로, 바람이 부는 대로 흩날려 버리고 있는지도 모른다. 우리 한 사람 한 사람이 정말로 자기를 방탕아라고 간주하여 '아, 만일 헛되이 시간을 낭비하지 않았던들 보람있는 일을 했을 텐데!' 하고 떠들 자격이 있

다고 믿을지도 모른다.

　그런데 나도 역시 그러했다…… 잠시 나타난 첫사랑의 꿈을 오직 한 가닥 한숨과 서글픈 감촉으로만 간신히 더듬는 주제에 내가 과연 무엇을 바라고 기대할 수 있었겠는가! 얼마나 풍부한 미래를 마음 속에 그리고 있었겠는가! 내가 기대했던 것 중에서 무엇이 실현되었겠는가? 지금 내 인생에 황혼의 그림자가 이미 깃들기 시작했는데, 봄에 재빨리 사라져 버린 아침 한때의 소낙비에 대한 추억처럼 생생하고 그리운 것이 남아있다고 할 수 있을까?

　그러나 나는 나 자신을 지나치게 학대하고 있었던 것같다. 그 무렵 —— 그 철없던 청춘 시절에도 나는 나 자신에게 호소하는 슬픈 음성이나, 무덤 속에서 들려오는 장엄한 목소리에 귀를 막고 있었던 것은 아니다. 지금도 잊을 수 없지만 지나이다가 죽었다는 소식을 듣게 된 날부터 4,5일 지나서 나는 스스로 억제할 수 없는 충동으로 말미암아 우리와 한지붕 밑에 살고 있던 어떤 가난한 할멈의 임종을 목격한 적이 있었다. 누더기로 몸을 싸고 딱딱한 판자 위에서 자루를 베개 삼아 누운 그 할멈은 몹시 괴로워하며 애타게 숨을 거두었다.

　그녀의 일생은 그날그날의 가난한 살림에 쫓겨 왔던 것이다. 기쁨이 무엇인지 알지 못하고, 행복도 맛보지 못한 그녀로서는 바로 죽음이야말로 —— 그것이 가져오는 자유와 휴식이야말로 기꺼이 맞이할 성질의 것이 아니었던가? 그러나 그녀의 늙어빠진 육체가 아직 숨쉬는 동안은, 그 위에 놓인 얼음처럼 싸늘한 한쪽 손 아래서 가슴이 아직도 괴롭게 물결치고 있는 동안은, 아직도 그 몸에서 최후의 힘이 빠져 나가지 않은 동안은 그 할멈은 끊임없이 십자가를 그으며 "주여 내 죄를 용서하소서!" 하고 중얼거렸던 것이다 —— 그리하여 최후의 의식이 번쩍했다가 일순간 사라졌을 때, 그녀의 눈 속에서는 죽음에 대한 불안과 공포의 빛이 겨우 사라졌던 것이다. 난 지금도 기억하고 있지만, 그때 그 가난한 할멈의 임종 자리에서 나는 문득 지나이다의 최후가 연상되어 무서운 생각이 들었다. 그리하여 나는 지나이다를 위해서나, 아버지를 위해서나, 나 자신을 위해서나 기도를 올리고 싶은 생각이 통절했던 것이다.

짝 사 랑

1

그때 나는 스물다섯 살이었어요 ——N. N.이 입을 열었다
—— 그러니 정말 아주 옛날 일이지요. 나는 그때 간신히 자
유의 몸이 되었으므로, 날듯이 외국으로 떠나갔던 것입니다.
그러나 그것은 당시의 유행어였던 '자신의 교육적 완성'을
위해서가 아니라 오로지 넓은 세상을 구경하고 싶어 못 견뎠
기 때문임에 불과했던 것입니다. 나는 건강하고 나이도 젊고
쾌활했으며 돈줄도 끊어지는 일이 없었고, 달리 마음을 써야
할 일도 아직 없었기 때문에 —— 전혀 반성이 없는 나날을
보내고 방탕한 짓을 하며, 한 마디로 말해서 한때의 호탕한
생활을 하고 있었던 겁니다. 인간은 식물이 아니며, 따라서
오래오래 꽃을 피울 수 없다는 생각 따위는 그 당시의 나에
게는 도저히 미치지 못했던 것입니다. 아무튼 청춘이라는 것
은 금물을 들인 프리야니크(꿀과 후추가 가미된 과자)를 입에
넣으면서, 이거야말로 나날의 양식이라고 착각하고 마는 것

이니까요. 그러나 이윽고 때가 오면 —— 여느 빵조각을 바라게 되는 것입니다. 그러나 이제 와서 그런 말을 해 보았댔자 무슨 소용이 있겠습니까?

나는 아무 목적도 없이, 계획도 세우지 않고 무턱대고 여행을 했습니다. 마음에 드는 곳이면 어디서나 머물렀고, 새로운 얼굴—— 그렇습니다. 다름 아닌 '얼굴'입니다 ——을 보고 싶은 마음이 생기기가 무섭게 앞으로 출발한다는 그런 꼴이었습니다. 나의 관심은 오로지 인물에만 한정되어 있었던 겁니다. 진기한 기념비라든지 굉장한 수집 같은 건 질색이어서, 저 론라카이 같은 건 보기만 해도 견딜 수 없어 울화가 치밀 정도였으며, 드레스덴의 '그류네 게뵈르베' 등에서는 하마터면 미칠 뻔했습니다.

자연에는 마음이 크게 움직였습니다만, 자연미라든지 괴상하게 솟은 산이라든지 암석이라든지 폭포라든지 하는 것엔 흥미가 없었습니다. 그것들은 유난히 절박감을 주거나 기분을 상하게 했기 때문에 싫었던 것입니다. 그 대신 얼굴, 살아 있는 인간의 얼굴 —— 사람들의 이야기, 그 몸의 동작, 웃음에 이르러서는 그야말로 나는 도저히 그것 없이는 살 수 없었던 것입니다. 사람들 속에서 나는 늘 유난스레 기분이 홀가분해지고 느긋해졌습니다. 사람이 걸어가는 쪽으로 가고 사람이 떠들고 있을 때 떠들어대는 것도 유쾌했지만, 그와 동시에 남들이 떠들고 있는 것을 바라보는 것 또한 매우 좋아했습니다. 사람을 관찰하는 것은 몹시 재미있었습니다

── 아니 관찰이라는 그런 어마어마한 일은 아니었습니다
── 다만 은근히 기쁨을 주고 지칠 줄 모르는 호기심에 사로
잡혀 가만히 사람들을 바라보고 있을 따름이었습니다. 아니,
또 이야기가 옆길로 빗나간 것 같군요.

그런 까닭으로 나는 20년쯤 전 라인 강 왼쪽 언덕에 있는
Z라는 독일의 조그마한 시골 도시에 머무른 적이 있었습니
다. 나는 고독을 구했던 겁니다. 실은 온천장에서 알게 된 어
느 젊은 미망인한테서 가슴에 상처를 받고 난 직후였습니다.
그녀는 꽤 미인으로 머리도 좋고 누구에게나 교태를 부리는
여인이었는데 ── 말하자면 나도 그런 상대들 중 하나였던
겁니다 ──처음 한동안은 오히려 그쪽에서 몸살이 날 지경
이었으나, 이윽고 나 대신 볼이 빨간 바바리아의 해군 대위
를 세웠기 때문에 나는 호되게 마음의 상처를 받았던 것입니
다. 솔직히 마음의 상처라 해도 그다지 대단한 건 아니었습
니다만, 잠시 동안이라도 슬픔과 고독에 젖어있어야겠다고
생각했던 것입니다 ── 젊을 때는 무엇을 하든지 즐거운 법
이니까요! ── 그런 까닭으로 Z로 옮겼던 것입니다.

두 개의 높은 언덕 기슭에 자리잡고 있는 지세地勢나 고색
창연한 성벽과 탑, 몇 백 년이라는 수령을 지닌 보리수, 라인
강으로 흘러 들어가는 깨끗한 시내 위에 걸린 무지개 같은
다리 등, 나는 그 고장이 썩 마음에 들었습니다만 ── 그 중
에서도 제일 마음에 든 것은 그 고장 포도주의 특출한 맛이
었습니다. 저녁때 해가 지면 (그것은 6월의 일이었습니다) 제법

예쁜 금발의 독일 아가씨들이 그 좁다란 거리를 서성거리면서 외국인과 마주치면 기분 좋은 음성으로 "Guten Abend!" (저녁인사) 하고 말을 거는 것이었습니다 —— 그 중 몇 사람인가는 해묵은 집들의 뾰족한 지붕 위로 달이 솟아오르고, 교교한 달빛에 포도鋪道의 조약돌이 또렷이 모습을 드러낼 무렵이 되어도 아직 돌아가려 들지 않았습니다. 나는 그런 시각에 거리를 산책하는 것을 좋아했습니다. 달은 맑게 갠 하늘에서 물끄러미 거리를 내려다보고, 거리는 그 시선을 의식하면서 전신에 그 빛, 그 평화롭고 은근히 사람의 마음을 설레게 하는 빛을 흠뻑 받은 채 평화롭고 아늑한 기분으로 누워 있는 것처럼 생각되었습니다. 높은 고딕식 종루 위 풍향계의 수탉은 푸르스름한 금빛으로 빛나고, 거무스름한 실개천 수면에도 그와 같은 금빛 흐름이 번쩍번쩍 달리고 있었습니다. 슬레이트로 덮인 지붕 밑의 폭이 좁은 창으로는 가느다란 초(독인인은 검소하니까요!)의 수줍은 듯한 희미한 불빛이 보이고, 포도 덩굴은 돌담 너머로 꼬불꼬불한 덩굴손을 살며시 내밀고 있었습니다. 삼각형 광장의 해묵은 우물 언저리의 어둠 속을 뭔가 휙 빠져 나갔습니다. 갑자기 야경꾼의 졸리운 듯한 호각 소리가 울려퍼지고 순한 개가 나직이 짖어댔습니다. 공기는 부드럽게 얼굴을 쓰다듬고, 보리수는 정말 달콤한 냄새를 풍겨서 가슴은 어느 사이 심호흡을 하고 '그레이트헨'(독일 여자의 대표적인 이름)이라는 말이 —— 감탄이라고 할 수도 없고 부른다고 할 수도 없이 —— 저절로 입술에

오르게 되었습니다.

Z라는 도시는 라인 강에서 2킬로미터쯤 떨어진 곳에 있었습니다. 나는 가끔 이 장엄한 강물을 구경하러 가서는, 다소 억지라는 감도 있기는 했지만 그 교활한 미망인의 일을 이모저모로 공상하면서 홀로 외로이 서 있는 커다란 물푸레나무 밑으로 가서 돌 벤치에 오랜 시간 앉아 있곤 했던 것입니다. 마치 어린이와 같은 앳된 얼굴로 가슴에 단검이 찔린 채 새빨간 심장을 드러낸 조그마한 마돈나(성모) 상이 그 물푸레나무 가지 사이로 슬픈 듯이 들여다보고 있었습니다. 강 건너 저쪽 언덕에는 내가 옮겨 와 살고 있는 도시보다 약간 큰 L이라는 도시가 있었습니다. 어느 날 저녁 나는 내가 좋아하는 돌벤치에 앉아 냇물과 하늘과 포도밭을 바라보고 있었습니다. 그 앞에서는 머리카락이 하얀 어린이들이 보트를 언덕으로 끌어올려 놓고, 수지樹脂를 바른 배 밑바닥이 위로 오게 뒤집어 보트 옆구리에 기어 올라가서 놀고 있었습니다. 돛에 약간 불룩하게 바람을 안은 작은 배가 조용히 수면을 미끄러져 가면, 파르스름한 물결이 불끈 솟아올랐다간 잔잔한 물결 소리를 내고는 뒤로 흘러가 버렸습니다. 별안간 어디선가 음악 소리가 울려왔습니다. 나는 귀를 기울였습니다. L 시에서 왈츠를 연주하는 것이었습니다. 콘트라베이스가 띄엄띄엄 신음 소리를 내고 바이올린은 확실하지 않았지만, 플루트는 신나게 소리를 지르고 있었습니다.

"저건 무엇입니까?"

하고 나는 비로드 조끼를 입고 파란 스타킹에 쇠고리가 달린 단화를 신은 채 내 옆으로 다가온 노인에게 물었습니다.

"저건 말이오,"

하고 그는 입술 한편 가장자리로 물고 있던 파이프를 다른 편으로 고쳐 물고 나서 대답했습니다.

"학생들이 B시로부터 콤메르쉬를 하러 온 것이죠."

'그럼 그 콤메르쉬라는 걸 한 번 구경해 볼까?' 하고 나는 생각했습니다. '마침 L시에는 아직 가 보지도 못했으니……' 그래서 나는 나룻배 사공을 찾아내어 건너편으로 갔습니다.

2

콤메르쉬란 어떤 것인지 아마 모르시는 분도 계실 줄로 압니다. 그것은 색다른 축연祝宴으로, 고향이나 소속 조합(Landsmannschaft)이 같은 학생들의 모임입니다. 콤메르쉬에 참가하는 사람은 거의 모두가 그 옛날에 정해진 독일의 대학생복을 입습니다. 헝가리 식 윗저고리와 커다란 장화, 그 위에 일정한 빛깔의 테두리를 두른 작은 모자를 쓴 차림새입니다. 보통 학생들은 세니요트라 불리는 간사의 주선으로 만찬에 모여서 마시고, 국왕을 찬양하는 노래와 학생의 노래를 부르기도 하며, 담배도 피우고 속물들(대학생이 아닌 사람들)을 욕하면서 아침까지 연회를 계속하는 것인데, 때로는 오케스트라를 고용하기도 합니다.

때마침 이런 콤메르쉬가 L시의 태양정太陽亭이라는 간판을 건 그다지 크지 않은 여관의 한길가 정원에서 열리고 있었던 것입니다. 여관의 지붕 위나 마당 앞에서는 몇 갠가의 깃발이 나부끼고 있었습니다. 학생들은 까까머리를 하고 다듬어진 보리수 밑의 테이블을 에워싸고 앉아 있었습니다. 한 테이블 밑에는 무섭게 큰 불독 한 마리가 엎드려 자고 있었습니다. 그 옆의 댕댕이덩굴이 덮인 정자에는 악사들이 자리잡고 연방 맥주를 들이켜 힘을 내면서 열심히 연주를 계속하고 있었습니다. 마당과 낮은 담장 앞 한길에는 꽤 많은 사람들이 모여 있었습니다. 선량한 L시의 시민들은 잠시 들른 손님들을 구경할 기회를 놓치고 싶지 않았던 것입니다.

나도 구경꾼들 틈으로 끼여 들어갔습니다. 학생들의 얼굴을 보는 것이 유쾌했던 것입니다. 그들의 포옹, 환성, 젊음에서 오는 순진한 교태, 타는 듯한 눈길, 까닭 모를 웃음 —— 세상에서 제일 가는 웃음 —— 젊음이 넘치는 생명의 이러한 기쁨에 찬 비등沸騰, 전진하는 것이라면 어디든지 좋다는 —— 이런 전진하려는 충동, 이렇듯 선의에 찬 방자한 태도에 내 마음은 움직이고 타올랐던 것입니다. '한 번 한몫 끼여 볼까?' 하고 별안간 나는 나 자신에게 물어봤을 정도였습니다.

"아아샤, 이젠 됐지?

갑자기 뒤에서 러시아 어로 이렇게 말하는 남자의 음성이 들렸습니다.

"조금만 더 구경해요."

하고 역시 러시아 어로 이번엔 여인의 목소리가 대답했습니다.

나는 급히 뒤를 돌아보았습니다…… 내 시야에는 푼푼한 윗저고리를 입고 학생모를 쓴 예쁘장한 청년이 들어왔습니다. 그 청년은 그다지 키가 크지 않은 소녀의 팔을 잡고 있었는데, 그 소녀의 얼굴의 윗부분은 밀짚모자로 완전히 가려져 보이지 않았습니다.

"당신들은 러시아 사람입니까?"

하는 말이 나도 모르게 입 밖으로 튀어나왔습니다.

"예, 러시아 사람입니다."

"뜻밖이군요…… 이런 시골 구석에서……."

하고 나는 말했습니다.

"아니, 우리도 뜻밖입니다."

하고 그는 내 말을 가로챘습니다.

"아무튼 반갑습니다. 인사드리겠습니다. 나는 가아긴이라고 합니다. 그리고 이쪽은 내……."

그는 잠깐 말을 더듬었습니다.

"내 누이동생입니다. 실례입니다만 당신의 성함은?"

나도 이름을 대고 나서 우리 두 사람은 이야기를 시작했습니다. 나는 가아긴도 나처럼 기분풀이 여행을 하다가 일주일쯤 전 L 시로 와서 그대로 눌러앉아 버렸다는 것을 알았습니다. 솔직히 외국에서 러시아 인에게 접근하는 것은 나에겐 마음 내키는 일이 아니었습니다. 그 걸음걸이나 옷의 재단법 등으로 멀리서 봐도 이내 러시아 인임을 짐작할 수 있었지만, 무엇보다도 눈에 띄는 건 얼굴 표정이었습니다. 제 잘난 체하다 얼핏 보면 사람을 우습게 보는 듯한, 자칫하면 고압적으로까지 보이는 표정이 별안간 경계하는 듯, 겁을 집어먹은 듯한 표정으로 표변하고 ——갑자기 머뭇머뭇 눈을 두리번거리며 침착하지 못합니다.

"아뿔싸! 무슨 싱거운 말을 하지는 않았나, 사람들이 웃고 있는 건 아닌가?"
하고 그 침착하지 못한 눈길이 말하고 있는 듯싶습니다……
그런데 그 순간이 지나 버리면…… 다시 그 젠체하는 표정이 얼빠지고 수상쩍은 표정과 이따금 뒤범벅이 되어 되살아나는 것입니다. 그런 까닭으로 나는 러시아 인을 피하던 터였습니다. 그러나 이 가아긴만은 즉시 마음에 들었습니다. 세상에는 그런 다행한 얼굴도 있는 것입니다. 누가 보든지 기분이 좋으며 마치 은은히 덮어 주는 것 같은, 혹은 친절하게 쓰다듬어 주는 것 같은 얼굴 말입니다. 가아긴이 꼭 그런 얼굴로 커다랗고 상냥한 눈, 부드러운 곱슬머리에 상냥하고 예쁘장한 얼굴을 하고 있었습니다. 이야기를 하는 모습으로 말하면, 그 얼굴을 보지 않고서 목소리만 들어도 그 웃음띤 모습을 상상할 수 있을 정도였습니다!

그가 누이동생이라고 한 소녀는 단 한 번 보았을 뿐인데도 내게는 정말 아름다운 소녀라고 생각되었습니다. 그다지 크지 않은 밋밋한 코와 어린아이 같은 볼, 맑고 검은 눈동자를 가진 가무스름한 둥근 얼굴 생김새에는 무언가 독특하고 묘한 데가 있었습니다. 그녀는 날씬한 몸매였습니다만, 어쩐지 아직 충분히 발육되지 않은 것 같은 느낌을 주었습니다. 그녀에게는 그 오빠와 닮은 데가 조금도 없었습니다.

"어떻습니까, 우리들이 있는 곳에 들러 주시지 않으렵니까?"

하고 가아긴이 말했습니다.

"그럭저럭 독일 사람 구경도 충분히 했을 테니까요. 만일 이곳이 우리 나라였다면 유리가 깨어지고 의자가 부서질 판국일 테지만, 이 친구들은 색시같이 얌전한 편이죠. 어때, 아아샤, 이젠 슬슬 집으로 돌아가지 않으련?"

소녀는 동의하는 듯 고개를 끄덕였습니다.

"우리들은 교외에 살고 있습니다."

하고 가아긴은 말을 계속했습니다.

"포도밭 속의 외딴집인데, 높직이 서 있는 굉장한 곳입니다. 한 번 구경하십시오. 마침 주인 아주머니가 우리 때문에 산유酸乳를 마련하기로 되어 있습니다. 곧 어두워질 테고 당신은 달이 떠오른 다음 라인 강을 건너는 편이 좋을 겁니다."

우리들은 출발했습니다. 나직한 성문을 빠져 나가(둥근 돌로 쌓은 해묵은 성벽이 이 도시를 사방으로 둘러싸고 있었는데, 아직 총안銃眼까지도 허물어지지 않고 고스란히 남아있었습니다) 들판으로 나선 우리는 돌담을 따라 백 보쯤 걸어서 좁은 문 앞에 멈춰 섰습니다. 가아긴이 문을 열더니 좁고 험한 길을 따라 산 쪽으로 우리를 인도해 갔습니다. 양쪽에 층층으로 이루어진 밭에는 포도가 가득 심어져 있었습니다. 태양은 방금 가라앉았을 뿐으로 푸른 가지에도, 높은 목책에도, 크고 작은 돌들이 옹기종기 널려 있는 메마른 땅에도, 우리들이 올라가는 언덕배기에 서 있는 검은 빗장을 비스듬히 지른 밝은 창문이 네 개 붙어 있는 작은 집의 흰 벽에도 그 진분홍 빛깔이 온통 내리쬐고 있었습니다.

"자, 여기가 우리들이 묵고 있는 곳입니다!"
하고 가아긴은 우리들이 그 작은 집에 다가가자 말했습니다.

"저것 보십시오. 주인 아주머니가 우유를 나르고 있습니다. 안녕하셨어요, 아주머니?…… 바로 식사로 들어갑시다. 그러나 그것보다도 먼저,"
하고 그는 덧붙였습니다.

"저기 좀 보십시오……어때요, 저 경치는?"
과연 훌륭한 경치였습니다. 우리들 눈앞의 푸르른 두 언덕 사이에 은빛으로 번뜩이는 라인 강이 가로누워 있었는데, 그 한 군데는 낙조落照를 받아 불그레한 금빛으로 이글거리고 있었습니다. 그 한편 언덕에 고요히 몸담고 있는 작은 도시는 모든 건물, 모든 거리를 아낌없이 드러내 놓고 언덕과 들판은 널찍하게 사방으로 펼쳐져 있었습니다. 아래쪽 전망도 좋았지만 위쪽 전망은 더욱 훌륭했습니다. 그러나 무엇보다도 내 마음을 이끈 것은 깨끗한 하늘의 그 깊음과 눈부실 정도로 맑은 공기였습니다. 상쾌한 공기는 마치 자기들로서도 높은 곳에 있는 쪽이 속 편하다는 듯이 조용히 흐르고 물결처럼 감돌고 있었습니다.

"정말 훌륭한 집을 찾아내셨군요."

하고 나는 말했습니다.

"이건 아아샤가 찾아낸 겁니다."

하고 가아긴은 대답했습니다.

"자, 내 말을 들어 봐요. 아아샤!"

하고 그는 말을 이었습니다.

"한 번 멋진 지시를 해 주지 않으련? 모두 이리로 날라 오도록 하는 거야. 저녁은 밖에서 하기로 하자. 여기가 음악도 잘 들리니까 말야. 그런데 잘 아시겠죠?"

하고 그는 나를 바라보며 덧붙였습니다.

"어떤 왈츠는 가까이서 들으면 신통치 않아요 ── 속되고 조잡한 소리에 불과할 수 있습니다만, 그것을 멀리서 들으면 정말 멋있단 말입니다! 정말 가슴 속의 로맨틱한 하프 줄을 모조리 건드려 놓은 기분이 들지요."

아아샤(진짜 이름은 안나라고 했지만, 가아긴이 아아샤라 부르고 있었으므로 나도 그렇게 부르겠습니다)는 집 안으로 들어갔다가 이내 주인 아주머니와 함께 되돌아왔습니다. 둘이서 우유단지와 접시, 스푼, 설탕, 딸기, 빵 등을 올려놓은 커다란 쟁반을 날라 온 것입니다. 우리들은 각기 자리에 앉아 저녁을 들기 시작했습니다. 아아샤는 모자를 벗었습니다. 사내아이처럼 뭉뚝하게 깎아 다독거려 놓은 그녀의 검은 머리카락은 더부룩한 컬이 되어 목덜미와 귀 위에 드리워 있었습니다. 처음 한동안 그녀는 내게 서먹서먹하게 대했는데, 이윽고 가아긴이 말했습니다.

"아아샤, 이제 그렇게 기죽어 있을 필요는 없어! 손님께서 너를 물어뜯으려고는 않으실 테니까."

그녀는 방긋 웃었는데, 잠시 후 자기가 먼저 말을 걸어 오게 되었습니다. 나는 이토록 경망하게 움직이는 인간은 본적이 없습니다. 그녀는 잠시도 얌전히 자리에 붙어 있는 일 없이 일어났는가 하면 집 안으로 뛰어들어가고, 또 뛰어나와서는 나직이 노래를 부르며 무턱대고 괴상망측한 소리를 지르며 웃는 것이었습니다. 아무튼 그녀는 뭔가 듣고 웃는 게 아니라 언뜻 머리에 떠오르는 잡다한 상념의 웃음소리를 내는 모양이었습니다. 그녀의 큰 눈은 조금도 흐린 데가 없이 당당히 상대를 똑바로 쏘아보았으나, 때로는 눈꺼풀이 약간 좁아지는 일도 있었습니다. 그러면 그 눈 표정은 갑자기 깊이가 있고 상냥해지는 것이었습니다.

우리들은 두 시간쯤 이야기를 나누고 있었습니다. 날은 이미 저물어 처음 한동안 확 타오르는 듯하던 저녁놀은 이윽고 연분홍빛으로 변하고, 마침내는 파래지면서 분명하지 않게 되더니 조용히 녹아들어 밤으로 옮아갔습니다. 그러나 우리들의 이야기는 우리들을 감싸고 있는 공기처럼 조용하고 화기애애하게 여전히 계속되고 있었습니다. 가아긴은 라인 주

酒를 한 병 가져오도록 일렀습니다. 우리들은 서두르지 않고 천천히 그걸 마셨습니다. 음악은 여전히 우리가 있는 곳까지 들려왔습니다만, 그 음색이 전보다 훨씬 아름답고 차분해진 것 같았습니다. 시내에도 강 위에도 불이 켜지기 시작했습니다. 아아샤는 머리카락이 눈을 덮을 정도로 머리를 축 늘어뜨리며 입술을 꼭 다물더니, 한숨을 내뿜고는 졸립다면서 집 안으로 들어가 버렸습니다. 그러나 나는 그녀가 촛불도 켜지 않고 닫힌 창 뒤에 오랫동안 서 있는 것을 보았습니다. 이윽고 달이 떠올라 라인 강물과 희롱하기 시작했습니다. 그러자 모든 것이 환히 밝아지고 또 그늘이 져 양상이 일변되었으며, 우리들의 술잔에 담긴 술까지 신비스러운 빛을 띠기 시작했습니다. 바람은 뚝 그쳐 날개를 접은 듯 숨을 죽이고, 대지에서는 밤의 향기로운 훈기가 은은하게 피어 오르기 시작했습니다.

"이제 슬슬 가 볼까!"

하고 나는 외쳤습니다.

"나룻배 사공을 놓칠지도 모르니까."

"그렇군요. 슬슬 가 보셔야겠군요."

하고 가아긴이 말했습니다.

우리들은 좁은 길을 타고 아래로 내려갔습니다. 그러자 갑자기 조약돌이 와르르 뒤에서 떨어졌습니다. 아아샤가 우리를 쫓아온 것입니다.

"아니, 아직 자지 않고 있었니?"

하고 오빠가 물었으나, 그녀는 거기에는 한 마디 대답도 없이 불쑥 옆으로 빠져 나가고 말았습니다. 학생들 손으로 여관 뜰에 지펴 놓은 타다 남은 화톳불이 그 아래 있는 나무의 푸른 잎들을 훤히 비추어 제법 축제일 같은 환상적인 느낌을 주었습니다. 우리들은 강변에서 아아샤의 모습을 발견했습니다. 그녀는 거기서 나룻배 사공과 이야기하고 있었던 것입니다. 나는 몸을 날려 배에 올라 새로운 친구들에게 작별을 고했습니다. 가아긴은 이튿날 나를 찾아 준다고 약속했습니다. 나는 그의 손을 쥐고 그리고 아아샤에게도 손을 내밀었는데, 그녀는 힐끗 나를 쳐다보고 머리를 흔들었습니다. 배는 언덕에서 떨어지더니 급류에 휩쓸려 떠내려갔습니다. 나룻배 사공인 기운 센 노인은 긴장한 표정으로 어두운 수면에 철썩 하고 노를 내렸습니다.

"저 봐요, 달빛 속으로 들어가셨어요. 어머, 깨져버렸네요!"

하고 아아샤가 외쳤습니다.

나는 아래를 내려다보았습니다. 그러나 배 가장자리에는 다만 검은 물결이 넘실거릴 따름이었습니다.

"안녕!"

하고 다시 그녀의 목소리가 울렸습니다.

"내일 만나요!"

하고 가아긴이 이어 말했습니다.

배는 언덕에 닿았습니다. 나는 배에서 내려 뒤돌아보았습니다. 그러나 저편 언덕에서는 이미 아무 그림자도 볼 수 없었습니다. 달빛 기둥이 다시 물 위를 가로질러 마치 황금의 다리처럼 뻗쳐 있었습니다. 해묵은 란넬의 왈츠 음향이 마치 작별을 고하듯 갑자기 뒤쫓아왔습니다. 가아긴의 말이 옳았습니다. 그 마음에 스며드는 듯한 선율로 인하여 나는 가슴의 하프 줄이 모조리 울리는 것처럼 느꼈습니다. 나는 가슴을 펴고 향긋한 공기를 들이마시면서 벌써 완전히 어두워진 들길을 따라 집을 향해 걸었습니다. 내 방에 당도했을 때는 이렇다 할 대상도 없는, 그지없는 기대와 달콤한 피로로 온몸이 녹초가 되어버렸습니다. 나는 자신을 행복하다고 느꼈던 것입니다…… 그런데 왜 나는 행복했을까요? 나는 무엇 하나 마음 속으로 바라는 것도 없었고, 무슨 생각을 하고 있었던 것도 아닙니다…… 그저 나는 행복하다고 느꼈던 것입니다.

기분 좋은 장난을 치고 싶은 심정에 들떠 저절로 웃음이 터져 나오는 것을 참으면서 나는 잠자리로 들어가 그대로 눈을 감으려 했는데, 그때 문득 그날 밤엔 그 박정한 미인 생각은 한 번도 하지 않은 걸 알았습니다…… '이건 또 어떻게 된 영문이냐?' 하고 나는 자신에게 물어 보았습니다. '진짜로 사랑한 것이 아니었던가?' 그러나 그런 질문을 던진 채 그럭저럭 나는 마치 요람 속의 갓난애처럼 이내 잠들어버렸던 모양입니다.

3

이튿날 아침(나는 벌써 눈을 뜨고 있었지만, 아직 자리에 누워 있었습니다), 창 밑에서 단장短杖 소리가 나더니 곧 가아긴의 목소리임을 짐작할 수 있는 음성이 노래를 부르기 시작했습니다.

아직도 그대 자고 있는가? 그렇다면 기타로 깨워 드리리까……

나는 얼른 문을 열어 주었습니다.

"안녕하십니까?"

하고 가아긴은 안으로 들어오면서 말했습니다.

"이거 아침 일찍부터 안됐습니다. 그러나 좀 보십시오. 얼마나 좋은 아침입니까? 상쾌하고, 아침 이슬에다 종달새까지 노래하고 있습니다……"

윤나는 고수머리에 열어젖힌 옷깃, 불그스름한 볼, 그렇게 말하는 그 자신이 마치 그 아침처럼 상쾌한 모습이었습니다.

나는 옷을 갈아입고 그와 함께 뜰로 나갔습니다. 벤치에 걸터앉아 커피를 가져오라 이르고, 우리는 이야기를 시작했습니다. 가아긴은 자신의 장래 계획을 들려 주었습니다. 재산도 상당히 있고 아무 거리낌 없는 신분이므로 그림에 일생을 바치고자 마음먹고 있는데, 다만 그런 뜻을 세운 게 좀 늦었던 까닭으로 시간을 무척 낭비하고 만 것이 유감 천만이라는 것이었습니다.

그래서 나도 자신의 계획을 말하고, 게다가 그 불행한 사랑의 비밀까지 털어놓고 말았습니다.

그는 싫어하는 기색 없이 내 이야기를 들어 주었지만, 내 짐작으론 내 정열은 그에게 커다란 공감을 주지 못한 것 같았습니다. 겨우 인사치레로 나를 따라 두어 번 '후유!' 하고 한숨을 지어 보이더니, 집에 가서 자기의 습작을 보아주지 않겠느냐고 말했습니다.

나는 선뜻 승낙했습니다.

가 보니 아아샤는 외출 중이었습니다. 주인 아주머니 말로는 그녀는 성터로 나갔다는 것이었습니다. L시에서 두 마장쯤 되는 곳에 봉건 시대의 성터가 있었던 것입니다. 가아긴은 그의 습작품을 세세하게 보여주었습니다. 그의 습작에는 제법 생명력과 진실이 넘쳐흐르고 어딘가 자유롭고 유창한데도 있었지만, 단 한 장도 완성된 것은 없었고 화면도 주의력이 충분치 못하며 터치도 선명치 못한 것처럼 느껴졌습니다. 나는 솔직하게 내 의견을 말했습니다.

"정말 그렇습니다."

하고 그는 한숨을 쉬며 황급히 말했습니다.

"당신 말씀대로입니다. 죄다 서투르고 미숙합니다. 그러나 어쩔 수 없어요! 어쨌든 나는 정식으로 공부한 게 아니니까요. 게다가 그 몹쓸 슬라브 식 타성 때문에 오금을 펼 수 없습니다. 일에 대한 걸 이것저것 마음에 그리고 있을 때는 마치 독수리처럼 하늘을 누비며 대지라도 움직일 듯한 기분이

들지만 —— 막상 그걸 실행할 계제가 되면, 그 찰나 기운이
빠지고 맥이 풀려버리니까요."

　나는 기운을 내도록 격려했지만, 그는 손을 저어 보이고
습작품을 움켜잡더니 소파 위로 던져 버리고 말았습니다.

　"그래도 계속 참고 견뎌 낸다면 나도 뭔가 이룰 수 있겠지
만,"
하고 그는 내뱉듯이 말했습니다.

　"그게 불가능하다면 죽을 때까지 어리석은 귀족의 때를 벗
지 못할 겁니다. 차라리 아아샤나 찾아 나서 볼까요?"

　우리들은 출발했습니다.

4

　성터로 가는 길은 나무들이 꽉 들어 찬 좁은 골짜기를 비
스듬히 기어오르고 있었습니다. 그 골짜기 밑으로는 조그마
한 개천이 흐르고 있었는데, 험준하게 솟은 말등 같은 산의
검은 능선 저쪽에서 은은한 빛을 발하고 있는 큰 강과 한시
바삐 합류하려고 앞을 다투듯이 소리 높여 바윗돌을 깨물면
서 급류가 내닫고 있었습니다. 가아긴은 마침 알맞은 명도明
度로 햇빛이 비치고 있는 두어군데를 가리켰습니다. 그러는
그의 태도는 그가 설사 화가는 못 될지라도 예술가임에는 틀
림없다는 생각을 갖게 했습니다.

　이윽고 성터가 눈에 들어왔습니다. 발가벗은 돌산 꼭대기
에는 거무칙칙하고 네모 난 탑이 우뚝 솟아 있었습니다. 매

우 튼튼한 듯이 보였지만, 마치 도끼로 쪼갠 듯이 세로로 길게 금이 가 있었습니다. 이끼 낀 성벽이 그 탑에서 이어 나오고, 여기저기에 댕댕이덩굴이 감겨있었으며, 연하고 꾸불꾸불한 나무 순이 해묵은 총안이며 허물어진 기왓장으로부터 늘어져 있었습니다. 자갈이 쫙 깔린 좁은 길이 옛모습을 지닌 성문을 향해 뻗어 있었습니다. 우리 두 사람이 한 발자국이면 그 성문에 닿는 곳까지 갔을 때, 갑자기 우리 앞길에 얼핏 여자의 모습이 어른거렸는가 싶더니, 폐허의 파편이 쌓아올려진 위를 휙 지나 천길 골짜기가 발밑으로 내려다보이는 성벽 위로 뛰어오르는 것이었습니다.

"아, 저건 아아샤가 아닌가?"

하고 가아긴이 외쳤습니다.

"꼭 미치광이 같군!"

우리들은 성 안을 빠져 나가 능금나무와 가시덩굴로 반쯤 덮여 있는 작은 빈터로 나갔습니다. 성벽 오목한 곳에 앉아 있는 건 과연 아아샤였습니다. 그녀는 우리 쪽을 돌아다보자 소리내어 웃었지만, 그곳에서 움직이려 하지는 않았습니다.

가아긴은 손가락을 세워 위협하는 시늉을 하고, 나는 나대로 큰 소리로 그녀의 부주의를 나무랐습니다.

"이젠 됐어요."

하고 가아긴은 나직이 내게 속삭였습니다.

"아아샤를 건드리지 말아 주시오. 당신은 아아샤의 성격을 모르십니다. 그런 짓을 한다면 저 탑 위에라도 넉넉히 올라가고도 남을 여자니까요. 그것보다는 저걸 좀 보시오. 이 근방 사람들의 용의주도함이 정말 놀랍지 않아요?"

　나는 뒤를 돌아다보았습니다. 과연 거기에는 고양이 이마같은 판자집 가게의 한쪽 구석에 노파가 홀로 앉아 양말을 뜨면서 안경 너머로 우리 쪽을 흘긋흘긋 쳐다보고 있었습니다. 그녀는 관광객들을 상대로 맥주, 과자, 음료수 따위를 팔고 있었던 것입니다. 우리는 그 가게 앞에 앉아서 주석으로 만든, 손잡이가 달린 묵직한 컵으로 제법 시원한 맥주를 마시게 되었습니다. 아아샤는 모슬린 스카프로 머리를 싸매고 단정히 두 다리를 모은 채 꼼짝도 않고 앉아만 있었습니다. 단정한 그녀의 얼굴은 맑게 갠 푸른 하늘 아래 뚜렷하고 아름답게 떠올라 있었습니다. 그러나 나는 불쾌한 감정으로 그녀를 바라보고 있었습니다. 그 전날 밤부터 나는 그녀의 태도에는 뭔가 일부러 꾸미는 듯한, 자연스럽다고는 할 수 없는 데가 있음을 알고 있었던 것입니다…… '그녀는 사람을 깜짝 놀라게 하고 싶은 거야' 하고 나는 생각했습니다. '하지만 왜 그런 엉뚱한 짓을 하는 것일까? 그건 또 무슨 어린애 장난일까?' 그러자 마치 내 가슴 속을 꿰뚫어보기라도 한 듯이 그녀는 갑자기 재빠른, 찌를 듯한 시선을 흘긋 내게 던지고는 또 한 번 낄낄 웃고 나서 껑충껑충 두어 걸음에 성벽 아래로 내려오더니, 노파 옆으로 걸어가서 물을 한 그릇 달라고 했습니다.

　"내가 마시려는 줄 아시죠?"

하고 그녀는 오빠에게 말했습니다.

"천만에, 저 성벽 위에 아무래도 물을 줘야 할 화초가 있어요."

가아긴은 아무런 대꾸도 없었습니다. 그녀는 한 손에 컵을 쥔 채 허물어진 성벽을 기어오르면서, 이따금 발을 멈추고는 우스우리만큼 정색을 하면서 햇빛에 맑게 번쩍번쩍 빛나는 물방울을 조금씩 흘리며 걸어다니고 있었습니다. 그녀의 그 동작은 매우 매력이 넘치는 것이었으나, 나는 역시 그녀의 태도가 보기 싫었습니다. 그렇지만 난 그녀의 경쾌하고 교묘한 몸짓에는 나도 모르게 정신을 팔고 있었습니다. 어느 위험한 장소에선 그녀는 일부러 큰 소리를 지르고 낄낄거리는 것이었습니다…… 나는 더욱더 질려버렸습니다.

"꼭 염소 새끼처럼 잘도 오르는군."

하고 노파는 잠시 양말 뜨개질을 멈추고 이렇게 중얼거렸습니다.

이윽고 아아샤는 컵의 물을 다 비우자 말괄량이처럼 몸뚱이를 흔들면서 우리들이 있는 곳으로 돌아왔습니다. 야릇한 웃음이 그 눈썹과 콧구멍, 입술을 바르르 떨게 하고 그 까만 눈은 대담하게, 반은 즐거운 듯이 감겨있었습니다.

'당신은 내가 하는 짓을 버릇없다고 생각하시겠죠?' 하고 그 얼굴은 말하는 것 같았습니다. '그러나 나는 당신이 정신을 잃고 있다는 걸 잘 알고 있으니까요.'

"장하다, 아아샤, 정말 장하다."

하고 가아긴이 나직이 말을 꺼냈습니다.

그러자 그녀는 갑자기 부끄러워지기라도 한 듯이 그 긴 눈썹을 내리깔고 송구스러운 듯 얌전히 우리 옆에 와 앉았습니다. 그때 비로소 나는 그녀의 얼굴을, 여태껏 단 한 번도 본일이 없는 듯한 변덕스러운 얼굴을 찬찬히 뜯어볼 수 있었던 것입니다. 좀 있으니까 그 얼굴은 벌써 완전히 파래지고, 뭔가 한 곳에 집중한 것 같은 슬픈 표정을 띠고, 그 얼굴 윤곽마저도 크고 엄숙하고 단순하게 보였습니다. 그녀는 완전히 얌전해졌습니다. 우리는 폐허를 한 바퀴 돌며(아아샤도 곧 뒤따라왔습니다) 경치를 구경했습니다. 이럭저럭 하는 사이에 점심 시간이 되었습니다. 노파에게 셈을 치를 때 가아긴은 맥주를 한 잔 더 주문하더니, 나를 돌아다보며 짓궂은 표정을 지으며 외쳤습니다 ──.

"당신 마음 속의 부인의 건강을 위하여!"

"어머, 저분에게는 ── 당신에게는 그런 부인이 계세요?" 하고 아아샤가 갑자기 물었습니다.

"하지만 연인이 없는 남자가 어디 있니?" 하고 가아긴은 대답했습니다.

아아샤는 문득 생각에 잠겨버렸습니다. 그녀의 얼굴은 일변하여 다시 도전하는 듯한, 대담하다고도 할 수 있는 조소의 빛을 나타낸 것입니다.

돌아오는 길에 그녀는 전보다 한층 더 잘 웃고 호들갑을 떠는 것이었습니다. 기다란 나뭇가지를 꺾어서 그걸 총처럼 어깨에 메기도 하고, 스카프로 머리를 싸매기도 하는 것이었습니다. 잊혀지지도 않습니다. 우리는 금발의 점잖은 영국인 대가족과 마주쳤는데, 그들은 마치 구령에라도 걸린 듯이 일제히 싸늘하고 놀라는 빛을 보이면서 그 흐리멍덩한 눈길로 아아샤의 모습을 배웅했습니다. 그런데 그녀는 그들에게 빈정거리기라도 하듯이 큰 소리로 노래를 부르는 게 아니겠습니까? 집으로 돌아오자 그녀는 이내 자기 방에 틀어박혀 버렸다가 식사가 시작될 무렵에야 겨우 가장 좋은 옷을 입고 머리도 곱게 빗고 단정하게 장갑까지 끼고 얼굴을 내밀었습니다. 식탁 앞에 앉은 다음에도 그녀는 몹시 거드름을 피우며 얌전을 떤다고도 할 수 있는 태도로 음식에는 거의 손도 내밀지 않고 물도 조그마한 글라스로 마시는 게 아니겠습니까? 내 앞에서 새로운 역할 —— 행실이 단정하고 교양 있는 아가씨의 역할을 연출하려는 게 분명했습니다. 가아긴도 굳이 그것을 말리려 하지 않았습니다. 아무튼 그는 무슨 일이든 그녀 마음대로 하게 내버려 두는 습성이 있는 것 같았습니다. 다만 이따금 호인다운 눈으로 내 얼굴을 보며 '아직 철딱서니가 없어서 그러니 너그럽게 봐 주십시오'라고나 하는 듯이 어깨를 좀 움츠려 보일 따름이었습니다. 식사가 끝나자 곧 아아샤는 일어서더니 우리에게 무릎을 굽혀 인사하고는 모자를 쓰면서 가아긴에게 프라우 루이제한테 가도 좋으냐고 물었습니다.

"허허, 언제부터 그런 걸 내게 물어보게 됐지?"

하고 그는 언제나 하는 버릇대로, 하지만 이번에는 낭패스러운 듯한 미소를 띠면서 대답했습니다.

"우리와 같이 있으면 지루하냐?"

"그런 건 아니예요. 하지만 어제 프라우 루이제에게 놀러 가겠다고 약속한걸요. 그리고 난 두 분만이 남는 게 좋을 거라고 생각했어요. 아마 N씨께서(그녀는 나를 가리켰습니다) 뭔가 오빠에게 할 이야기가 있을 거예요."

그녀는 밖으로 나가 버렸습니다.

"프라우 루이제란 사람은,"

하고 가아긴은 내 시선을 피하려 애쓰면서 입을 열었습니다.

"전에 이곳 시장을 지낸 사람의 미망인으로, 호인이지만 속이 텅 빈 할멈입니다. 그분이 아아샤를 무척 좋아하게 된 겁니다. 그런데 아아샤에겐 신분이 낮은 사람들과 사귀려는 버릇이 있어요. 나는 짐작이 갑니다만, 그 원인은 언제나 반드시 그 프라이드라는 것입니다. 보시는 바와 같이 그애의 응석을 잘 받아 줬으니까요."

하고 그는 잠시 말을 끊었다가 덧붙였습니다.

"그러나 어쩔 수 없는 일이 아니겠습니까? 대개 나는 아무에게도 심한 소리를 못 하는 성격이지만, 그애한테는 더욱더 그러합니다. 나는 그애에게 너그럽게 대해야만 할 의무가 있어요."

나는 잠자코 있었습니다. 그러자 가아긴은 화제를 바꾸었습니다. 나는 알면 알수록 점점 강하게 그에게 끌리는 것이었습니다. 나는 이내 그의 인품을 알았습니다. 그는 순수한 러시아의 혼의 소유자로, 성실하고 정직하며 순박한 남자였지만, 아깝게도 생기가 좀 모자라고 인내심과 가슴에 타는 정열이 없었습니다. 젊음마저도 그에게는 끓어오르는 일이 없고 조용한 빛을 던지고 있을 뿐이었습니다. 그는 인상이 매우 좋고 머리도 괜찮았지만, 막상 이대로 성인이 된다면 과연 어떤 인물이 될는지 나는 상상할 수 없었습니다.

'미술가를 지망한다고는 하지만…… 쓰라린 노력을 꾸준히 하지 않으면 여간해선 미술가가 될 수 없을 것이다…… 그런데 그 노력 말인데……'

나는 그의 온화한 얼굴을 보고, 그 태연스럽고 침착한 말을 들으면서 생각했습니다.

'아니, 안 되지! 노력 같은 걸 할 턱이 없지. 이를 악물고 버틴다는 것은 도저히 자네에겐 불가능한 일이야.'

그러나 그를 사랑하지 않을 수는 없었습니다. 내 마음은 완전히 그에게 쏠린 것이었습니다. 우리는 네 시간쯤 소파에 앉기도 하고 천천히 집 앞을 서성거리기도 하면서 두 사람만의 시간을 보냈는데, 그 네 시간 동안 두 사람은 완전히 의기투합했습니다.

해는 지고, 나는 이제 슬슬 집으로 돌아가야만 했습니다. 그러나 아아샤는 그때까지 집에 돌아오지 않았습니다.

"무슨 애가 이렇게 제멋대로일까!"

하고 가아긴은 말했습니다.

"뭣하면 배웅해 드릴까요? 가다가 프라우 루이제 댁에 들러서 거기 있는지 물어 봅시다. 그다지 멀리 돌아가지 않아도 되니까요."

우리는 거리로 내려가 좁고 꾸불꾸불한 뒷골목으로 들어가서 폭은 창문 둘 정도이고 높이는 4층인 집 앞에 당도했습니다. 2층은 1층보다도 크고 거리로 튀어나왔으며, 3층과 4층은 2층보다도 더 튀어나왔는데, 아래에 두 개의 굵은 기둥이 떠받치고 서 있었습니다. 지붕은 경사가 급하게 기와를 얹었고 지붕 밑으로 권양기卷揚機가 부리와 같은 형태로 튀어나와 있어, 구식 조각이 새겨져 있는 그 집 전체는 마치 커다란 새가 웅크리고 있는 것처럼 보였습니다.

"아아샤!"

하고 가아긴이 불렀습니다.

"거기 있느냐?"

그러자 불 켜진 3층 창이 덜컹 열리며 아아샤의 검은 머리가 보였습니다. 그 뒤에서 이가 빠지고 그다지 눈이 좋아 보이지 않는 늙은 독일 여인의 얼굴이 내다보고 있었습니다.

"여기 있어요."

하고 아아샤는 아양을 떨며 창문턱에 팔꿈치를 짚고 말했습니다.

"여기는 정말 좋은 곳이에요. 자, 이걸 받아 주세요."

하고 말하더니 그녀는 제라늄 가지를 가아긴에게 던져 주었습니다.

"나를 애인이라고 생각하세요."

프라우 루이제가 소리내어 웃었습니다.

"N씨가 가신단다."

가아긴이 말했습니다.

"네게 작별 인사를 하고 싶으시단다."

"그래요?"

하고 아아샤가 말했습니다.

"그럼 그 가지를 그분에게 드리세요. 나는 곧 돌아가겠어요."

그녀는 창문을 얼른 닫고는 프라우 루이제에게 키스를 하는 모양이었습니다. 가아긴은 잠자코 내게 가지를 내밀었습니다. 나도 잠자코 그걸 주머니에 집어넣고는 나루터로 나가 강을 건넜습니다. 잊혀지지도 않습니다. 나는 아무 생각도 없이, 그러나 야릇하게 가슴이 답답해 옴을 느끼면서 집으로 돌아가는 길을 재촉했습니다. 그런데 갑자기 코에 익은, 독일에서는 진귀한 냄새가 내 코를 찌른 것입니다. 나는 멈춰 섰습니다. 길가에 조그마한 삼밭이 보이는 게 아니겠습니까? 그 풀밭 냄새는 불현듯 내게 고국을 연상케 하고, 내 가슴은 강렬한 향수에 젖었습니다. 나는 러시아의 공기를 마시고 러시아의 흙을 밟고 싶어진 것입니다. "이런 데서 도대체 무얼 하고 있는 거냐? 무엇 때문에 이런 타국에서 낯선 사람들 속을 방황하고 있는 거냐?" 하고 나는 외쳤습니다. 내 가슴 속에 느끼고 있던 죽음과 같은 답답증이 문득 괴롭고 타는 듯한 초조감으로 변했습니다. 집에 당도했을 때 나는 전날 밤과는 전혀 다른 기분이 되어있었습니다. 은근히 화가 치밀고 있음을 깨닫고, 나는 오랫동안 마음을 진정시킬 수 없었습니다. 나 자신도 확실히 그 정체를 파악할 수 없는 초조감에 사로잡히고 만 것입니다. 가까스로 자리에 앉아 문득 그 박정한 미망인에 대한 것을 생각하고(그 여인에 대해 생각하는 것이 나의 매일의 일과가 되어있었던 겁니다) 그녀에게서 온 편지를 하나 꺼냈습니다. 그러나 나는 그걸 펴 보지는 않았습니다. 마음이 갑자기 딴 방향으로 달려간 것입니다. 나는 생각하기 시작했습니다 …… 아아샤에 대해 생각하기 시작한 것입니다. 그러자 가아긴이 이야기 도중 무언가 그에게는 러시아로 돌아가기 곤란한 사정이 있다는 것을 비친 말이 문득 머리에 떠올랐습니다 …… "농담도 적당히 해 두라지. 동생일 게 뭐야?" 하고 나는 큰 소리로 말했습니다.

　나는 옷을 벗고 누워 잠을 청하려 애썼습니다. 그러나 한 시간쯤 지나자 나는 다시 벌떡 일어나 앉아 베개 위에 팔꿈치를 올려놓고, 또다시 그 억지 웃음을 짓는 변덕쟁이 소녀를 생각하고 있었습니다…… '그녀는 마치 라파엘의 파르네진 속의 갈라테야를 좀 작게 한 것 같은 여자야' 하고 나는 중얼거렸습니다. '그렇다, 동생이 아닌게 분명하다' ……미망인의 편지는 달빛을 하얗게 받으며 마룻바닥에 떨어져있었습니다.

5

이튿날 아침, 나는 다시 L시로 갔습니다. 나는 가아긴을 만나고 싶은 것이라고 자신에게 다짐하면서도, 사실은 은근히 아아샤가 이번엔 어떤 행동을 할지, 전날 밤과 마찬가지로 역시 이상한 짓을 할지 어떨지 보고 싶은 심정에 이끌렸던 것입니다. 내가 갔을 때 마침 두 사람은 객실에 있었습니다. 그런데 이상하지 않겠습니까! ——내가 어젯밤과 오늘 아침, 러시아 생각만 했기 때문일까요? —— 아아샤가 완전히 러시아 소녀로, 그것도 평범한 하녀처럼 보였던 것입니다. 그녀는 입던 옷을 입고 머리를 곱게 매만진 모습으로 못 박힌 듯이 창가에 앉아 수를 놓고 있었는데, 그 얌전하고 조용한 모습은 마치 평생 그 밖의 일은 아무것도 하지 않았다는 듯한 느낌을 주었습니다. 그녀는 거의 한 마디도 없이 침착하게 그 일에 열중하고, 그 얼굴에도 이런 건 아무것도 아닌 아주 당연한 일이라는 듯한 표정을 띠고 있었으므로 나는 문득 고향의 소박한 카차 마아샤와 같은 무리들을 연상했을 정도였습니다. 더욱이 그녀는 그 비슷함을 더욱 완벽하게 보이려는 듯이 나직한 음성으로 '그리운 어머니'를 부르기 시작하는 게 아니겠어요? 나는 그녀의 약간 누런 빛이 감도는 생기 없는 얼굴을 보면서 문득 어제 이것저것 공상했던 일을 생각하고는 어쩐지 유감스런 기분이 들었습니다. 바깥은 화창한 날씨였습니다. 가아긴이 사생寫生하러 가겠다고 말을 꺼내기에 나도 함께 가도 좋으냐, 방해는 되지 않겠느냐고 물었습니다.

"천만에,"

하고 그는 대답했습니다.

"오히려 당신은 틀림없이 좋은 지혜를 주실 겁니다."

그는 반다이크(á la Van Dyck) 식 둥근 모자를 쓰고 윗저고리를 걸치더니 도화지를 겨드랑이에 끼고 떠났습니다. 나는 그 뒤를 어슬렁어슬렁 따라갔습니다. 아아샤는 집에 남았습니다. 떠날 때 가아긴은 수프를 너무 묽게 하지 않도록 주의하라고 그녀에게 부탁했습니다. 아아샤는 자주 부엌에 가 보겠다고 약속했습니다. 가아긴은 내겐 이미 눈에 익은 그 깊은 골짜기에 당도하자 돌 위에 걸터앉아 가지를 마냥 펼치고 있는 구멍투성이 떡갈나무 고목을 사생하기 시작했습니다. 나는 풀 위에 누워서 책을 꺼냈습니다. 그러나 나는 두 페이지도 읽지 못했고, 그는 마냥 종이만 버렸을 뿐이었습니다. 두 사람 다 이야기하는 데 시간을 써 버렸던 것입니다. 그러나 내가 판단한 바로는 어떤 태도로 일할지, 어떤 걸 피하고 또 어떤 걸 지켜야 할지, 현대 화가의 사명은 과연 무엇인지 하는 것을 두 사람이 제법 현명하고 자세하게 논한 것 같습니다. 드디어 가아긴도 "오늘은 안 되겠어" 하며 붓을 던지고 내 옆에 벌렁 눕고 말았습니다. 우리의 젊음에 넘치는 잔소리는 열띠고 가라앉았으며 환희에 차서 제멋대로 흐르기만 했습니다만, 무슨 이야기를 하든 대개는 러시아 인이 빠지기 쉬운 그 막연한 의논으로 일괄된 것이었습니다. 실컷 지껄이고 나서 마치 큰일이나 한 것처럼, 큰 성과라도 거둔 듯한 만족감에 도취되어 두 사람은 집으로 돌아왔습니다. 돌아와 보니 아아샤는 떠날 때와 조금도 다름없는 자태였습니다. 아무리 주의 깊게 그녀를 관찰해 봐도 —— 나는 그녀의 태도에서 조금도 아양을 떨거나, 무슨 꿍꿍이속이 있어 일부러 연극을 하는 듯한 기색은 발견할 수 없었습니다. 이번만은 행동이 부자연스럽다고 해서 그녀를 책망할 건더기조차 없었습니다.

"하하!"
하고 가아긴은 말했습니다.

"참회라도 하는 건가?"

저녁때가 되자 그녀는 몇 번이나 하품을 하고는 총총히 자기 방으로 가 버렸습니다. 그래서 나도 가아긴과 작별하고 집으로 돌아왔는데, 이제는 아무것도 공상하려 들지 않았습니다. 그날 하루는 온전히 제정신으로 보냈던 것입니다. 그렇지만 잠들려고 했을 때, 부지중에 소리내어 이렇게 말한 걸 기억하고 있습니다 ——

"그 소녀는 정말 카멜레온과 같은 여자야!"

그리고 잠시 생각한 후 이렇게 덧붙였습니다.

"어떻든 그녀는 동생은 아냐."

6

꼬박 2주일이 지났습니다. 나는 날마다 가아긴을 찾아 갔습니다. 아아샤는 나를 피하는 눈치였는데, 그러나 우리가 서로 알게 된 처음 이틀 동안 나를 몹시 놀라게 했던 그 장난은 두 번 다시 보이려 하지 않았습니다. 그녀는 남 모르게 슬퍼하거나 마음이 동요되어 있는 듯했습니다. 웃는 일도 드물었습니다. 나는 호기심에 이끌려 그녀의 모습을 지켜보고 있었습니다.

그녀는 프랑스 어와 독일어를 제법 잘했습니다만, 모든 면에서 어릴 때부터 여자 손에서 자란 흔적이 없었고, 가아긴의 교육과는 대체로 공통점이 없는 기묘하고 색다른 교육을 받았음을 알 수 있었습니다. 가아긴은 반다이크 식 둥근 모자를 쓰고 윗저고리를 아무렇게나 걸쳤지만, 따사롭고 여자처럼 연약한 러시아의 귀족다운 품격을 발산하고 있었습니다. 그러나 그녀에게는 전혀 귀족 따님다운 데가 없었습니다. 모든 동작에 어딘지 모르게 침착하지 못한 점이 있었습니다. 그것은 나무라면 방금 접붙였을 돌배나무요, 술이라면 아직 설익은 느낌을 주었습니다. 천성이 내성적이고 소심한 그녀는 자신의 소심함에 속상했고, 속상한 나머지 억지로 노골적으로 용감하게 행동하려 애썼지만 언제나 실패로 돌아가고 말았습니다. 나는 몇 번이나 그녀에게 러시아에서의 생활에 대해서나 과거에 대해 말을 걸어 보았습니다만, 그녀는 내 물음에 내키지 않는 대답을 할 뿐이었습니다. 그래도 나는 그녀가 외국으로 떠나오기까지 오랫동안 시골에서 살았다는 것을 알았습니다. 어느 날, 나는 마침 그녀 혼자서 책을 읽고 있을 때 간 적이 있었습니다. 두 손으로 머리를 싸매고 손 끝을 머리카락 속으로 밀어넣으면서 그녀의 눈은 책장으로 빨려 들어가듯이 읽어 내려가고 있었습니다.

"브라보!"

하고 나는 옆으로 다가가면서 말했습니다.

"열심히 공부하시는군요!"

그녀는 머리를 들더니, 무뚝뚝하고 엄숙한 눈으로 나를 보았습니다.

"당신은 나를 웃는 것밖엔 아무것도 못 하는 여자라고 생각하시는군요."

하고 말하며 그녀는 일어나서 나가려 했습니다.

나는 얼른 책 등의 글자를 보았습니다. 그것은 프랑스 소설이었습니다.

"그러나 나는 당신의 선택 방법을 칭찬할 수는 없습니다."

하고 나는 참견했습니다.

"그럼 무엇을 읽으면 좋아요?"

하고 그녀는 외치더니, 책을 테이블 위로 냅다 팽개치고는 말했습니다.

"그럼 저쪽으로 가서 바보 흉내라도 내란 말이죠!"

그러곤 뜰로 뛰어나가고 말았습니다. 바로 그날 밤, 나는 가아긴에게 《헤르만과 도로데아》를 읽어주고 있었습니다. 아아샤는 처음 한동안은 그저 우리 곁을 자주 돌아다닐 뿐이었습니다. 그리고 문득 발을 멈추더니 귀를 쫑긋 세우고 내 옆에 살며시 앉아 끝까지 낭독에 귀를 기울이고 있었습니다. 그 다음날 또다시 나는 사람을 잘못 본 게 아닌가 하고 입이 딱 벌어졌습니다. 그러나 그녀는 갑자기 도로데아처럼 가정적이며 훌륭한 부인이 되어보겠다고 생각한 것임을 짐작했습니다. 한마디로 말해서 나에겐 그녀가 반은 수수께끼 같은 존재로 나타났던 것입니다. 극단적이라 할 수 있을 정도로 자존심이 강한 그녀는 이쪽이 그녀에게 화를 내고 있을 때마저 내 마음을 사로잡고 마는 것이었습니다. 그러나 단 한가지에 대해서만은 나는 점점 확신을 굳혔습니다. 그것은 다른 것이 아닙니다. 그녀는 가아긴의 동생은 아니라는 것이었습니다. 그가 그녀를 대하는 태도는 아무래도 오빠답지 않았습니다. 너무나 부드럽고 겸손하며 다소 일부러 그러는 듯한 낌새도 보였습니다. 그런데 하찮은 기회가 이러한 내 의혹을 풀어 주었던 것입니다.

어느 날 밤이었습니다. 가아긴이 살고 있는 포도원에 가보니 자물통이 걸려 있지 않겠어요? 나는 아무 생각도 없이 이전부터 봐 두었던 담장 한 군데가 무너진 곳을 찾아내어 훌쩍 뛰어넘었습니다. 거기서 그다지 떨어지지 않은 좁은 길을 약간 벗어난 곳에 아카시아로 둘러싸인 커다란 정자가 있었습니다. 마침 그 옆을 지나서 막 지나치려는 순간……갑자기 열렬한 말투의 목멘 소리로 다음과 같은 말을 하는 아아샤의 목소리가 내 귓전을 때렸습니다 —— "싫어요, 난 당신밖엔 아무도 사랑하고 싶지 않아요. 싫어요, 싫어요, 난 오직 당신만 사랑하고 싶어요 —— 언제까지나.”

“그만 됐어, 아아샤, 진정해.”

하고 가아긴이 말했습니다.

“너도 잘 알고 있지. 나는 널 믿고 있어.”

두 사람의 목소리는 정자에서 들려오는 것이었습니다. 찬찬히 보니 성긴 가지 사이로 두 사람의 모습이 보였습니다. 그러나 두 사람은 내 기척을 모르고 있었습니다.

“오직 당신뿐이에요.”

하고 그녀는 그에게 몸을 내던지고 흐느껴 울면서 목덜미에 키스를 하고 그의 품 속으로 기어드는 것이었습니다.

“이제 됐어, 됐어.”

하고 그도 한 손으로 살며시 그녀의 머리카락을 쓰다듬으며 되풀이했습니다.

잠시 동안 나는 꼼짝도 하지 않고 서 있었습니다…… 그러다 갑자기 나는 부르르 몸을 떨었습니다 —— 두 사람에게로 가야 할 것이냐……아니, 천만에! —— 이런 생각이 문득 머리를 스쳤습니다. 나는 빠른 걸음으로 되돌아가서 담장을 뛰어넘어 거리로 나가 거의 뛰다시피 집으로 돌아갔습니다. 나는 싱글거리기도 하고 손을 비비기도 하며, 뜻하지 않게 내 추측을 뒷받침해 준 우연한 기회에 놀라기도 했습니다만 (나는 내 추측이 옳다는 것을 한순간이나마 의심하지 않았습니다), 한편 내 가슴 속은 몹시 슬픔에 잠겨있었던 것입니다. ‘그렇다 하더라도 그렇게 시치미를 뗄 수가 있담!’ 하고 나는 생각했습니다. '도대체 무엇 때문에 그런 짓을? 날 속이다니, 정말 짓궂은 녀석이군! 그 사나이가 그런 재간을 부릴 줄은 정말 몰랐어…… 게다가 그 뻔뻔스런 말버릇이란 정말 기가 막혀!'

7

그날 밤 나는 제대로 잠들 수 없었습니다. 이튿날 아침 일찍 일어나서 배낭을 메고 여관 주인 아주머니에게 밤에 늦더라도 기다리지 말라고 일러 놓고, Z시 중앙을 흐르는 냇물을 거슬러 올라 등산을 떠났습니다. 그 산은 '개의 등 (Hundsrück)'이라 불리는 산맥의 줄기로, 지질학적으로 대단히 흥미 있는 곳이었습니다. 그 중에서도 그 현무암층은 주목할 만한 것이었습니다만, 나는 지질학적 관찰을 하고 있을 경황이 없었습니다. 도대체 어떠한 변화가 가슴 속에 일어난 것인지 나 자신도 모르는 일이었습니다만, 가아긴들과 얼굴을 대하고 싶지 않다는 것, 그 한 가지 기분만은 뚜렷했습니다. 그들에 대해서 갑자기 싫증을 느낀 유일한 원인은 그들의 교활함에 대한 울화라고 나는 믿어 의심치 않았던 것입니다. 도대체 누가 시켜서 두 사람은 오누이처럼 행세해야만 하는가? 그러나 나는 가능한 한 그들 생각은 하지 않기로 하고 유유히 산과 골짜기를 방황하기도 하고, 시골 찻집에 앉아서 찻집 주인이나 나그네들과 환담을 나누기도 하고, 햇볕에 데워진 평평한 바위 위에 드러누워 구름의 흐름을 바라보기도 했습니다. 다행히도 좋은 날씨가 계속됐습니다. 이렇게

나는 사흘 동안을 지냈는데, 그다지 나쁜 기분도 아니었지만
——그래도 이따금 가슴이 죄어드는 듯한 느낌이 들 때가 있
었습니다. 어쨌든 그때 심정은 그 지방의 평온 무사한 자연
과 아주 잘 어울리고 있었습니다.

　나는 우연의 조용한 장난과 떼지어 일어나는 감명에 전신
을 내맡겼습니다. 그러노라니 그것들은 천천히 교대하면서
내 가슴 속을 흘러 가 버리고, 마지막엔 하나의 공통된 감정
만이 남았습니다. 그리고 바로 그 사흘 동안 내가 몸소 보고
느끼고 귀에 담은 모든 것이 결집되어 있었던 것입니다 ——
모든 것, 즉 이곳저곳 수풀에 떠도는 몽롱한 수지樹脂 냄새,
딱다구리 소리나 똑똑 나무를 쪼는 소리, 얼룩덜룩한 곤들매
기가 물 속 모래 위에 그리마를 떨어뜨리고 있는 깨끗한 시
냇물의 끊임없이 졸졸 흐르는 소리, 그다지 험준하지 않은
산골짜기, 가파른 암석, 제법 엄숙한 해묵은 교회나 나무들
이 들어서 있는 깔끔한 촌락, 풀밭에서 노는 황새떼, 눈이 어
지럽게 수레가 돌고 있는 아담한 연자방앗간, 마을 사람들의
고지식한 얼굴, 그 파란 저고리나 회색 스타킹, 살이 통통 찐
말과 때로는 암소가 끌고 가며 삑삑 소리를 내는 한가로운
짐마차 행렬, 능금이나 배나무에 에워싸인 말끔한 길을 걷는
젊고 머리카락이 긴 나그네 —— 이런 모든 것이 결집되었던
것입니다.

　지금에 와서도 나는 그 무렵을 회상하면 마음이 느긋해집
니다. 검소하면서도 의식衣食이 충분하고, 도처에 근면한 일

손들의 자취와 녹진하되 참을성이 많은 노동의 흔적을 남기고 있는 검소한 독일의 시골이여, 건재하라……그대들에게 영광과 평화가 깃들기를!

나는 사흘째 되는 날 저녁 느지막히 숙소로 돌아왔습니다.

깜빡 잊었습니다만, 나는 가아긴들에 대한 분을 삭이기 위해 그 박정한 미망인의 모습을 내 마음 속으로 다시 불러들이려 애썼지만, 그 노력은 헛수고에 그치고 말았습니다. 잊혀지지도 않습니다.

내가 그녀에 대한 것을 여러 모로 공상하려던 참에 문득 보니, 내 앞에 다섯 살쯤 돼 보이는 둥근 얼굴을 한 농부의 딸이 순진하게도 예쁜 눈을 동그랗게 뜨고 서 있는게 아니겠습니까? 그 아이는 제법 어린이다운 귀여운 모습으로 나를 보고 있었습니다……그애의 티없는 표정에 나 자신이 부끄러워졌습니다. 나는 그애 앞에서는 거짓말할 기분이 나지 않았기 때문에 옛 연인에 대한 일은 깨끗이 잊어버리기로 했습니다.

숙소에 돌아와 보니 가아긴의 편지가 기다리고 있었습니다. 그는 별안간의 내 계획에 놀랐으며, 왜 함께 불러주지 않았느냐고 핀잔하고, 돌아오는 즉시 찾아와 달라고 부탁하고 있었습니다.

나는 달갑지 않은 기분으로 그 편지를 읽었습니다만 이튿날 날이 밝자 이내 L 시로 떠났습니다.

8

가아긴은 친절하게 나를 맞아 부드러운 핀잔을 퍼부었습니다만, 아아샤는 마치 일부러 그러는 듯이 내 얼굴을 보기가 무섭게 아무 까닭도 없이 깔깔 웃고는 버릇대로 황급히 도망가 버렸습니다. 가아긴은 어찌할 바를 몰라하며 그 뒤통수에 대고 꼭 미치광이 같다고 투덜거리더니, 제발 양해해 달라고 했습니다. 솔직히 나는 아아샤에 대해 몹시 분노를 느꼈습니다. 그러잖아도 언짢던 터에 또다시 부자연스러운 웃음, 기괴한 행동을 봤으니 참을 수 없었습니다. 그러나 나는 아무것도 마음에 거리끼지 않는 양 꾸미고, 내 조그마한 여행에 대한 이야기를 가아긴에게 자세히 들려주었습니다. 그도 내가 없는 동안 어떤 일을 했는지 이야기해 주었습니다. 이야기는 아무래도 활기를 띠지 못했습니다. 아아샤는 방으로 들어오는가 하면 이내 다시 뛰어나가는 것이었습니다. 나는 급한 일이 있어 가 봐야겠다는 말을 꺼냈습니다.

가아긴은 처음엔 나를 붙잡았으나, 내 얼굴을 가만히 들여다보더니 그럼 배웅해 주겠다고 했습니다. 그런데 현관에서 아아샤가 갑자기 내 곁으로 다가오더니 손을 내밀었습니다.

나는 그 손끝을 가볍게 잡고 인사도 하는 둥 마는 둥 하고 밖으로 나왔습니다. 나는 가아긴과 함께 라인 강을 건너 마돈나 상이 있는, 내가 매우 좋아하는 물푸레나무 곁으로 가서 벤치에 걸터앉아 경치를 살피기 시작했습니다. 그런데 두 사람 사이에 기묘한 이야기가 시작된 것입니다.

처음엔 대단찮은 말이 오고갔습니다만, 두 사람 다 맑은 냇물을 바라보며 입을 다물고 말았습니다.

"그런데,"

하고 갑자기 가아긴이 여느때처럼 그 미소를 띠며 입을 열었습니다.

"당신은 아아샤를 어떻게 생각합니까? 어때요? 틀림없이 이상하게 보일 것으로 생각합니다만."

"글쎄요."

하고 나는 조금은 홀린듯한 기분으로 대답했습니다. 그가 그녀 이야기를 꺼내다니 정말 뜻밖이었습니다.

"그애의 행위를 판단하려면, 우선 그애에 대해 잘 알아야만 합니다."

하고 그는 말했습니다.

"그애는 마음씨는 매우 좋습니다만, 머리가 너무 영리해서 골치입니다. 다루기가 무척 힘듭니다. 그러나 그애만을 나무랄 수도 없습니다. 당신도 그애의 신상을 아시게 된다면……"

"신상이라구요?"

하고 나는 가로챘습니다.

"그러나 그분은 당신의……"

가아긴은 흘긋 내 얼굴을 보았습니다.

"당신은 그애가 내 동생이 아니라고 생각하시지 않습니까? …… 그러나 그렇지 않습니다."

하고 그는 내 체면이야 어떻든 조금도 개의치 않고 말을 계속했습니다.

"분명히 내 동생입니다. 내 아버지의 딸이니까요. 제발 내 말을 잘 들어 주십시오. 당신은 믿을 수 있는 분이라 생각되어 털어놓고 말씀드리겠습니다."

우리 아버지는 매우 선량한, 머리가 좋고 교양 있는 사람이었으나 불행한 남자였습니다. 다른 많은 사람들에 비해서 운명이 아버지에게 대해서만 유독 가혹했다고는 할 수 없습니다만, 아버지는 그 첫번째 화살조차 이겨 내지 못했던 것입니다. 아버지는 일찍 결혼했습니다. 연애 결혼이었습니다. 그의 아내, 즉 내 어머니는 매우 일찍 돌아가셨습니다. 어머니가 돌아가셨을 때 나는 생후 6개월이었습니다. 아버지는 나를 시골로 데려 가서 그 후 꼬박 12년 동안 아무 데도 나가지 않았습니다. 아버지는 나를 길렀습니다. 만약 아버지의 형인 백부가 시골로 찾아오지 않았더라면 결코 나를 품 안에서 내놓지 않으셨을 게 분명합니다. 백부는 줄곧 페테르부르크에 살고 있었고 제법 요직에 있었습니다. 백부가 아버지를 설득해서 나를 맡기로 한 것입니다.

그것은 아버지가 아무래도 시골을 떠나는 건 싫다고 고집을 부렸기 때문이었습니다. 백부는 아버지에게 내 또래의 아이가 이런 인적이 드문 곳에 사는 건 해롭다, 아버지처럼 언제나 음침하고 무뚝뚝한 교사에게 붙어 있으면 나는 같은 또래 아이들에게 뒤쳐질 것임에 틀림없으며, 그뿐만 아니라 내 성격 자체도 빗나가게 될 것이라고 고집했던 것입니다. 아버지는 오랫동안 백부의 충고에 반대했습니다만, 결국 양보하고 말았습니다. 아버지와 헤어질 때는 나도 울었습니다. 그 얼굴에 웃음을 띠는 일 따위는 한 번도 본 적이 없지만, 역시 나는 아버지를 사랑하고 있었던 것입니다……그러나 페테르부르크로 나가 보니 음침한 집안일 같은 건 이내 잊어버리고 말았습니다.

나는 육군 사관학교에 들어가 학교에서 근위 연대로 이동했습니다. 시골에는 해마다 몇 주일씩 머물렀는데, 돌아갈 때마다 아버지는 점점 더 음침해지고 내성적이며 겁쟁이로 보일 만큼 깊이 생각하는 인간으로 살아 갈 따름이었습니다. 아버지는 매일 교회에 다니고 있었는데, 거의 말을 잊어버린 듯했습니다. 어느 해인가 내가 시골에 갔을 때의 일인데(나는 그때 만 20세가 넘은 나이였습니다), 나는 처음으로 바싹 야위고 눈동자가 검은 열 살쯤 된 여자 아이 —— 아아샤가 아버지 집에 있는 것을 보았습니다. 아버지는 그애는 고아인데 집으로 데려왔다고 말했습니다. 틀림없이 그렇게 말하셨습니다. 나는 그애에게 그다지 주의도 하지 않았는데 낯가림을 하는 조그마한 짐승처럼 민첩하고 말이 없는 아이였습니다. 아버지가 좋아하시는 방, 거기서 어머니가 숨을 거두었고 낮에도 촛불을 켜야 하는 커다랗고 음침한 방으로 내가 발을 들여놓기가 무섭게 그 애는 금방 아버지의 볼체르 식 의자나 책장

뒤로 숨어 버렸습니다. 그 후 3,4년 동안 나는 근무 때문에 시골에 내려갈 수 없었습니다. 나는 아버지로부터 매달 또박또박 간단한 편지를 받았습니다만, 아아샤에 대해서는 어쩌다 소식을 전했고, 썼다 하더라도 겨우 몇 마디에 불과했습니다. 아버지는 이미 50고개를 넘기고 있었지만, 보기엔 아직도 청년 같았습니다. 그래서 아버지의 병환이 위독하므로 임종을 보고 싶거든 한시바삐 돌아오라는 관리인의 갑작스런 편지를 본 데 대한 내 놀라움은 짐작이 갈 것입니다. 허겁지겁 말을 달려 가 보니, 아버지는 아직 생존해 계셨지만 벌써 숨소리가 위태로웠습니다. 아버지는 나를 만나게 된 것을 매우 기뻐하시며 바싹 야윈 가슴에 나를 껴안더니, 뭔가 살피는 것도 아니고 애원하는 것도 아닌 시선으로 오랫동안 찬찬히 내 눈을 들여다 보았습니다. 이윽고 내게 아버지의 마지막 소원을 꼭 들어드리겠다는 약속을 시키더니, 늙은 몸종더러 아아샤를 데려오게 하셨습니다. 노인은 그녀를 데리고 왔습니다. 그녀는 서 있기조차 힘에 겨워했으며, 온몸을 부들부들 떨고 있었습니다.

"알았느냐?"
하고 아버지는 간신히 말을 꺼냈습니다.

"내 딸 —— 네 누이를 네게 남긴다. 모든 건 야콥에게 물어 봐라."
하고 아버지는 몸종을 가리키며 말씀하셨습니다.

아아샤는 엉엉 울음을 터뜨리더니, 침대 위에 얼굴을 묻어

버렸습니다⋯⋯30분 후 아버지는 숨을 거두셨습니다.

내가 알게 된 것은 이러한 일이었습니다.

아아샤는 아버지와 전에 어머니의 몸종이었던 타치야나의 사이에서 생겨난 딸이었습니다. 나는 그 타치야나를 아직도 분명히 기억하고 있습니다. 그녀의 날씬한 키, 훤칠한 모습, 크고 까만 눈을 가진 그 단정하고 엄숙하며 영악한 얼굴을 기억하고 있습니다.

그녀는 자존심이 강하고 건드리기 어려운 처녀라는 평판이 있었습니다. 야콥이 띄엄띄엄 하는 이야기로 미루어 아버지는 어머니가 돌아가시고 몇 해 후 그녀와 관계한 것 같았습니다. 타치야나는 벌써 그 무렵엔 아버지 저택에서 살지 않았으며, 여동생의 시댁에서 살고 있었습니다. 아버지는 그녀에게 빠져들어 내가 마을을 떠난 후 그녀와 결혼까지 하려 했으나, 그녀 쪽에서 아버지가 아무리 청혼해도 아내가 되기를 승낙하지 않았던 것입니다.

"돌아가신 타치야나 비실리예브나는,"
하고 야콥은 뒷짐을 지고 문턱에 선 채 내게 보고했습니다.

"무슨 일에나 생각이 깊었던 분으로 아버지의 이름을 손상시키는 짓은 하려 들지 않으셨습니다. '어떻게 당신 부인이 될 수 있겠습니까? 그런 처지가 못됩니다' 하고 말씀하셨던 겁니다. 내 앞에서 그렇게 말씀하셨습니다."

그래서 타치야나는 우리 집으로 옮겨 오려 하지 않았고, 아아샤와 함께 동생 집에서 살고 있었습니다. 어릴 때 내가 타치야나를 볼 수 있었던 것은 주일에 교회에 갔을 때뿐이었습니다. 검소한 네커치프로 머리를 감싸고 노란 숄을 어깨에 걸친 채, 그녀는 창가의 사람들 사이에 서 있었던 것입니다 —— 그 영악한 옆얼굴이 투명한 유리를 배경으로 하여 뚜렷이 떠올라 있었습니다 —— 그리고 옛날 법식대로 낮게 머리를 숙여 공손하고 장중한 기도를 드리는 것이었습니다. 내가 백부에게 갔을 때 아아샤는 겨우 두 살이었는데, 아홉 살 때 이미 어머니를 잃어버렸던 것입니다.

타치야나가 죽자, 아버지는 바로 아아샤를 자기 집으로 데려왔습니다. 아버지는 전에도 그 애를 데려오고 싶다는 뜻을 전한 적이 있었지만, 타치야나는 그마저도 거절했던 것이었습니다. 주인 집으로 옮겨 온 아아샤의 신상에 어떤 변화가 일어났으리라는 것은 쉽게 짐작이 갈 것입니다. 그 애에게 생전 처음으로 비단옷이 입혀지고, 모두 그 작은 손에 키스를 하던 순간이 잊혀지지 않는답니다. 그 애의 어머니는 살아 생전 그 애에 대해 매우 엄격했지만, 아버지 집에서 그 애는 완전히 자유로웠습니다. 아버지가 그 애의 교사였던 것입니다. 그 애는 아버지 외의 그 누구도 본 적이 없었습니다. 아버지는 그 애의 응석—— 뭐든지 비위를 맞춘다는 건 아니었지만——을 받아 주었고 그 애를 몹시 사랑했으며, 무슨 일이든 결코 금하는 일이 없었습니다. 은근히 아아샤에 대해 미안해 했던 것입니다.

그 애는 이윽고 자기가 이 집의 주요 인물이라는 걸 깨닫고, 이 집 주인이 자기 아버지라는 것도 알게 되었습니다. 반면에 그 애는 이윽고 자기 처지가 거짓이라는 것도 깨달았습니다. 그러나 자존심이 무척 강해지고 시기심 등 나쁜 습관이 뿌리박혀 순진성은 자취를 감추고 말았습니다. 그리고 그 애는(이것은 언젠가 자신이 내게 고백한 일이지만) 온 세상 사람들이 자신의 출신을 잊었으면 했던 것입니다. 그 애는 자기 어머니를 수치스럽게 여기고 자신이 수치로 여기는 것을 또한 수치로 여겼지만, 반면에 어머니를 자랑하게 되었습니다. 그렇기 때문에 보시다시피 그 애는 자기 나이로는 알아서는 안 될 여러 가지를 알아 버렸고, 현재도 알아 가고 있는 것입니다. 그러나 그것이 과연 그 애의 죄일까요? 아무튼 체내에서는 젊은 힘이 미쳐 날뛰고 피가 끓어 오르는데, 그 애를 좋게 인도할 만한 지도자가 곁에 한 사람도 없었으니 말입니다. 모든 면에서 완전히 자유로웠으나 그것만으로 과연 잘될 수 있었을까요? 그 애는 다른 처녀들에게 지지 않으려 했습니다. 그래서 독서에 몰두했습니다. 그러나 그런 것으로 테두리가 잡힐까요? 변칙으로 시작한 생활은 역시 변칙적으로 끝나는 것입니다. 그러나 그 애는 타고난 상냥한 마음씨를 버리지 않았고, 두뇌도 그다지 해를 입지 않았던 것입니다.

그런 까닭으로 스물의 젊은 내가 열세 살의 소녀를 등에 업게 되고 말았습니다. 처음에 아버지가 돌아가신 후 며칠 동안은 내 목소리를 듣기만 해도 그 애는 와들와들 떨었고 내가 부드럽게 대하면 도리어 울적해졌지만 조금씩이긴 해도 차츰 나를 따르게 되었습니다. 나중에 내가 완전히 그 애를 친누이로 생각하고 사랑하는 것을 알아차린 다음부터는 나를 무척 따르고 나에게서 떨어지지 않았지요. 그 애에게는 어떤 감정이라도 철두철미하지 않은 감정이란 없었습니다.

나는 아아샤를 데리고 페테르부르크로 갔습니다. 그러나 그 애와 헤어지기가 아무리 쓰라리더라도 함께 살 수는 없었습니다. 그래서 나는 그 애를 평판 좋은 기숙사가 있는 여학교에 넣었습니다. 그 애도 두 사람이 헤어져야만 한다는 것을 납득했지만, 처음에는 발병하여 하마터면 죽을 뻔한 소동도 벌어졌습니다. 그러나 그 쓰라림을 극복하여 그 학교에서 4년 동안을 지냈습니다. 그런데 내 기대와는 반대로 그 애는 전과 마찬가지로 조금도 변하지 않았습니다. 여학교 교장도 가끔 내게 그 애 일을 투덜거렸습니다. "그 애는 벌을 줘도 효과가 없고, 그렇다고 부드럽게 대해도 수그러지는 것도 아니고" 하고 가끔 말했습니다. 아아샤는 이해가 매우 빠르고 성적도 훌륭하여 누구보다도 뛰어났지만 함께 보조를 맞추려 하지 않고 억지를 쓰거나 반목하는 것이었습니다…… 그러나 나는 그 애를 꾸짖을 수 없었습니다. 그 애의 입장이 되면 비굴하게 굴거나, 그렇지 않으면 사람을 피하거나 두 갈래 길밖에 없었을 테니까요. 수많은 학우들 중에서 그 애가 가깝게 사귄 친구는 재주가 없고 남들이 꺼리는 소녀들뿐이었습니다. 함께 교육을 받고 있던 다른 소녀들은 대부분 좋은 집안 출신이었는데, 모두 그 애를 싫어하여 기회가 있을 때마다 욕설을 퍼붓기도 하고 놀려대기도 했던 것입니다. 그러나 아아샤는 그야말로 털끝만큼도 지지 않았습니다. 하루는 도덕 시간에 선생님이 악덕에 대한 이야기를 꺼냈습니다. 그러자 "비굴과 겁이 가장 나쁜 덕입니다" 하고 아아샤는 큰 소리로 말했답니다. 요컨대 그 애는 오로지 자신의 길을 줄곧 걸었던 것입니다. 범절만은 좋아졌습니다만 그 점에서도 썩 좋아졌다고는 생각할 수 없었습니다.

그 애도 열일곱 살이 되었습니다. 그 이상 학교에 머물 수는 없었습니다. 나는 꽤 어려운 문제에 봉착했던 것입니다. 그러던 참에 문득 좋은 생각이 떠올랐습니다. 일을 그만두고 1,2년 외국에 다녀오리라. 아아샤도 함께 데리고 가리라. 그리고 즉시 그 계획을 실행하여 지금 이렇게 나는 그 애와 함께 라인 강변에 오게 되었고, 나는 있는 힘을 다해 그림을 그리고 그 애는 —— 여전히 장난을 치거나 이상한 흉내를 내고 있는 것입니다. 그러나 이젠 당신도 그 애에 대해 혹독한 비판은 하지 않으리라 믿습니다. 그 애는 표면으로는 아무것도 마음에 두지 않는 듯한 얼굴입니다만—— 제법 어떤 사람의 의견이라도 존중하는 편입니다. 게다가 당신의 의견이라면 또 각별하니까요.

이렇게 말하더니 가아긴은 또 그 점잖은 미소를 띠었습니다. 나는 그의 손을 힘차게 잡았습니다.

"대충 그렇게 된 이야기입니다만,"

하고 가아긴은 다시 입을 열었습니다.

"실은 나도 그 애한테는 몸이 달 지경입니다. 정말 화약 덩어리니까요. 다행스럽게도 지금까지는 아무도 그 애 마음에 드는 남자가 없었으니망정이지, 누군가를 사랑하게 된다면 그야말로 큰일입니다! 나도 때로는 어떻게 하면 좋을지 주체 못할 일이 있으니까요, 며칠 전만 하더라도 무슨 생각에선지 별안간 '당신은 전보다 냉담해졌다, 내가 사랑하는 건 당신뿐이다, 영원히 당신 하나만을 줄곧 사랑할 거야'라고 떼를 써서 말입니다…… 그런 말을 뇌까리면서 몹시 울었던 것입니다……"

"역시 그랬었군요……"

하고 나는 입을 열다가 그만 얼른 다물어 버렸습니다.

"그럼 뭡니까?"

하고 나는 가아긴에게 물었습니다.

"이야기가 여기까지 왔으므로 솔직히 묻습니다만, 정말 지금까지 한 사람도 마음에 든 사나이가 없었습니까? 페테르부르크에서는 젊은이들과 얼굴을 마주할 기회가 있었을 텐데요?"

"그런 무리는 거들떠보지도 않습니다. 그렇습니다, 아아샤에게 필요한 건 영웅입니다. 비범한 인물이지요 —— 그렇지 않으면 산간 계곡에 사는 그림처럼 아름다운 목동입니다. 그러나 이건…… 무심코 너무 지껄여대서 당신을 붙들어 놓고 말았군요."

하고 그는 일어나면서 덧붙였습니다.

"어떻습니까?"

하고 나는 입을 열었습니다.

"다시 한 번 댁으로 돌아가지 않으렵니까? 나는 집으로 돌아가고 싶지 않습니다."

"하지만 사업은 어쩌고요?"

나는 아무런 대답도 하지 않았습니다.

가아긴은 호인답게 빙긋 웃었습니다. 그래서 우리는 L시로 되돌아왔습니다. 낯익은 포도원이나 언덕 위의 흰 집을 보니 나는 왠지 모를 달콤한 기분 —— 다름 아닌 은근히 가슴이 느긋해지는 것 같은 달콤한 기분이 들었습니다. 마치 살며시 꿀을 부어 넣은 것 같은 느낌이었습니다.

가아긴의 이야기를 듣고 훨씬 기분이 느긋해졌기 때문이었습니다.

9

아아샤는 문간방까지 나와 우리를 맞았습니다.

나는 또 간드러진 웃음을 퍼부으리라 각오했습니다만 그녀의 낯빛은 완전히 창백하고 말수도 적었습니다. 눈을 내리깔고 있을 뿐이었습니다.

"또 오셨다."

하고 가아긴이 입을 열었습니다.

"더구나 먼저 되돌아가자고 말을 꺼냈단다."

아아샤는 이상하다는 듯이 내 얼굴을 보았습니다. 나는 나대로 그녀에게 손을 내밀어 이번엔 그 차디찬 손을 꼭 잡았습니다. 나는 그녀를 매우 불쌍하게 본 것입니다. 전에는 여러 가지로 당황스러웠던 그녀의 행동이 이젠 납득이 갔습니다. 그 내심의 불안, 딱딱한 태도, 새침해지고 싶은 심정 등 —— 모든 것이 확실해진 것입니다. 나는 그녀의 가슴 속을 들여다보았습니다. 그녀는 남 모를 중압감에 줄곧 억눌려 전에 없던 자존심이 불안으로 뒤얽혀 몸부림쳤습니다만, 그녀의 전 존재는 오로지 진리를 동경했던 것입니다. 나는 비로소 왜 내가 이 기묘한 소녀에게 이끌렸는지 알았습니다. 나는 그 날씬한 몸매에 넘쳐나는 반야성적인 매력에 이끌렸을 뿐만 아니라 그 정신이 마음에 든 것입니다.

가아긴이 자기 그림을 뒤적이기 시작했으므로 나는 아아샤에게 함께 포도밭을 산책하지 않겠느냐고 청했습니다. 그러자 그녀는 기분 좋게, 마치 기다리기라도 했던 것처럼 동의했습니다. 우리는 산허리까지 내려와서 폭이 넓고 평평한 돌 위에 앉았습니다.

"우리가 없어도 당신은 심심하지 않았나요?"
하고 아아샤는 입을 열었습니다.

"그럼 당신은 내가 없어서 심심했던가요?"
하고 나도 물어 보았습니다.

아아샤는 곁눈질로 흘끗 내 얼굴을 훔쳐보았습니다.

"네."

하고 그녀는 대답했습니다.

"산 속은 좋았어요?"

하고 그녀는 계속해서 말했습니다.

"높은 산이었나요, 구름보다도 높은? 이야기해 주세요, 무얼 보셨어요? 오빠에겐 말씀하셨지만, 나는 아무것도 듣지 못했어요."

"하지만 당신은 좋아서 어디론가 가 버렸잖아요?"

하고 나도 대꾸를 했습니다.

"내가 도망친 것은…… 왜냐하면…… 하지만 나는 이번엔 아무 데도 가지 않겠어요."

하고 그녀는 마음이 놓인 듯이 상냥한 목소리로 덧붙였습니다.

"하지만 당신은 오늘 화를 내고 계셨으니까요."

"내가 말입니까?"

"당신이 말예요."

"내가 왜? 천만에……"

"왠지는 모르지만 당신은 화를 냈어요. 화를 내시며 돌아가 버렸던 거예요. 당신이 그렇게 돌아가 버렸기 때문에 나는 여간 유감스럽지 않았지만, 다시 돌아와 주셔서 무척 기뻐요."

"나도 돌아온 걸 다행으로 여기고 있습니다."

하고 나는 말했습니다.

아아샤는 어린 아이가 기분이 좋으면 흔히 하듯이 어깨를 좀 흔들었습니다.

"정말 나는 남의 마음을 꿰뚫어 보는 명수니까요."

하고 그녀는 말을 이었습니다.

"나는 옆방의 아버지 기침 소리만 듣고서도 아버지가 내게 만족하고 있는지, 어떤지 이내 알아차렸어요."

그날까지 아아샤는 한 번도 내게 자기 아버지 이야기를 한 적이 없었습니다. 그래서 나는 적이 놀라고 말았습니다.

"당신은 아버지를 사랑했습니까?"

하고 말해 버렸지만 갑자기 얼굴이 화끈해짐을 느끼자 몹시 부아가 날 지경이었습니다.

그녀 역시 아무 대답도 없이 얼굴을 붉혔습니다. 별안간 두 사람은 입을 다물고 말았습니다. 멀리 라인 강물 위를 한 척의 기선이 연기를 뿜으며 달리고 있었습니다. 우리는 그 경치를 바라보기 시작했습니다.

"왜 이야기를 해 주지 않으세요?"

하고 그녀는 속삭였습니다.

"당신은 어째서 오늘, 내 얼굴을 보자 느닷없이 웃었지요?"

하고 나는 물었습니다.

"나도 모르겠어요. 어쩌다 보면 울고 싶은데도 웃어 버리는 수가 있는걸요…… 그러니까 내 행동을 보고…… 나를 비판하시면 안 돼요. 아 참, 로렐라이 이야기는 좋아하시죠? 저기 보이는 게 그 바위겠지요? 처음엔 모든 사람을 물에 빠지게 했는데, 사람을 사랑하게 된 순간 자신이 몸을 던졌다더군요. 난 그 이야기를 무척 좋아해요. 프라우 루이제는 내게 여러 가지 이야기를 들려줘요. 프라우 루이제에게는 노란 눈의 검은 고양이가 있어서……"

아아샤는 머리를 들더니 머리카락을 한 번 치켜올렸습니다.

"아, 기분이 무척 좋아요."
하고 그녀는 말했습니다.

마침 그 순간 띄엄띄엄 단조로운 음향이 들려왔습니다. 수백 명이나 되는 사람들이 소리를 일정하게, 규칙적인 사이를 두고 찬송가를 되풀이했습니다. 순례자의 무리가 아래의 길을 따라 십자가와 기를 받쳐 들고 열을 지어 걸어갔습니다……

"차라리 저 사람들과 함께 갈 수 있다면……"
하고 아아샤는 차츰 멀어져 가는 노랫소리에 귀를 기울이면서 말했습니다.

"아아, 당신은 그럼 신자였던가요?"

"어디론지 멀리 가 버리고 싶어요. 참배도 좋고 고행이라도 좋으니."
하고 그녀는 말을 계속했습니다.

"그렇지 않으면 세월은 흘러 대체 무슨 일을 했는가 하면서 인생은 끝나버리겠죠.

"당신은 야심가시군요?"

하고 내가 말했습니다.

"당신은 일생을 헛되이 보내고 싶지 않고, 죽은 뒤에 흔적을 남기고 싶다는 거로군요?"

"하지만 그게 불가능할까요?"

'불가능하고말고요' 하고 나는 하마터면 입을 열 뻔했습니다…… 그러나 나는 그녀의 밝고 조용한 눈을 보자 이렇게 말할 수밖에 없었습니다——

"해 보는 거지요."

"저어……"

하고 잠시 잠자코 있다가 그녀는 입을 열었습니다. 그 침묵 사이에 벌써 붉은 기가 가신 그녀의 얼굴엔 왠지 모를 그림자가 스쳤습니다.

"당신은 그 여자가 무척 좋으시다죠……기억하시겠죠? 우리가 만난 지 이틀째 되던 날 저 성터에서 오빠가 그분의 건강을 위해 축배를 든 적이 있었죠?"

나는 웃음을 터뜨렸습니다.

"그건 오빠가 장난을 치신 겁니다. 내게는 한 사람도 마음에 든 부인은 없었습니다. 적어도 현재는 마음에 드는 여인은 한 사람도 없습니다."

"그런데 당신은 여자의 어떤 점에 이끌리지요?"

하고 아아샤는 철없는 호기심에 사로잡힌 듯 머리를 뒤로 젖히며 물었습니다.

"몹시 이상한 질문인데요!"

하고 나는 외쳤습니다. 아아샤는 약간 당황했습니다.

"그런 질문을 하는 것이 아니었군요. 그렇죠? 미안해요. 난 생각난 건 뭐든지 지껄이는 버릇이 있어요. 그래서 난 입을 여는 게 두려워요."

"이야기해 주지요. 두려워할 건 없습니다."

하고 나는 급히 말했습니다.

"나는 당신이 이제야 겨우 낯을 가리지 않게 된 것을 매우 기쁘게 여기고 있으니까요."

아아샤는 눈을 내리깐 채 조용하고 맑은 웃음소리를 내며 웃어댔습니다. 나는 그녀가 이런 웃음을 숨기고 있으리라고는 생각도 못 했습니다.

"자, 이야기해 주세요."

하고 그녀는 말을 계속하며 편안히 고쳐 앉으려는 듯이 옷자락의 주름을 펴서 단정히 발을 덮었습니다.

"자, 이야기해 주세요. 그렇잖으면 뭔가 읽어 주시겠어요? 언젠가 〈오네긴〉 1절을 읽어 주신 적이 있으시죠. 그런 식으로……"

그리고 그녀는 문득 생각에 잠겼습니다.

불쌍한 놈의 무덤 위의
십자가, 나무 그늘 지금 어떻게!

하고 그녀는 나직한 소리로 외었습니다.

"푸슈킨의 시는 그렇지 않아요."

하고 나는 말했습니다.

"난 타치야나가 되고파요."

하고 그녀는 여전히 생각에 잠긴 모습으로 말을 계속했습니다.

"자, 뭔가 이야기해 주세요."

하고 이번엔 힘차게 얼른 말했습니다.

그러나 나는 이야기할 계제가 아니었습니다. 나는 그녀를, 온몸에 밝은 햇빛을 받은 침착하고 조용한 모습을 가만히 바라보고 있었습니다. 우리를 둘러싼 모든 것이, 눈 아래 있는 것도 머리 위에 있는 것도 —— 하늘도 땅도 물도 모든 것이 기쁜 듯이 반짝이고 공기마저도 빛나는 듯했습니다.

"자, 보십시오. 얼마나 깨끗합니까?"

하고 나는 무의식중에 소리를 낮춰 말했습니다.

"정말, 깨끗하군요!"

하고 그녀도 나를 보지 않고 조용히 대답했습니다.

"만약 우리들이 새라면 —— 얼마나 하늘 높이 떠오르거나 마음껏 날거나 할 수 있을까요…… 마냥 저 푸른 하늘 속으로 녹아 들어가고 싶을 정도로…… 하지만 새가 아니니 할 수 없군요."

"그러나 우리들에게도 날개가 돋을 수 있습니다."

하고 나는 대답했습니다.

"그건 또 어떻게요?"

"조금만 더 있어 보시면 아실 겁니다. 우리들을 땅 위에서 들어올릴 만한 감정이 있습니다. 걱정하지 않으시더라도 당신에게도 언젠가는 날개가 돋게 됩니다."

"그럼 당신에게도 날개가 돋았던 적이 있으세요?"

"글쎄요…… 그러나 난 여태까지 한 번도 날아 본 적이 없는 것 같은데요."

아아샤는 다시 생각에 잠겼습니다. 나는 그녀 쪽으로 약간 몸을 기울였습니다.

"당신은 왈츠를 출 줄 아세요?"

하고 갑자기 그녀가 물었습니다.

"출 수 있습니다."

하고 나는 좀 어리둥절해 하며 대답했습니다.

"그럼 가세요…… 우리 오빠에게 부탁해서 왈츠를 켜 달라고 하겠어요…… 날고 있는 것처럼 날개라도 돋은 기분으로 춰 봐요."

그녀는 집을 향해 뛰었습니다 —— 나도 그녀 뒤를 쫓아 뛰어갔습니다 —— 그리고 몇 분 후 우리들은 란넬의 달콤한 멜로디에 맞춰 좁은 방 안을 빙글빙글 돌고 있었습니다. 아아샤는 황홀하게 제법 잘 추었습니다. 그 소녀다운 굳은 모습 속에서 갑자기 뭔가 부드러운, 여자다움이 불쑥 얼굴을 내민 것이었습니다. 그 후 오랫동안 내 팔은 그녀의 보드라운 허리통의 감촉을 느끼고, 내 귀에는 오랫동안 그녀의 새근거리며 가빠하는 숨소리가 들려왔고, 눈에는 오랫동안 고수머리가 흩어져 내리고, 창백하지만 생기에 찬 얼굴에 움직일 줄 모르는, 거의 감다시피 한 검은 눈이 어른거려서 못 견딜 지경이었습니다.

10

그날은 하루 내내 그 이상 바랄 수 없을 정도로 즐겁게 지냈습니다. 우리들은 마치 아이들처럼 들떠 있었습니다. 아아샤는 무척 사랑스럽고 순진했습니다. 가아긴도 그 모습을 보고 몹시 기뻐했습니다. 나는 어두워져서야 작별을 고했습니다. 라인 강물 중간쯤에 왔을 때, 나는 사공에게 배를 물결 따라 흐르도록 내버려 두라고 했습니다. 노인이 노를 거두자 ── 웅장한 강물은 휙휙 우리를 실어 주었습니다. 사방을 둘러보기도 하고 무슨 소리에 귀를 기울이기도 하며 추억의 실마리를 더듬기도 하는 동안 나는 문득 은근한 불안을 느꼈습니다. 눈을 들어 하늘을 우러러봤습니다만 ── 하늘에도 평화로움은 없었습니다. 별이 총총 박힌 하늘은 그저 스멀스멀 깜박이며 운행을 계속하며 몸을 떨 뿐이었습니다. 나는 물 위로 눈을 돌렸습니다 ── 그러나 거기에도, 그 침침하고 찬 심연 속에서도 역시 별빛이 흔들리며 떨고 있지않겠습니까? 어디를 보나 불안감만이 고개를 드는 것이었습니다 ── 그러면 가슴 속의 불안은 한층 더 쌓일 따름이었습니다. 나는 배 모서리에 팔꿈치를 대고 의지했습니다…… 귓전을 때리는 바람 소리, 키를 씻는 물소리에 기분은 초조해지고, 잔잔한 강물 소리마저도 내 기분을 달래 주지 못했습니다. 언덕에서 두견새가 울기 시작하자 그 음색의 달콤한 독이 내 마음을 좀먹었습니다. 내 두 눈에서는 눈물이 뚝뚝 떨어졌습니다. 그러나 그것은 대상이 없는 기쁨의 눈물은 아니었습니다. 내가 느꼈던 것은 방금 전에 경험한, 마음이 넓어져 음향을 발하고, 모든 것을 이해하며 사랑하는 듯한 그 막연한, 온갖 것을 포용하려는 감각도 아니었습니다……그렇습니다! 내 가슴 속은 행복에 대한 갈망으로 불붙여진 것입니다. 나는 아직 이것이라고 확언할 용기는 없었습니다만 ── 그러나 행복, 싫증날 만큼의 행복이야말로 ── 내가 얻고 싶어하던 것이었으며, 갈망하던 것이었습니다…… 한편 배는 그 사이에 휙휙 떠밀려 가고, 늙은 사공은 노에 기댄 채 앉아서 졸고 있었습니다.

11

그 이튿날 가아긴의 집으로 가는 도중 내가 아아샤를 사랑하고 있는 건 아닌지 나 자신에게 물어보는 일은 없었지만 그녀에 대해 여러 가지로 생각하고 그녀의 운명이 마음에 걸렸으며 두 사람의 뜻하지 않은 접근을 기뻐했습니다. 나는 어제 비로소 그녀에 대해 제대로 안 듯한 기분이었습니다. 그때까지 그녀는 내게 등을 돌리고 있었던 것과 마찬가지였습니다. 그러나 이제 내 눈앞에 드러내 보였으니, 그 모습이 얼마나 새롭고 신비스러우며 매력적인 미美가 빛을 발할까

……

저 멀리 보이는 작은 집을 끊임없이 바라보면서 나는 눈에 익은 길을 기운차게 걸어갔습니다. 나는 앞으로의 일뿐만 아니라 —— 내일의 일마저도 생각하지 않았습니다. 나는 그저 몹시 기분이 좋았습니다.

내가 방으로 들어가니 아아샤는 얼굴을 확 붉혔습니다. 그녀가 또 몸치장을 하고 있다는 걸 알았습니다. 그런데 그 표정은 전혀 그 복장과 어울리지 않았습니다. 슬픈 듯한 표정을 지었던 것입니다. 나는 이렇게 좋은 기분으로 찾아왔는데! 그녀는 전과같이 도망치려 했지만 자신을 억제하고 —— 남아 있었던 건 아닌가 하는 생각마저 들었습니다. 가아긴은 마침 그때 그들이 말하는 '자연의 꼬리를 용케 포착' 할 수 있었다고 생각될 때, 마치 무슨 발작처럼 갑자기 딜레탕트 (Dillettant, 예술 혹은 학문 애호가) 패거리들을 사로잡는 그 예술적 열중과 흥분의 특수 상태 속에 몰입되어 있었습니다. 그는 머리가 온통 헝클어지고 온몸이 물감투성이가 되어 쭉 펴놓은 캔버스 앞에 서서 크게 붓을 휘두르고 있었는데, 광포할 정도로 내게 끄덕여 보이더니 한 발자국 물러서서 실눈을 하고, 이내 그림에 달라붙어 버렸습니다. 나는 그에게 방해가 되지 않도록 살며시 아아샤 곁에 앉았습니다. 그녀의 검은 눈이 서서히 내게로 돌려졌습니다.

"오늘의 당신은 어제와 다르군요."

그녀의 입술에 미소를 띠게 하려고 애쓴 것이 헛수고에 그

쳤으므로 나는 말했습니다.

"네, 달라요."

하고 그녀는 침착하고 김빠진 음성으로 대답했습니다.

"그러나 그런 건 아무것도 아니예요. 밤새 생각만 하느라 푹 쉬지 못했기 때문이에요."

"무엇을 생각하셨죠?"

"어머, 난 여러 가지를 생각했어요. 어릴 때부터 그런 버릇이 있었어요. 어머니와 함께 살았을 때부터……"

그녀는 주저주저하며 말하고 나서 다시 한 번 되풀이했습니다.

"어머니와 함께 살았을 무렵…… 나는 곧잘 이런 생각을 했어요. 내가 앞으로 어떻게 될 것인가, 아무도 그걸 알 수 없는 건 대체 무슨 까닭일까? 때로는 불행이 다가오는 걸 알고 있으면서 —— 그걸 피할 수 없다니. 어째서 속에 있는 말을 털어놔서는 안 되는 것일까?…… 그리고 나는 아무것도 모르기 때문에 공부를 해야만 한다고도 생각했어요. 나는 다시 공부할 필요가 있어요. 제대로 교육을 받지도 못했는걸요. 나는 피아노도 치지 못하고 그림도 시원치 않고 재봉까지 서툴러요. 내게는 아무런 재능도 없어요. 그래서 나와 함께 있으면 지루할 게 틀림없어요."

"당신은 자신에 대해 점수가 너무 짭니다."

하고 나는 대답했습니다.

"당신은 책을 많이 읽고 있으며 교양이 있고, 게다가 당신만큼 머리가 좋다면……"

"정말 그렇게 생각하세요?"

하고 그녀가 너무나도 순진하게, 정말 놀랐다는 식으로 되물었으므로 나는 나도 모르게 웃음을 터뜨리고 말았습니다. 그러나 그녀는 조금도 웃지 않았습니다.

"오빠, 제 머리가 좋아요?"

하고 그녀는 가아긴에게 물었습니다.

그러나 그는 거기에는 아무런 대답도 없이 끊임없이 붓을 바꾸기도 하고, 손을 높이 휘두르기도 하면서 일을 계속하고 있었습니다.

"나는 가끔 무엇을 생각하고 있는지 스스로도 알 수 없을 때가 있어요."

하고 아아샤는 여전히 생각에 잠긴 모습으로 말을 계속했습니다.

"그래서 내가 나 스스로를 무서워할 때가 있어요. 정말이에요. 아아, 난 정말…… 여자는 책을 너무 많이 읽으면 못쓴다고 하던데 그게 정말일까요?"

"많이 읽을 필요는 없겠지만……"

"가르쳐 주세요, 네? 도대체 무엇을 읽으면 좋아요, 네? 무엇을 하면 좋을까요? 당신 말씀이라면 난 뭐든지 하겠어요."

하고 그녀는 순진한 신뢰의 빛을 보이며 내 쪽으로 돌아 앉아 말했습니다.

나는 뭐라고 해야 할지 당장에는 생각나지 않았습니다.

"나와 함께 있어도 지루하지 않으세요?"

"천만에……"

하고 나는 대답했습니다.

"그래요? 그렇다면 고마운 일이군요."

하고 그녀가 말했습니다.

"나는 지루하시리라 생각했어요."

그리고 그녀는 작은, 타는 듯한 손으로 내 손을 꼭 쥐었습니다.

"N 씨!"

하고 그 순간 가아긴이 외쳤습니다.

"이 배경은 너무 어둡지 않을까요?"

나는 그의 곁으로 다가갔습니다. 아아샤는 일어나더니 밖으로 나가 버렸습니다.

12

그녀는 한 시간쯤 후 돌아왔는데 문 앞에 멈춰 서더니 손으로 나를 불렀습니다.

"저어,"

하고 그녀는 말했습니다.

"만일 내가 죽으면 나를 불쌍하게 여기시겠어요?"

"오늘은 이상한 생각만 하시는군요!"

하고 나는 외쳤습니다.

"나는 머지않아 죽으리라 생각하고 있어요. 가끔 주위의 모든 것이 내게 작별을 고하는 것 같은 기분이 들 때가 있어요. 역시 이런 식으로 사는 거라면 죽는 편이 나아요…… 싫어요! 그런 눈으로 내 얼굴을 보지 마세요. 난 정말 공연한 말을 하고 있는 게 아니예요. 그렇지 않으면 또 당신을 두려워하게 되고 말아요."

"그럼 나를 두려워했던 적이 있었군요?"

"내가 몹시 이상한 여자라 할지라도 그건 정말 내 탓이 아니예요."

하고 그녀는 대답했습니다.

"보세요. 나는 벌써 웃지도 못하고 있잖아요."

그녀는 해가 질 때까지 그대로 슬픈 듯, 걱정스러운 듯한 모습이었습니다. 나로서는 알 수 없는 무엇인가가 그녀의 마음 속에서 일어난 게 틀림없었습니다. 그녀의 시선은 이따금 내게서 멈췄습니다. 그 수수께끼 같은 시선이 나를 쏘아볼 때마다 내 가슴은 오므라드는 것 같았습니다. 그녀는 겉으로는 침착한 듯이 보였지만 —— 그러나 나는 그녀의 모습을 보고 있노라면, 아무래도 침착하라고 외치고 싶어 못 견딜 지경이었습니다. 나는 그녀에게 반하여 그 창백한 얼굴이며 민첩하지 못한 느린 동작에서 가슴이 찌르르한 미美를 발견했습니다만—— 그녀 쪽에서는 왠지 내가 기분이 좋지 않은 걸로 오해하는 것 같았습니다.

"저어,"

하고 그녀는 내가 그곳을 물러 나오기 직전에 말했습니다.

"나는 어쩐지 당신이 나를 경솔한 여자로 여기시는 것 같아서 마음이 꺼림칙해 죽겠어요…… 앞으로는 제발 내 말을 믿어 주세요. 그리고 당신도 제발 내게 뭐든지 털어놓고 말씀해 주세요. 난 앞으로 당신에게는 언제든지 마음 속의 말씀을 드릴 테니. 약속하겠어요……"

이 '약속' 이 또 나를 웃겼습니다.

"웃으시면 안 돼요."

하고 그녀는 씩씩하게 말을 계속했습니다.

"그렇지 않으면 어제 당신이 말씀하신 '왜 웃는 거요?' 하는 말을 오늘은 내가 하게 돼요."

하더니 잠시 잠자코 있다가 다시 덧붙였습니다.

"저, 당신은 어제 날개 얘기를 하셨죠?…… 그 날개가 내게도 생긴 거예요 ── 그러나 아무 데도 날아갈 곳이 없어요."

"천만에."

하고 나는 말했습니다.

"당신 앞에는 모든 길이 열려 있지 않습니까?"

아아샤는 똑바로 내 눈을 들여다보고, 뚫어져라 쏘아보고 있었습니다.

"오늘 당신은 나를 불쾌하게 여기고 계시군요."

하고 그녀는 눈썹을 찡그리며 말했습니다.

"내가 불쾌하게? 당신에 대해서?……"

"어떻게 된 거야? 몹시 침울하군 그래."

하고 가아긴이 내 말을 가로챘습니다.

"뭣하면 또 어제처럼 왈츠라도 한 번 켤까?"

"싫어요, 싫어요."

── 아아샤는 대답하고 주먹을 꽉 쥐었습니다.

"오늘은 무슨 일이 있더라도 싫어요!"

"억지로 하라는 건 아냐, 걱정하지 않아도 돼……"

"무슨 일이 있더라도 싫어요."

하고 그녀는 창백해지면서 되풀이했습니다.

'정말 나를 사랑하고 있는 것일까?' 하고 나는 어두운 물결이 화살처럼 흐르고 있는 라인 강으로 걸음을 제촉하면서 생각했습니다.

13

'정말 나를 사랑하는 것일까?' 하고 그 이튿날 눈을 뜨기가 무섭게 나는 나 자신에게 물어 보았습니다 ── 그러나 나는 자신의 가슴 속을 들여다보려 하지는 않았습니다. 나는 그녀의 모습, '부자연스럽게 웃는 소녀'의 모습이 내 가슴 속에 스며들어 그 모습을 쉽사리 떼어 버릴 도리가 없다고 느꼈던 것입니다. 나는 L시에 가서 하루 종일 거기 있었습니다만 아아샤의 얼굴은 얼핏 볼 수밖에 없었습니다. 그녀는 기분이 언짢고 머리가 아팠던 것입니다.

그녀는 머리를 싸매고 창백하게 야윈 얼굴로 거의 눈을 감은 채 아래층으로 내려왔습니다만, 힘없이 미소를 짓더니,

"곧 나을 거예요. 아무 일도 아니예요. 무슨 일이든 지나가 버리게 마련인걸요. 그렇지 않아요?"

하고 말하더니 나가 버렸습니다. 난 뭔가 허전하고 서글프고 얼빠진 기분이었습니다. 그렇지만 역시 오랫동안 떠날 기분이 나지 않았고, 그 뒤로는 그녀의 얼굴을 보지 못한 채 밤늦게야 숙소로 돌아왔습니다.

그 이튿날도 뭔가 꿈 속에서처럼 하루를 지냈습니다. 일에 착수하려 했습니다만 —— 되지 않았습니다. 그래서 이번엔 아무것도 하지 않으리라, 아무것도 생각지 않으리라 다짐했습니다만…… 그것도 헛수고로 끝났습니다. 나는 거리를 방황하고, 숙소에 돌아오자 다시 밖으로 나갔습니다.

"아저씨가 N 씨라는 분인가요?"

하고 갑자기 등 뒤에서 어린 아이의 목소리가 들렸습니다. 뒤돌아보니 눈 앞에 사내아이가 서 있었습니다.

"안네트 씨가 이것을 아저씨에게 드리라고 하시더군요."

하고 그 아이는 말하며 내게 편지를 건네 주었습니다.

펴 보니 —— 어지럽게 흘려 쓴 아아샤의 필적이었습니다.

'꼭 뵙고 싶은 일이 있습니다.'

하고 씌어 있었습니다.

오늘 4시 성터 근처 길가에 있는 석조 예배당으로 나와 주십시오. 나는 오늘 엉뚱하게 경솔한 짓을 저지르고 말았습니다…… 부탁입니다. 꼭 나와 주십시오. 나오시면 모든 걸 아시게 됩니다

…… 심부름 간 아이에게 오시겠다고 말씀해 주십시오.

"답장할 게 있어요?"
하고 사내아이는 물었습니다.
"그러겠다고 전해 다오."
하고 내가 대답하자 사내아이는 뛰어가 버렸습니다.

14

나는 내 방으로 돌아오자 생각에 잠기고 말았습니다. 내 가슴은 매우 두근거리고 있었습니다. 몇 번인가 거듭 아아샤의 편지를 읽었습니다. 나는 시계를 보았습니다. 그러나 아직 열두 시도 채 못 되었습니다.

갑자기 방문이 열리더니 가아긴이 불쑥 들어왔습니다.

그는 우울한 얼굴이었습니다. 그는 내 손을 붙들더니 꼭 잡았습니다. 그는 몹시 흥분한 듯했습니다.

"어떻게 된 겁니까, 대체?"
하고 나는 물었습니다.

가아긴은 의자를 끌어당기더니 나와 마주 앉았습니다.

"그저께던가요?"
하고 그는 억지로 미소를 지어 보이며, 더듬거리며 말을 꺼냈습니다.

"그런 이야기를 해서 당신을 놀라게 했지만, 오늘은 훨씬 더 놀라게 하겠습니다. 당신이 다른 사람이라면 아마도 나는, 아무리 그렇더라도……이렇게 터놓고…… 그러나 당신은 훌륭한 분이며, 내게는 친구니까요. 그렇지 않습니까? 내 말을 좀 들어 주십시오. 실은 동생은, 아아샤는 당신을 사랑하고 있답니다."

나는 부르르 몸을 떨며 나도 모르게 벌떡 일어났습니다.

"당신 동생이 그렇단 말씀이군요……"

"그렇습니다."

하고 가아긴은 내 말을 가로챘습니다.

"정말 그 애는 미치광이입니다. 덕분에 나까지 기분이 이상해질 것 같습니다. 그러나 다행히도 그 애는 거짓말을 못 하는 성격이기 때문에…… 무슨 일이든 내게 털어놓으니까요. 정말 그 애는 무슨 성격이 그런지……그러나 그 애는 반드시 몸을 망치고 말 것입니다, 틀림없이."

"아니, 그건 오해가 아닙니까?"

하고 나는 말했습니다.

"아니, 절대로 오해가 아닙니다. 어제는 아시는 바와 같이 거의 종일토록 누운 채 아무것도 먹지 않았는데, 그런데도 아프다는 소리는 없었습니다. 게다가 그 애는 결코 우는 소리를 하는 성미가 아니니까요. 그래서 저녁때 열이 좀 났습니다만, 나는 그다지 마음에 두지 않았던 겁니다. 그런데 오늘 새벽 2시쯤 숙소의 안주인이 잠을 깨웠습니다. 동생한테 들러 보았더니 어쩐지 몸이 불편한 것 같다고 했습니다. 아아샤에게 달려가 보니 그 애는 옷도 벗지 않고 열이 올라 엉엉 울고 있지 않겠습니까? 머리에는 뜨겁게 열이 오르고 이를 덜덜 떨고 있었습니다. '대체 어떻게 된 일이냐? 어디 아프냐?' 하고 나는 물었습니다. 그러자 그 애는 느닷없이 내 목을 껴안으며 '만약에 나를 살리고 싶거든 한시바삐 어딘가로 데려가 달라'고 조르기 시작하지 않겠어요……나는 무슨 영문인지는 몰랐습니다만 애를 쓰며 달랬습니다……그러나 통곡은 격해질 뿐이었습니다. 그런데 문득 뜻밖에 그 통곡 속에서 나는 듣게 된 것입니다……한 마디로 당신을 사랑하고 있다는 말을 듣게 된 겁니다. 아니, 정말 당신이나 나와 같은 분별 있는 사람으로선 좀처럼 상상도 할 수 없을 만큼 그 애는 심각하게 무엇을 느끼고, 당치도 않은 기세로 가슴에 느낀 것을 밖으로 나타낸답니다. 더구나 그것이 그 애의 경우에는 마치 우레처럼 갑자기 찾아들어 속수무책이니까요. 물론 당신은 매우 인상이 좋은 분임에는 틀림없습니다만……"

하고 가아긴은 말을 계속했습니다.

"그러나 어떻게 돼서 그 애가 당신을 사랑하게 되었는지……솔직히 그게 내겐 알 수 없는 노릇입니다. 그 애는 첫눈에 반했다고 합니다만. 2,3일 전 나밖에 아무도 사랑하고 싶지 않다고 떼를 쓰며 운 것도 실은 그게 원인이었던 모양입니다. 그런데 그 애는 당신에게 경멸당하고 있다, 틀림없이 당신이 자기의 태생을 알고 있다고 지레 짐작하고 있습니다. 그 애는 자기 신상 이야기를 당신에게 하지 않았느냐고 내게 물었습니다 —— 나는 물론 하지 않았다고 했습니다만, 그 애는 감각이 어찌나 예민한지 —— 정말 무서울 정도니까요. 그애의 소원은 오직 하나, 출발하는 일, 즉시 출발하는 일입니다. 나는 아침녘까지 곁에 있어 주었습니다만, 그 애는 내일이라도 이곳을 떠나겠다는 약속을 내게 시키고 —— 겨우 안심하고 잠들었습니다. 나는 심사숙고한 끝에 겨우 당신과 상의해 봐야겠다고 결심했습니다. 내 생각으로는 아아샤의 말이 옳다고 생각합니다. 가장 좋은 것은 —— 우리 두 사람이이곳을 떠나는 것입니다. 그래서 오늘이라도 즉시 그 애를데리고 떠나려했습니다만, 문득 묘한 생각이 떠올랐기 때문에 주저앉은 것입니다. 어쩌면…… 어쩔는지 알 수 없는 노릇이야 —— 당신도 동생이 마음에 들었을지도 모르는 일이다. 만일 그렇다면, 구태여 그 애를 데리고 갈 것까지도 없지않은가? 하고 생각했기 때문에 염치를 무릅쓰고…… 게다가내게도 마음에 짚이는 것이 전혀 없지는 않았기 때문에……그래서 나는 마음을 다지고…… 한 번 당신에게 물어 보려고……."

불쌍한 가아긴은 당황한 모습이었습니다.

"제발 용서해 주십시오."

하고 그는 덧붙였습니다.

"아무튼 나는 이런 소동엔 익숙하지 못해서……."

나는 그의 손목을 잡았습니다.

"그럼 당신은,"

하고 나는 딱 잘라 말했습니다.

"내가 동생을 좋아하는지 어떤지 그걸 알고 싶다는 거지요? 그거라면, 나도 좋아합니다……"

가아긴은 흘긋 내 얼굴을 보았습니다.

"그러나,"

하고 그는 더듬거리며 말했습니다.

"당신은 그 애와 결혼하실 생각은 없으시겠지요?"

"아무리 그렇더라도 그런 질문에 지금 당장 대답하라는 건 아니겠지요? 좀 생각해 보십시오. 지금 당장 그런 것이 가능하겠는가……"

"알고 있습니다, 알고 있습니다."

하고 가아긴은 나를 가로막았습니다.

"당신에게 대답을 요구할 권리 따위는 내게 조금도 없습니다. 그런 질문을 하다니 —— 부당한 짓이니까요…… 그러나 도대체 어쩌면 좋겠습니까? 불을 상대로 농담할 수는 없습니다. 당신은 아아샤라는 사람을 잘 모르시지만, 그 애는 병이 나든지 도망치든지 당신에게 밀회를 요청하든지 무슨 짓이든 할 수 있는 여자입니다…… 다른 여자라면 모든 것을 가슴에 숨기고 때가 오기를 기다릴 수도 있겠지만 —— 그 애는 도저히 그럴 수 없습니다. 아무튼 그 애에겐 첫 경험이니까요…… 그래서 더욱 곤란한 겁니다! 오늘 그 애가 내 발목을 붙들고 얼마나 울었는지, 그걸 당신이 보셨더라면 당신도 틀림없이 내 걱정을 짐작해 주실 테지만."

나는 생각에 잠기고 말았습니다. '당신에게 밀회를 요청하든지' 하는 가아긴의 말에 뜨끔 가슴을 찔린 것입니다. 그가 흉금을 털어놓고 하는 이야기에 대해서 이쪽에서도 털어놓고 대답하지 않는 것은 수치스러운 것으로 여겨졌습니다.

"그래요."

하고 나는 말했습니다.

"당신 말씀대로입니다. 실은 한 시간쯤 전에 나는 당신 동생에게서 편지를 받았습니다. 바로 이겁니다."

가아긴은 편지를 손에 들고 재빨리 그걸 훑어보더니, 두 손을 철썩 무릎 위로 떨어뜨렸습니다. 그 얼굴에 나타난 놀란 기색은 매우 우스꽝스러웠습니다만, 나는 웃을 상황이 아니었습니다.

"거듭 말씀드립니다만, 당신은 정말 훌륭한 분입니다."

하고 그는 말했습니다.

"그러나 이렇게 되면 도대체 어쩌면 좋습니까? 어떻습니까? 자기가 먼저 떠나 버리고 싶다고 말하고는 한편으로는 당신에게 편지를 쓴다, 더구나 자신의 경솔함을 꾸짖고 있으니……그러나 어느새 이런 편지를 썼을까요? 대체 당신에게 어떻게 해 달라는 것일까요?"

나는 그를 진정시켰습니다. 그리고 우리 두 사람은 가능한 한 냉정하게, 앞으로 어떤 방책을 취할 것인가 상의하기 시작했습니다.

그리고 결국 이렇게 하기로 낙착되었습니다. 우선 불행을 피하기 위해 나는 밀회에 응하여 성실히 아아샤와 이야기를 나누고 가아긴은 집에 남아서 편지에 관해 아는 눈치를 절대로 보이지 않는다, 그리고 저녁때 다시 한 번 만나자는 것이었습니다.

"나는 당신에게 큰 기대를 걸고 있습니다."
하고 가아긴은 내 손을 잡았습니다.

"제발 그 애를, 그리고 나를 가엾게 여겨 주십시오. 그리고 어쨌든 우리는 내일 떠나기로 하겠습니다."
하고 그는 일어서면서 덧붙였습니다.

"아무래도 당신은 아아샤와는 결혼하지 않으실 테니까요."

"저녁까지 여유를 주십시오."
하고 나는 대답했습니다.

"좋습니다. 그러나 당신은 결혼하지 않으시겠지요?"

그는 물러갔습니다. 나는 소파에 몸을 눕히고 눈을 감았습니다. 나는 눈이 돌 지경이었습니다. 너무나도 많은 감흥이 한꺼번에 왈칵 솟아났기 때문입니다. 나는 가아긴의 솔직 담백함을 밉살스럽게 여겼고, 아아샤에 대해서도 화가 치밀었습니다. 그녀의 사랑은 나를 기쁘게도 했지만, 당황하게도 만들었습니다. 나는 대체 그 무엇이 그녀로 하여금 모든 걸 오빠에게 털어놓도록 시켰는지, 전혀 종잡을 수 없었습니다. 거의 순간적으로 아무래도 마음의 결정을 내려야만 한다는 것이 나를 괴롭혔습니다……

"그런 성격의 열일곱 살 난 소녀와 결혼하다니, 말도 되지 않는 일이다."

하고 나는 일어나면서 중얼거렸습니다.

15

약속된 시간에 라인 강을 건너 서자 저쪽 언덕에서 나를 맨 먼저 맞이한 사람은 다름 아닌 바로 오늘 아침 나에게 왔던 그 사내아이였습니다. 그는 한동안 나를 기다리고 있었던 듯했습니다.

"안네트 씨한테섭니다."

하고 나직이 말하더니, 내게 딴 편지를 내밀었습니다.

아아샤가 밀회 장소의 변경을 알려 보낸 것이었습니다. 그에 따르면 나는 한 시간 반쯤 있다가 예배당이 아니라 프라우 루이제 댁에 가서 아래층 문을 노크하고 3층으로 올라가야 했습니다.

"이번에도 승낙하시는 거지요?"

하고 사내아이는 물었습니다.

"그래."

하고 나는 대답하고, 라인 강을 따라 걷기 시작했습니다. 숙소로 돌아가기엔 시간이 짧았으며 그렇다고 거리를 방황할 기분도 나지 않았습니다. 성벽 저쪽에는 조그마한 공원이 있었는데, 거기에는 구주九柱 놀이터와 맥주 팬들을 위한 테이블이 늘어서 있었습니다. 나는 그리로 들어갔습니다. 몇 사람인가의 나이 든 독일 사람들이 구주 놀이를 하고 있었습니다. 공이 소리를 내며 굴러가고, 이따금 환성이 일어났습니다. 울어서 눈이 퉁퉁 부은 여급이 맥주를 가져다 주었습니다. 나는 그 얼굴을 들여다보았습니다. 그녀는 재빨리 얼굴을 돌리더니 가 버렸습니다.

"이건 정말,"
하고 마침 거기 앉아 있던, 살이 찌고 볼이 붉은 사나이가 말했습니다.

"한헨은 오늘 정말 몹시 슬퍼하는 모습이군. 아무튼 약혼자를 군대에 빼앗겼으니 말이야."

나는 그녀 쪽을 바라보았습니다. 그녀는 한구석에 움츠리고 앉아서 두 손으로 양볼을 누르고 있었습니다. 눈물이 그 손끝을 따라 자꾸자꾸 흘러내리고 있었습니다. 누군가가 맥주를 주문했습니다. 그녀는 그 남자에게 맥주를 가져 가더니, 다시 제자리로 돌아갔습니다. 그녀의 슬픔이 내게도 옮아왔습니다. 나는 나를 기다리고 있는 밀회에 대해 생각하기 시작했습니다만, 나의 상념은 걱정스럽고 어두운 것뿐이었습니다. 나는 가뿐한 마음으로 그 밀회에 나가는 것도 아니었고, 내가 직면하고 있는 건 서로 생각하고 사랑하는 기쁨에 젖는 것도 아니었습니다. 내가 직면한 것은 약속을 지키고 가슴이 쓰라린 의무를 다하는 것뿐이었습니다.

"그 애에게는 농담도 할 수 없으니까요"—— 가아긴의 이 말이 마치 화살처럼 내 가슴에 꽂혀있었습니다. 바로 그저께

물살에 떠내려 가는 배 위에서 마치 굶주린 듯한 행복을 갈구하며 괴로워하던 사람은 내가 아니었던가? 그게 이제 가능하게 되었는데 ——나는 주저하고 밀어 제쳐야만 했습니다 …… 그것은 너무나 당돌한 일이어서 당황스러웠습니다. 불같은 두뇌로 그러한 과거와 그와 같은 교육을 받은 아아샤 자신에게, 그 매력 있는, 그러나 유별난 존재에——실은 질려버렸던 것입니다. 여러 가지 감정이 내 마음 속에서 오랫동안 싸우고 있었습니다. 그러는 사이 약속시간이 가까워졌습니다.

'그녀와 결혼할 수는 없다.'

이윽고 나는 마음을 결정했습니다.

'그리고 내 쪽에서도 그녀를 사랑하게 되었다는 것을 그녀가 눈치챘을 리는 만무하다.'

나는 일어나서 ——가엾은 한헨의 손에 3탈러를 쥐어 주고는(그녀는 고맙다는 인사를 하는 것마저 잊어버리고 있었습니다) 프라우 루이제 댁을 향해 출발했습니다. 하늘엔 벌써 어둠이 덮이고, 어두운 길 위의 좁다란 한폭 하늘은 저녁놀에 비쳐 붉게 타고 있었습니다. 나는 살며시 문을 노크했습니다. 문은 곧장 열렸습니다. 나는 안으로 들어갔습니다. 그 안은 깜깜했습니다.

"이쪽으로 오시오."

하는 노파의 목소리가 들렸습니다.

"눈이 빠지게 기다리고 있어요."

내가 손으로 더듬거리며 두어 발자국 앞으로 나가는데 누군가 야윈 손이 내 팔을 잡았습니다.

"당신이 바로 그 프라우 루이제라는 분이십니까?"

하고 나는 물었습니다.

"그렇습니다."

하고 같은 음성이 대답했습니다.

"그렇습니다. 도련님!"

노파는 나를 안내하여 급히 계단을 올라가 3층 무도장에서 발을 멈췄습니다. 조그마한 창으로부터 스며드는 희미한 빛을 통해, 나는 시장 미망인의 주름투성이 얼굴을 볼 수 있었습니다. 끈덕지고 교활한 미소가 오목하게 들어간 입술을 끌어당겼고, 흐리멍덩한 눈을 가늘게 뜨고 있었습니다. 그녀는 내게 작은 문을 손으로 가리켜 보였습니다. 나는 떨리는 손으로 문을 열고 들어가서 그 문을 닫았습니다.

16

내가 들어간 방은 크지는 않았으나 꽤 어두웠으므로 아아샤의 모습은 금세 눈에 띄지 않았습니다. 기다란 숄로 몸을 감싸고, 마치 놀란 참새처럼 얼굴을 돌리고, 거의 머리를 숨기는 것처럼 창가의 의자에 앉아 있었던 것입니다. 그녀는 숨을 할딱거리며 온몸을 와들와들 떨고 있었습니다. 나는 그녀가 말할 수 없이 가엾게 여겨졌습니다. 나는 그녀 쪽으로 다가갔습니다. 그녀는 더한층 얼굴을 돌리는 것이었습니다.

"안나 니콜라예브나."

하고 나는 말했습니다.

그녀는 갑자기 몸을 벌떡 똑바로 일으키더니, 내 얼굴을 보려 했습니다 —— 그러나 그녀는 그러지 못했습니다. 나는 그녀의 손을 잡았습니다. 그 손은 차갑고 마치 피가 통하지 않는 것처럼 내 손아귀에 잡혀있었습니다.

"난 어떻게 해서라도……"

하고 아아샤는 웃음을 지으려 애쓰면서 입을 열었습니다. 그러나 그 파랗게 질린 입술은 말을 듣지 않았습니다.

"난 말예요…… 안 되겠어요. 말이 나오지 않아요."

그녀는 입을 다물고 말았습니다. 정말 그녀의 목소리는 마디마디 끊겼습니다.

나는 그녀 곁에 앉았습니다.

"안나 니콜라예브나."

하고 나는 되풀이했습니다만, 역시 그 이상 아무 말도 나오지 않았습니다.

침묵이 흘렀습니다. 나는 그녀의 손을 꼭 쥔 채 가만히 그녀의 얼굴을 들여다보고 있었습니다.

그녀는 여전히 몸을 움츠리고 숨을 가쁘게 쉬면서, 울음을 터뜨리지 않도록 복받치는 눈물을 억누르려고 살며시 아랫입술을 깨물고 있었습니다…… 나는 가만히 그 모습을 지켜보고 있었습니다. 오들오들 떨며 옹송그리고 있는 그 모습은 외롭고 의지할 데 없는 모습이었습니다. 내 마음은 풀렸습니다.

　"아아샤!"

하고 나는 들릴듯 말듯한 소리로 말했습니다.

　그녀는 서서히 눈을 들어 내 얼굴을 쳐다보았습니다……
아아, 사랑에 눈뜬 여자의 시선…… 과연 누가 그걸 묘사할
수 있으리오? 그것은 무언가를 호소하고, 그 가슴 속을 털어
놓으며 뭔가를 묻고, 몸과 마음을 내맡긴 눈매였습니다……
나는 그 매혹에 저항할 수 없었습니다. 마치 불에 단 침에 찔
린 것처럼 짜릿함이 내 몸을 스쳤습니다. 나는 몸을 숙여 그
녀의 손에 얼굴을 문질렀습니다…… 나는 그 매혹에 저항할
수 없었습니다. 끊어질 듯한 한숨 같은, 몸을 떠는 듯한 소리
가 들려왔습니다. 그리고 나는 나뭇잎처럼 와들와들 떨리는
손이 내 머리카락에 살며시 와 닿는 것을 느꼈습니다. 얼굴
을 드니 그녀의 얼굴이 보였습니다. 그러나 어느 사이에 그
렇게 변할 수 있겠습니까? 공포의 빛은 사라져 버리고, 시선
은 멍청히 어딘지 먼 데를 쏘아보고, 나까지도 무의식중 그
행방에 마음을 뺏길 만큼 입술은 약간 벌어지고, 그 이마는
마치 대리석처럼 파랗게 질리고, 고수머리는 바람에 나부낀
양 뒤로 젖혀 있지 않겠습니까? 나는 나도 모르게 모든 것을
잊고 그 손을 와락 잡아 끌었습니다 ──그 손은 순순히 끌
려왔고, 그 손과 함께 온몸이 끌려왔습니다. 숄은 어깨에서
미끄러져 내렸고, 머리는 조용히 내 가슴으로 쓰러졌으며,
쓰러진 머리는 바로 타는 듯한 내 입술 밑에……

"당신 거예요……"

하고 그녀는 간신히 들릴듯 말듯한 소리로 속삭였습니다.

나의 두 팔은 지체없이 그녀의 허리께로 미끄러져 갔습니다…… 그런데 갑자기 가아긴 생각이 마치 번개처럼 나를 비쳤습니다.

"우리는 도대체 무슨 짓을 하고 있는 거야!"

하고 외치며 나는 발작적으로 몸을 뺐습니다.

"오빠는…… 오빠는 모든 걸 알고 있습니다…… 오빠는 내가 당신과 이렇게 만나고 있는 것도 알고 있습니다."

그러자 아아샤는 의자 위에 털썩 주저앉고 말았습니다.

"그렇습니다."

하고 나는 일어나 방 저쪽 구석으로 가면서 말을 계속했습니다.

"오빠는 모든 걸 알고 있습니다…… 나는 모든 걸 털어놓고 이야기하지 않을 수 없었습니다……"

"이야기하지 않을 수 없었다고요?"

하고 그녀는 흐릿한 소리로 말했습니다. 그녀는 어쩐지 아직도 제정신을 차리지 못하고, 내 말을 잘 알아듣지도 못하는 것 같았습니다.

"그렇습니다. 그랬습니다."

하고 나는 뭔가 냉혹한 기분으로 되풀이했습니다.

"그것은 모두 당신이 나빴기 때문입니다. 당신 한 사람의 죄입니다. 도대체 왜 당신은 스스로 자신의 비밀을 폭로해

버린 겁니까? 도대체 누가 오빠에게 모두 털어놓으라고 했습니까? 오빠는 일부러 나에게 와서 당신 이야기를 전해 준 겁니다."

나는 가능한 한 아아샤의 얼굴을 보지 않으려 하면서 경중경중 방 안을 돌아다녔습니다.

"이렇게 되면 이제 모든 것이 끝장입니다. 모든 게, 모든 것이!"

아아샤는 의자에서 몸을 일으키려 했습니다.

"잠깐만,"
하고 나는 외쳤습니다.

"가만히 계십시오, 부탁입니다. 당신은 성실한 인간을 상대하고 있는 겁니다 —— 그렇지요, 성실한 인간이구 말구요. 그러나 말씀해 주십시오. 도대체 무엇이 그렇게 당신 마음을 움직인 겁니까? 내 마음에 무슨 변화라도 있었다는 말씀입니까? 그보다도 오늘 당신 오빠가 내게 왔을 때, 나는 도저히 거짓말을 할 수 없을 정도였습니다."

'대체 무슨 말을 하고 있는 거야?' 하고 나는 마음 속으로 생각했습니다. 그러고 보니 '나는 정말 부덕한 거짓말쟁이다. 가아긴은 우리들의 밀회를 알고 있다. 모든 것이 다 엉망이 되고 말았다. 폭로되고 말았구나' 하는 생각이 머릿속에서 윙윙 울렸습니다.

"내가 부른 게 아니예요."
하는 아아샤의 어물어물하는 소리가 들렸습니다.

"오빠가 찾아온 거예요."

"생각 좀 해 보십시오, 당신이 어떤 일을 저질렀는지."

하고 나는 말을 계속했습니다.

"그러고도 이번에는 이곳을 떠나 버리겠다고 했다니……"

"그래요, 나는 이곳을 떠나야만 해요."

하고 그녀는 전처럼 침착하게 말했습니다.

"당신을 이리 오시게 한 것도, 다만 당신과 작별인사를 하고 싶었기 때문이에요."

"그럼 당신은……"

하고 나는 대답했습니다.

"나는 당신과 간단히 헤어질 수 있다고 생각하셨군요."

"하지만 왜 당신은 오빠에게 이야기해 버렸지요?"

하고 수상쩍다는 듯이 아아샤는 말했습니다.

"그래서 그렇게 말씀드린 게 아닙니까 ──그럴 수밖에 없었다고요. 당신만 비밀을 지켜 주었더라면……"

"나는 내 방문을 잠그고 틀어박혀 있었어요."

하고 그녀는 순진하게 대답했습니다.

"안주인에게 또 하나의 열쇠가 있으리라는 건 전혀 몰랐어요……"

이러한 순간, 그녀의 입에서 이렇게 철없는 변명을 들었을 때 나는 하마터면 불끈할 뻔했습니다 ── 이제와서 그 말을 회상하면 나는 감동하지 않고는 못 견딥니다. 가련하고 정직하고 순진한 처녀!

"그건 그렇고, 이제 모든 게 끝장입니다!"

하고 나는 입을 열었습니다.

"모든 것이 다 이렇게 되었으니 헤어질 수밖에 없군요."

나는 슬쩍 아아샤의 얼굴에 시선을 던졌습니다…… 그녀의 얼굴은 확 달아올랐습니다. 아마 그녀는 부끄럽기도 하고 두렵기도 했을 것입니다. 나로서는 그것을 확실히 느낄 수 있었던 것입니다. 한편 나는 서성거리면서 미친 놈처럼 지껄여댔습니다.

"당신은 모처럼 자라기 시작한 감정을 키우지 않은 겁니다. 자기 손으로 우리들의 관계를 끊어 버렸어요. 당신은 나를 믿지 않은 겁니다. 내 마음을 의심했어요……"

내가 지껄이고 있는 동안, 아아샤는 점점 몸이 앞으로 쓰러지고 있었는데—— 갑자기 털썩 무릎을 꿇더니, 푹 고개를 숙이고 두 손으로 머리를 싸잡고 엉엉 울음을 터뜨렸습니다. 나는 나도 모르게 달려가서 일으키려 했지만, 그녀는 그렇게 하도록 내버려 두지 않았습니다. 대체로 나는 여자의 눈물에는 약합니다. 눈물을 보면 금방 어쩔 줄 모릅니다.

"안나 니콜라예브나, 아아샤."

하고 나는 말했습니다.

"제발 부탁입니다. 부탁이니 우는 건 그만 그쳐 주십시오……"

나는 그녀의 손을 잡았습니다…… 그런데 매우 놀랍게도 그녀가 갑자기 일어나서 마치 번갯불과 같은 속도로 문 쪽으로 뛰어가더니 별안간 사라져 버렸습니다.

　몇 분인가 지나서 프라우 루이제가 방으로 들어왔을 때도 나는 여전히 마치 날벼락이라도 맞은 듯이 방 한가운데 우두커니 버티고 서 있었습니다. 이 밀회가 왜 이렇게 빨리, 게다가 이렇게 쑥스러운 결과로 —— 내가 말하고 싶은, 꼭 해야만 할 말의 백분의 일도 못다 한 사이에, 나 자신마저 그 말이 어떤 결론을 낳을지 예상도 하기 전에 끝나버렸는지 나는 이해할 수 없었던 것입니다.

　"아가씨는 돌아가셨나요?"

하고 프라우 루이제는 그 노란 눈썹을 가발에 닿도록 치켜올리며 내게 물었습니다.

　나는 마치 넋 나간 사람처럼 그녀의 얼굴을 흘겨 보고는 그대로 밖으로 뛰어나오고 말았습니다.

17

　나는 시내를 빠져 나오자 똑바로 들판으로 향했습니다. 울화가, 미칠 듯한 울화가 나를 못살게 굴었습니다…… 나는 나 자신에게 핀잔을 퍼부었습니다. 어째서 나는 아아샤가 밀회 장소를 바꿔야만 했던 이유를 이해하지 못했던 것일까, 얼마나 쓰라린 마음으로 그녀가 그 노파에게 갔을까, 왜 그걸 몰라 주었을까, 어째서 나는 그녀를 붙잡지 못했을까? 인기척이 없는 어두컴컴한 방에 그녀와 단둘이 있었을 때, 나는 충분한 힘을 느끼고 자신에 차 —— 그녀의 몸을 밀어젖히고 그녀에게 핀잔까지 퍼부었는데…… 지금은 그녀의 환상이 나를 따라다니고, 나는 그녀에게 용서를 빌고 있었습니다. 그 창백한 얼굴, 그 눈물 어린 겁에 질린 듯한 눈, 푹 숙인 목덜미에 물결치는 머리카락, 내 가슴에 살며시 기댄 그녀의 머리 감촉 —— 그런 생각들이 내 가슴을 태웠습니다. '당신 거예요'…… 하고 말한 그녀의 속삭임이 귓전을 때렸습니다. '그러나 나는 양심에 따라 행동한 거다' 하고 나는 자신을 설복하려 했습니다만…… "거짓말이다! 나는 정말로 그런 작별을 바랐던가? 과연 나는 그녀와 헤어질 수 있는가? 그녀를 놓쳐도 아무렇지도 않을까? 미쳤어! 미쳤어!" 하고 나는 분통이 터져 뇌까렸습니다.

그럭저럭 밤이 되었습니다. 나는 아아샤가 살고 있는 집을 향해 경중경중 걸어갔습니다.

18

가아긴이 나와서 나를 맞이했습니다.

"동생을 보시지 못했습니까?"

하고 그는 멀리서부터 소리를 질렀습니다.

"그럼 댁에 있는 게 아닙니까?"

하고 나는 물었습니다.

"아뇨."

"돌아오지 않았나요?"

"예, 실은 좋지 않다고 생각은 했습니다만,"

하고 가아긴은 말을 계속했습니다.

"견딜 수 없어서, 약속을 어기고 예배당까지 가 봤습니다. 그런데 그곳엔 그 애가 있지 않았습니다. 그러고 보니 그 애는 가지 않았던 거로군요?"

"그녀는 예배당엔 가지 않았습니다."

"그럼 당신도 만나지 못했군요?"

나는 그녀와 만난 일을 실토하지 않을 수 없었습니다.

"어디서?"

"프라우 루이제 댁에서입니다. 내가 헤어진 건 한 시간쯤 전입니다."

하고 나는 덧붙였습니다.

"나는 댁으로 돌아온 줄 알았는데요."

"좀더 기다려 봅시다."

하고 가아긴은 말했습니다.

우리는 집으로 들어가 의자를 나란히 하고 앉았습니다. 다 같이 어색한 기분이었습니다. 우리는 쉴 새 없이 주위를 둘러보기도 하고, 문 쪽을 주시해 보기도 하고, 바깥 소리에 귀를 기울이기도 했습니다. 마침내 가아긴이 일어났습니다.

"이런 꼴이 어디 있어!"

하고 그는 외쳤습니다.

"나는 내 정신이 아닙니다. 그 애는 꼭 나를 죽일 셈입니다 ……찾으러 나갑시다."

우리는 밖으로 나갔습니다.

"당신은 대체 그 애와 어떤 이야기를 하신 겁니까?"

하고 가아긴은 모자를 푹 눌러 고쳐 쓰면서 물었습니다.

"만난 시간은 겨우 5분 정도입니다."

하고 나는 대답했습니다.

"나는 먼저 약속한 대로 말했습니다."

"어떻게 하겠습니까?"

하고 그는 말했습니다.

"따로따로 헤어지는 게 좋지 않을까요? 그러는 편이 쉽게 그 애와 부딪칠는지도 모르지요. 어쨌든 한 시간이 지나거든 이리로 와 주십시오."

19

나는 서둘러 포도밭을 내려가 시내를 향해 뛰기 시작했습니다. 온 시내를 샅샅이 뛰어다니며 모든 곳을 주의 깊게 보고 프라우 루이제의 창까지 들여다본 뒤, 라인 강으로 돌아오자 강변을 따라 뛰기 시작했습니다…… 이따금 여자의 모습이 눈에 띄었습니다만, 아아샤의 모습은 보이지 않았습니다. 나를 괴롭히는 건 이젠 울화가 아니었습니다 ── 은근한 공포가 내 가슴을 에었습니다. 아니, 내가 느낀 것은 다만 공포만도 아니었습니다…… 천만에, 나는 후회를, 애절한 슬픔을, 사랑을 ── 그렇습니다! 더없이 부드러운 애정을 느꼈던 것입니다. 나는 머리를 쥐어짜며 슬퍼했고, 밀려오는 밤의 어둠 한가운데서 처음엔 나직이, 차츰 큰소리로 아아샤의 이름을 불렀습니다. 나는 그녀를 사랑한다고 백 번도 더 되풀이하고, 이제는 결코 헤어지지 않겠다고 맹세했던 것입니다. 다시 한 번 그녀의 차가운 손을 잡고, 다시 한 번 그 얌전한 음성을 듣고, 다시 한 번 그녀의 모습을 눈앞에 보기 위해서라면, 나는 이 세상 모든 것을 내던지고도 결코 후회하지 않을 것 같았습니다……그녀는 그토록 친근해졌고, 그토록 굳은 결의를 품고 깨끗한 마음씨를 기울여 내 가슴에 뛰어들었고, 누구의 손도 닿은 일이 없는 청춘을 내게 선사한 것이 아닌가……그런데도 나는 그녀를 가슴에 껴안아 주지도 않았다. 그녀의 가엾은 얼굴에 기쁨이 넘쳐서 조용한 웃음을 띠는 것을 보는 행복을 나는 스스로 포기하고 만 것이다……이러한 생각이 나를 미치게 만들었습니다.

"그 여인은 대체 어디로 가 버렸단 말인가? 대체 어떻게 됐단 말인가?" 하고 나는 낙담해서 쓸쓸하게 외쳤습니다……갑자기 강변에서 뭔가 허연 것이 언뜻 눈에 띄었습니다. 나는 그곳을 알고 있었습니다. 거기에는 70년 전쯤 물에 빠져 죽은 남자의 무덤 위에, 반쯤 흙에 묻히고 옛날 문자를 새긴 돌로 된 십자가가 서 있었던 것입니다. 나는 오싹 소름이 끼쳤습니다…… 나는 나도 모르게 그 십자가로 달려갔습니다. 그러자 그 허연 모습은 문득 사라져 버렸습니다. 나는 "아아샤!" 하고 외쳤습니다. 괴상한 소리로 외친 나 자신에 깜짝 놀라고 말았습니다…… 그러나 아무도 대답하는 이가 없었습니다.

20

　급한 걸음으로 포도밭의 좁은 길을 올라가자, 아아샤의 방에 불이 켜져 있는 게 보였습니다……그 불빛은 어느 정도 나를 안심시켰습니다. 나는 그 집으로 다가갔습니다. 아래층 문에는 자물쇠가 잠겨있었습니다. 나는 노크를 했습니다. 그러자 아래층의 불이 켜지지 않은 작은 창문이 가만히 열리며 가아긴이 머리를 내밀었습니다.

　"찾았습니까?"
하고 나는 물었습니다.

　"지금 자기 방에서 옷을 갈아입고 있습니다. 모든 게 순조롭습니다."

　"이젠 살았습니다!"
하고 나는 말할 수 없는 기쁨에 나도 모르게 외쳤습니다.

　"이젠 됐습니다! 이젠 모든 것이 잘 해결됐습니다. 그런데 여러 가지로 상의해야겠군요."

　"다음에 또."
하고 그는 조용히 창문을 자기 쪽으로 끌어당기며 대답했습니다.

　"다음에 또. 오늘은 이만 실례합니다."

　"그럼 내일 또."
하고 나는 말했습니다.

　"내일이야말로 모든 게 결말나겠군요."

　"실례합니다."

하고 가아긴은 되풀이했습니다. 창문이 닫혔습니다.

나는 하마터면 창문을 노크할 뻔했습니다. 나는 그때 바로 동생과 결혼시켜 달라고 가아긴에게 말하려 했던 것입니다. 그러나 이런 밤중에 그런 구혼 방법은 아무래도…… '괜찮아, 내일까지 기다리자' 하고 나는 생각했습니다. '내일이면 나도 드디어 행복해지는 것이다……'

내일이면 드디어 행복해진다! 그러나 행복에 내일이란 없습니다. 어제도 없습니다. 행복이란 과거를 모르며, 미래도 생각하는 게 아닙니다. 다만 현재뿐 —— 그것도 하루도 아니고 —— 그저 순간뿐입니다.

어떻게 해서 Z거리까지 오게 됐는지 내게는 기억이 없습니다. 나를 데려다 준 것은 발이 아니고, 건네 준 것도 배가 아닙니다. 뭔가 커다란 날개가 나를 들어 부축해 준 것입니다. 나는 꾀꼬리가 우는 숲가를 지났습니다. 나는 발을 멈추고 오랫동안 황홀하게 그 소리에 귀를 기울였습니다.

내게는 그것이 나의 사랑, 나의 행복을 노래하는 듯이 들렸습니다.

21

다음날 아침, 눈에 익은 건물로 다가가던 나는 눈앞의 이상한 광경에 깜짝 놀랐습니다. 창문이란 창문은 다 열어젖혀졌고, 현관문까지도 활짝 열려있지 않겠습니까? 문 앞에는 종이 나부랑이가 흩어져 있었습니다. 문 저쪽에 비를 든 하녀의 모습이 눈에 띄었습니다.

"떠나셨는데요!"

하고 그녀는 내게 가아긴이 집에 있느냐고 물을 틈도 주지 않고 당돌하게 말했습니다.

"떠났다고요?"

하고 나는 되물었습니다.

"떠났다고요? 어디로 말입니까?"

"오늘 아침 6시에 떠나셨는데, 어디로 가신다는 말씀은 없었는데요. 잠깐 기다리십시오. 당신이 아마 N씨지요?"

"내가 N입니다."

"그러시면 안주인에게, 당신한테 전하는 편지가 있습니다."

하녀는 2층으로 올라갔다가 편지를 가지고 돌아왔습니다.

"바로 이겁니다."

"그러나 그럴 리가 없을 텐데…… 대체 어떻게 된 걸까……?"

하고 나는 말했습니다. 하녀는 멍청한 얼굴로 나를 봤지만 다시 방을 쓸기 시작했습니다.

나는 편지 봉투를 뜯었습니다. 그것은 내게 쓴 가아긴의 편지였고, 아아샤로부터는 단 한 줄도 없었습니다. 그는 우선 갑작스런 출발에 대해 화내지 말라고 부탁하고 당신도 잘 생각해 보면 자기의 결심에 반드시 동의해 줄 것으로 안다고 씌어있었습니다. 그는 귀찮고 위험한 사태에 이를지도 모를

이 상태에서 달리 도피처를 발견할 수 없었다고 했습니다.

'어제 저녁' 하고 그는 쓰고 있었습니다.

우리가 한 마디 말도 없이 아아샤를 기다리고 있었던 동안, 나는 아무래도 헤어질 필요가 있다고 마지막으로 확신을 굳히기에 이르렀습니다. 세상에는 선입관이라는 게 있지요. 나는 그걸 존중하는 바입니다. 당신이 아아샤와 결혼할 처지가 못된다는 기분을 나는 잘 압니다. 그 애는 내게 모든 걸 이야기해 주었습니다. 그 애 마음을 달래기 위해서라도 나는 그 애의 끈질긴 청을 들어주지 않을 수 없었던 것입니다.

편지 끝머리에서 그는 우리의 교제가 이렇게 일찍 끊어져 버린 것에 대해 유감의 뜻을 표명하고, 나의 행복을 빌고 진심으로 악수를 보낸다고 쓴 뒤 제발 두 사람을 찾을 생각 같은 건 하지 말라고 부탁하고 있었습니다.

"뭐가 선입관이라는 거야!"

하고 나는 그가 듣고 있기라도 하는 듯이 외쳤습니다.

"빌어먹을! 도대체 누구한테 내게서 그녀를 빼앗을 권리를 얻었다는 거야."

…… 나는 두 손으로 머리를 감싸 쥐었습니다……

하녀가 큰소리로 주인을 부르려 했습니다.

그녀의 경악하는 모습에 나는 겨우 정신을 차렸습니다. 문득 한 생각이 내 가슴에 불을 붙였습니다.

'두 사람을 찾아내야만 한다. 어떤 일이 있더라도 찾아내야만 한다.'

　이런 타격을 달게 받고, 이와 같은 결말을 참고 견딘다는 것은 불가능한 일이었습니다. 나는 안주인의 입에서 두 사람이 아침 6시에 기선을 타고 라인 강을 내려갔다는 말을 들었습니다. 나는 즉시 사무소로 뛰어갔습니다. 거기서 들은 바로는, 두 사람은 쾰른행 표를 샀다는 것이었습니다. 즉시 짐을 꾸려서 두 사람 뒤를 쫓기 위해 나는 숙소로 돌아가려고 걸음을 재촉했습니다. 그런데 마침 그 길은 프라우 루이제 댁을 지나야만 했습니다…… 갑자기 누군가 나를 부르는 소리가 들렸습니다. 머리를 들어 보니, 어제 아아샤와 만났던 그 방의 창문에서 시장 미망인이 얼굴을 내밀고 있지 않겠습니까? 그녀가 그 능글맞은 미소를 띠고 나를 불렀습니다. 나는 외면하고 지나치려 했습니다만, 뭔가 전할 것이 있다고 뒤에서 불렀습니다. 그 말이 문득 내 발을 멈추게 했습니다. 나는 그녀의 집으로 들어갔습니다. 또다시 그 작은 방을 보았을 때 내 기분을 어떤 말로 표현해야 될까요……?

　"실은 말예요."
하고 노파는 내게 조그마한 종이 쪽지를 내보이며 입을 열었습니다.

　"이것은 당신 자신이 먼저 찾아와 주시지 않았다면 절대로 드릴 수 없지만 말예요. 당신이 너무나 미남자이기 때문에, 자, 받으세요."

나는 종이 쪽지를 받아 들었습니다.

그 종이 쪽지에는 흘려 쓴 연필 글씨로 다음과 같은 말이 적혀 있었습니다 ──

안녕. 우리는 이제 두 번 다시 만날 수 없을 것입니다. 내가 이 곳을 떠나는 것은 자존심 때문이 아닙니다 ── 그럴 수밖에 없 습니다. 어제 내가 당신 앞에 엎드려 울고 있었을 때, 만약 당신이 단 한 마디, 단 한 마디만 내게 말씀해 주셨더라도 ── 나는 떠 나지 않아도 좋았을 텐데. 하지만 당신은 말씀해 주시지 않았습니 다. 아무튼 그 편이 좋았던 것 같습니다……그럼 안녕, 영원히!

한 마디…… 아아, 나는 그 무슨 바보짓이었을까! 그 한 마 디…… 어젯밤 그 한 마디를 눈물과 함께 몇 번이나 되풀이 했으며, 바람에 띄워 인기척 없는 들판에서 몇 번이고 힘차 게 외치지 않았던가…… 그런데도 그녀에게는 그 말을 하지 않았던 것입니다. '나는 당신을 사랑하고 있다'고 끝내 나는 말하지 않았던 겁니다…… 그러나 그땐 그 말을 입 밖에 낼 수 없었습니다. 그 숙명적인 방에서 그녀와 만났을 때, 내게 는 아직 자기 애정에 대한 확실한 자각이 없었던 것입니다. 그것은 그녀 오빠와 무의미하고도 거북한 침묵 속에 마주 앉 아 있었을 때조차 아직 눈을 뜨지 못했던 것입니다……그것 이 억제하기 어려운 힘이 되어 타오른 것은, 그 후 이런 엉뚱 한 일이 벌어질는지도 모르겠다고 깜짝 놀라 그녀를 찾아 헤매고, 그 이름을 부르기 시작했을 무렵이었습니다…… 그러나 그때는 이미 늦었던 것입니다. "아니, 그럴 리는 없다!"고 말할 사람도 있을지 모르겠습니다. 그럴 리가 있을는지의 여부는 알 수 없는 일입니다 —— 다만 그것이 사실이라는 것만을 알 뿐입니다. 만약 그녀에게 조금이라도 아양을 떨 기분이 있고, 그녀의 신분이 꺼림칙하지 않았다면 아마도 아아샤는 떠나지 않았을 것입니다. 그러나 그녀는 다른 여자라면 누구라도 참을 수 있는 것을 참지 못했던 것입니다. 나는 그것을 짐작하지 못했던 것입니다. 벌써 어두워지기 시작한 창문 앞에서 마지막으로 가아긴과 얼굴을 마주 했을 때, 나는 마음 속의 악마가 입 안에까지 나왔던 나의 고백을 막았으므로, 다시 잡을 수 있었던 마지막 줄도 —— 마침내 내 손에서 벗어나고 만 것입니다.

그날 안으로 나는 트렁크를 꾸려서 L시로 돌아와 쾰른으로 떠났습니다. 잊혀지지도 않습니다. 기선은 이미 밧줄을 풀고, 나는 은근히 이제 결코 잊을 수 없을 그 거리들, 그 지방의 모든 것에 작별을 고했습니다 —— 그런데 문득 한헨의 모습이 눈에 띄었습니다. 그녀는 강변 가까이에 있는 벤치에 앉아 있었습니다. 그 얼굴은 창백했습니다만, 슬픈 것 같지는 않았습니다. 젊고 아름다운 청년이 그 옆에 서서 웃으며 그녀에게 뭔가 이야기를 하고 있었습니다. 한편 라인 강 저쪽에는, 전의 그 조그마한 마돈나 상이 늙은 물푸레나무의 짙은 녹음 속에서 여전히 구슬픈 얼굴을 드러내 보이고 있었습니다.

22

쾰른에서 나는 가아긴 남매의 행방을 알아냈습니다. 두 사람이 런던으로 갔다는 것입니다. 나는 즉시 그 뒤를 쫓았습니다. 그러나 런던에서의 내 수색은 모두 헛수고로 끝나고 말았습니다. 나는 오랫동안 단념하지 않고 줄기차게 꾸준히 버티었습니다만 결국 두 사람을 찾겠다는 희망을 포기해야만 했습니다.

그 이후로는 두 사람을 만날 수 없었습니다 —— 나는 아아샤를 만나지 못했던 것입니다. 가아긴에 관한 괴상한 소문을 들은 적이 있었습니다만, 그녀는 영원히 내게서 사라져 버렸습니다. 아직 살아있는지 어떤지 나는 모르는 일입니다. 외국의 기차 여행에서 그 얼굴을, 잊지 못할 그 모습을 여실히 회상케 한 한 부인의 모습을 언뜻 본 적은 있습니다만…… 아마도 우연히 닮은 다른 여인에게 속았을 겁니다. 아아샤는 —— 내가 내 생애의 가장 좋은 나이에 눈에 익혔던 그대로, 내가 마지막으로 그 모습을 눈에 익힌 낮은 나무 의자에 등을 기대고 있던 그 모습 그대로, 그 소녀의 모습은 나의 기억에 머물러 있습니다.

고백해 두겠습니다만, 나도 그렇게 오랫동안 그녀를 생각하고 슬퍼했던 것은 아닙니다. 나는 오히려 운명이 아아샤와 나를 맺어 주지 않았음을 잘된 일이라고까지 생각했습니다.

그런 아내를 가졌더라면 자신은 아마도 행복하지는 못했으리라 생각하고, 다소나마 위안으로 삼았던 것입니다. 그 무렵 나는 젊었으므로 ——미래, 눈깜짝할 사이에 지나가 버리는 미래가 그지없이 길게 생각되었던 것입니다. 한 번 있었던 일이라고 되풀이되지 않을 리는 없다. 아니, 틀림없이 더 좋은, 더 멋진 일이 일어날 것이라고 나는 생각한 것입니다……

그 후 나는 여러 여자를 알게 되었습니다. 그러나 아아샤로 인해 내 가슴에 일어났던 모정慕情, 그 늘어붙는 듯한, 차분하고 깊은 모정은 두 번 다시 되풀이되지 않았습니다. 그렇습니다! 어떠한 눈도, 그때 타는 듯한 상념을 담고 가만히 나를 쏘아보던 그 눈을 대신할 수는 없었습니다. 내 가슴에 매달린 어떤 여자의 가슴에도 내 가슴은 그와 같은 기쁨에 찬, 온몸이 저리도록 달콤한 기분으로 공명한 일이 없었습니다! 집도 자식도 없는 고독한 운명을 타고난 나는 목숨은 길어 쓸쓸한 세월을 보내고 있습니다만, 나는 그녀의 편지와 시들어버린 제라늄 꽃, 그때 그녀가 창에서 내게 던져 준 그 꽃을 마치 신성한 것처럼 소중히 지니고 있습니다. 그 꽃은 지금도 약간씩 향기를 풍겨 주고 있습니다만 그것을 내게 던져 준 손, 단 한 번 이 입술을 갖다 댈 수 있었던 그 손은 어쩌면 이미 오래 전에 무덤 속에서 썩어버렸는지도 모릅니다……아니, 나 역시 —— 나를 좀 보십시오. 도대체 내가, 그 행복한 마음을 쥐어뜯던 나날이, 그 날개라도 돋은 듯했던 희망과 동경이 과연 무엇을 남겼단 말입니까? 하잘것없는 꽃의 약간의 향기조차 인간의 모든 슬픔을 몸소 체험하고 ——— 당사자인 인간보다도 긴 수명을 유지하는데 말입니다.

연 보

1818년 11월 9일 (러시아 구력舊曆으로 10월 28일) 중앙 러시
아의 오룔 현縣 스파츠스코예 마을에서 태어남. 아
버지는 기병 대령, 어머니는 부유한 여지주. 형 니
콜라이, 아우 세르게이(16세에 죽었음) 형제가 있음.

1827년 온 가족이 모스크바로 이사함. 베이덴간멜 기숙학
교에 들어가 2년 남짓 지냄.

1829년 알메니야 전문학교(뒤의 라자료프 전문학교) 부속 기
숙학교에 들어갔다가 다시 집으로 돌아와 가정교사
에게서 배움.

1833년 9월에 모스크바 대학 문학부에 입학.

1834년 가을에 페테르부르크로 이사했으므로, 페테르부르
크 대학 철학부 언어학과에 편입. 11월에 아버지가
사망함.

1836년 6월에 페테르부르크 대학을 졸업. 셰익스피어의
〈오셀로〉, 〈리어 왕〉, 바이런의 〈맨프레드〉 등을 번

역. 이 무렵 바이런, 하이네 등의 영향을 받아 시작
詩作에 몰두. 그리스 고전古典을 연구함.

1838년 시 〈해질녘〉을 잡지 《현대인》에 발표. 베를린 대학
에 유학. 헤겔 철학, 역사학 등을 공부.

1839년 가을에 러시아로 귀국.

1840년 1월에 외국으로 출발. 이탈리아, 독일에 체재함. 스
탄케비치, 바쿠닌 등과 알게 됨. 베를린 대학에서
공부를 계속.

1841년 5월에 베를린 대학 과정을 마침. 잡지 《조국잡지》
에 단시短詩를 발표.

1842년 4월에 어머니의 침녀에게 딸을 낳게 함(폴리나라고
이름하고 나중에 파리로 데리고 갔다).
5월에 철학박사 시험에 합격함. 그해 말 페테르부
르크에 정주함.

1843년 비평가 벨린스키와 알게 됨. 4월에 서사시 〈파라
샤〉를 발표함. 《조국잡지》에 시와 희곡 〈경솔〉을 발
표함.

1844년 11월에 중편소설 〈안드레이 콜로소프〉를 발표하고,
네그라소프와 가까이 지냄.

1845년 페테르부르크에서 도스토예프스키를 알게 됨.

1846년 희곡 〈돈이 궁하다〉를 발표함.

1847년 1월에 《사냥꾼의 수기》의 첫째 작품 〈호오리와 칼
리느이치〉를 잡지 《현대인》에 발표. 연초에 외국으

로 떠나 7월까지 독일에 체재하다가 그후 비아르도 부인을 따라 파리로 가서 《사냥꾼의 수기》 집필을 계속함. 이 무렵 상드, 메리메, 구노 등과 알게 됨. 비알드 부인의 남편과 함께 러시아 문학(고골리의 작품 등)을 프랑스어로 번역하여 소개함.

1848년　파리에서 게르첸, 바쿠닌 등과 만나다. 《사냥꾼의 수기》의 여러 편을 계속 《현대인》에 발표. 2월, 프랑스에서 혁명이 일어남.

1849년　2월, 〈시치그로프 군의 햄릿〉을 발표. 희곡 〈식객食客〉은 발표 금지 처분을 당함.

1850년　희곡 〈마을의 한 달〉, 중편 〈쓸모없는 인간의 일기〉를 발표함. 어머니가 돌아가셨으므로 귀국하여, 이듬해 농노를 해방하고 인두세 제도를 고치는 등 이상주의적 귀족으로서의 신념을 실천으로 옮김.

1851년　10월에 모스크바에서 배우 시추프킨과 함께 고골리를 방문함. 11월에 고골리에 의한 〈검찰관〉의 낭독회에 참석.

1852년　2월에 〈세 해후邂逅〉를 발표. 고골리의 죽음에 즈음하여 발표한 추도문이 원인이 되어 스파츠스코예 마을에 연금당함. 그 동안 단편 〈무무〉를 씀. 8월에 《사냥꾼의 수기》의 출판을 허가한 검열관 리포프가 면직당함.

1853년　12월에 스파츠스코예 마을에서의 연금이 해제되어 페테르부르크로 옴.

1854년 《사냥꾼의 수기》가 프랑스 어로 번역 출판됨.

1855년 1월에 모스크바 대학 기념 축전에 참석함. 4월에 중편 〈야코프 파신코프〉를 발표하고, 여름에는 스파츠스코예 마을에서 장편 〈루딘〉을 집필함.

1856년 1~2월 《현대인》에 장편 〈루딘〉을 연재, 8월 런던의 게르첸을 방문. 10월에 〈귀족의 보금자리〉를 쓰기 시작함. 페테르부르크에서 《투르게네프 저작집》 3권이 나옴. 연말에 파리에 체재하며 프랑스 작가 루콘 드 리르, 빅토르 위고 등과 알게 됨.

1857년 파리에서 네그라소프, 톨스토이, 페에토, 곤잘로프 등과 만남. 런던에서는 게르첸, 카알라일 등과 만남. 중편 〈짝사랑〉을 씀.

1858년 1월 중편 〈짝사랑〉을 발표. 장편 〈귀족의 보금자리〉를 집필함.

1859년 1월 《현대인》에 장편 〈귀족의 보금자리〉를 발표. 2월 모스크바 대학 부설 '러시아 문학회'의 정회원으로 선출됨. 가을에는 스파츠스코예 마을에 살며 장편 〈그 전야〉를 완성. 문예기금회의 위원으로 선출됨.

1860년 1월 문예기금을 위한 독서회에서 〈햄릿과 돈 키호테〉라는 주제로 강연. 잡지 《러시아 통보》에 장편 〈그 전야〉를, 《독서문고》에 중편 〈첫사랑〉을 발표.

〈그 전야〉에 관한 도브로류보프의 논문 〈그날은 언제 오느냐?〉가 《현대인》에 게재된 것을 둘러싸고 발행자 네크라소프와 충돌. 표절 문제 (〈그 전야〉 속에 곤잘로프의 미발표 작품 〈벼랑〉의 유명한 대목이 인용되었다고 비난)로 곤잘로프와 절교. 5월부터 꼬박 1년 동안 주로 파리에서 지냄. 11월 과학 아카데미 회원으로 선출됨.

1861년　2월에 농노해방령이 공포되어, 이 개혁을 환영함. 5월에 귀국, 톨스토이와 언쟁을 일으켜 그 후 17년 동안 절교함. 7월에 장편 〈부자父子〉를 완성. 9월에 파리로 떠남.

1862년　3월 《러시아 통보》에 장편 〈부자〉를 발표한 후, 신·구 양 세대로부터 혹독한 공격을 받음. 연말에 게르첸과의 서신 왕래가 위법이라 하여 32명이 고발당하고 재판을 받음.

1863년　푸슈킨의 운문 소설 〈예브게니 오네긴〉을 비아르도와 함께 프랑스 어로 번역.

1864년　1월 페테르부르크로 돌아옴. 원로원의 재판에서 앞서의 32명을 위한 증언을 함. 2월 잡지 《세기》에 단편 〈환영幻影〉을 발표. 곤잘로프와 화해. 3월에 외국으로 출발.

1865년　딸 폴리나가 파리에서 프랑스 인 가스톤 프류엘과 결혼. 5월 투르게네프가 프랑스 어로 산문역散文譯

한 레로몬도프의 서사시 〈무치리〉가 출간됨. 장편 〈연기〉에 착수하고 단편 〈충분하다!〉를 발표함.

1867년 잡지 《러시아 통보》에 〈연기〉를 발표함. 니힐리스트(허무주의자) 비평가 피사레프와 알게 됨. 피사레프에게 〈연기〉에 대한 의견을 구함. 7월 작가로서의 사회적 견해 차이로 도스토예프스키와 충돌함. 장편 〈연기〉가 메리메의 감수하에 프랑스 어로 번역.

1868년 《유럽 통보》에 중편 〈여단장〉을 발표. 〈문학적 회상〉을 집필함.

1869년 2월에 《러시아 통보》에 중편 〈불행한 여인〉을 발표. 4월에 《유럽 통보》에 〈벨린스키의 추억〉을 발표. 11월에 〈문학적 회상〉을 발표.

1870년 보불전쟁普佛戰爭이 일어남. 6월 《유럽 통보》에 르포르타주(기록 문학) 〈트로프맨의 사형〉을 발표. 8~9월 《페테르부르크 통보》에 〈보불전쟁 통신〉을 게재함. 10월 《유럽 통보》에 중편 〈광야의 리어 왕〉을 발표함.

1871년 1월 《유럽 통보》에 단편 〈돈, 돈!〉을 발표. 3월 '가르바르지 당원 구명운동'을 위해 페테르부르크의 예술가 클럽 '문학과 음악 모임'에서 〈여단장〉을 낭독함. 4월에 중편 〈춘수春水〉를 집필. 8월에 W. 스코트의 '성탄 백년제' 참석을 위해 에딘버러에 가다. 11월 정주할 생각으로 파리로 옮기다.

1872년　이 한 해 동안 마지막 장편 〈처녀지〉 집필에 몰두함. 1월 《유럽 통보》에 중편 〈춘수〉를 발표.

1873년　장편 〈처녀지〉를 구상함.

1874년　《유럽 통보》에 〈푸닌과 바브린〉을 발표. 단편 〈살아 있는 유해遺骸〉를 써서 《사냥꾼의 수기》에 추가함. '5인의 회식회會食會'(투르게네프, 플로베르, 공쿠르, 졸라, 도데)가 시작됨.

1876년　스파츠스코예 마을에서 〈처녀지〉를 발표. 〈처녀지〉의 프랑스 어 번역판도 동시에 나옴.

1877년　1∼2월 《유럽 통보》에 장편 〈처녀지〉를 발표.

1878년　틈틈이 〈산문시〉를 노트에 써넣다. 톨스토이로부터 화해 편지가 오다. 여름 귀국 도중에 야스나야 폴리야나로 톨스토이를 찾다.

1879년　봄에 러시아로 돌아와 열렬한 환영을 받음. 옥스퍼드 법학부로부터 명예 법학박사 학위를 받음.

1880년　프랑스의 신문 《19세기》에 톨스토이의 〈전쟁과 평화〉를 소개하다. 모스크바에서 거행된 푸슈킨 동상 제막식에 참석하여, 도스토예프스키와 더불어 〈푸슈킨에 관하여〉라는 제목으로 강연함. 모스크바 대학 명예회원으로 추천받다. 이해에 플로베르 죽다.

1881년　〈산문시〉를 써 모으다. 여름에 마지막으로 귀향하여 스파츠스코예 마을에서 플로베르의 추억에 바치는 〈사랑의 개가〉를 씀. 이 무렵부터 병상에 눕다.

1882년 〈산문시〉를 쓰다. 3월 병세가 악화. 연말에 《유럽 통보》에 〈산문시〉를 발표함.

1883년 1월 《유럽 통보》에 단편 〈구라라 미리치〉를 발표. 4월 건강 상태가 악화되어 파리에서 프지바르 교외로 옮김. 6월 병상에서 프랑스 어로 회상적 소품 〈해상의 화재〉를, 8월에 〈종말〉을 비아르도 부인에게 구술함. 9월 3일 척추암 때문에 사망하고, 유언에 따라 페테르부르크의 보르코보 묘지에 매장됨.

옮긴이 소개

1935년 함경남도 함흥 출생.
한국외국어대학교 러시아 어과 및 동 대학원 졸업.
공사 교관, 서울대 · 고려대 강사, 국회도서관 러시아 과장 역임.
한국외국어대학교 러시아 어과 교수 역임.
역서 《악령》《부활》《죄와 벌》《대위의 딸》
　　《고리키 단편선》 외 다수.

첫사랑 · 짝사랑

1983년	12월	10일	초판	1쇄	발행
1997년	5월	20일	2판	1쇄	발행
2007년	5월	20일	3판	1쇄	발행

지은이　투 르 게 네 프
옮긴이　이　　　철
펴낸이　윤　형　두
펴낸데　범　우　사

등　록　1966. 8. 3　제 406-2003-048호
413-756　경기도 파주시 교하읍 문발리 525-2
대　표　(031)955-6900~4/Fax (031)955-6905

* 책값은 뒤표지에 있습니다　　　교정 · 편집/김영석 · 장웅진 · 김지선
* 파본은 교환해 드립니다.

ISBN 978-89-08-03342-9 04890　　(홈페이지) www.bumwoosa.co.kr
　　978-89-08-03202-6 (세트)　　(전자우편) bumwoosa@chol.com

2005년 서울대·연대·고대 권장도서 및

논술시험 준비중인 청소년과 대학생을

범우비평판

제인 오스틴의 러브 스토리
《오만과 편견》

溫故知新으로 21세기를! 범우사
T.031)955-6900 F.031)955-6905
www.bumwoosa.co.kr

미국 수능시험주관 대학위원회 추천도서!

위한 책 최다 선정(31종) 1위!

세계문학

153권
▶계속 출간

▶크라운변형판
▶각권 7,000원~15,000원
▶전국 서점에서 낱권으로 판매합니다

★ 서울대 권장도서
● 연고대 권장도서
◆ 미국대학위원회 추천도서

온고지신(溫故知新)으로 21세기를!

범우고전선

시대를 초월해 인간성 구현의 모범으로 삼을 만한 책을 엄선

▶ 계속 펴냅니다

범우사 경기도 파주시 교하읍 문발리 525-2 출판문화정보산업단지 전화) 031-955-6900~4
http://www.bumwoosa.co.kr [이메일] bumwoosa@chol.com